妙廚小芝女

2

風文創 706

風白秋 著

目錄

第三十章　食鋪開張

陳忠繁看見她們安然無恙，才鬆了口氣，埋怨兩句。「妳倒是看看現在什麼時辰了？我還以為妳們丟了呢！」

玉芝往外一看，天竟然有些擦黑了！她偷瞄了陳忠繁一眼，上前一把抱住他沒受傷的手晃了起來，撒嬌道：「爹，我和娘這不是忙著、忙著忘了時辰嗎，別生氣啦～～」

李氏噴笑出來，拍了一下玉芝的手，陳忠繁嘴角也揚起笑容，卻故意板著臉道：「明日開始我一道過來整理鋪子，可不能再放妳們兩個單獨出門了，兆志幾個在家都急壞了！」

玉芝心想重要的事都做完了，陳忠繁只需要做些買小東西來擺放的小事，立刻點頭如搗蒜地答應了，還拍起他的馬屁。「就算爹不說，我明日也要和您一起來，今日爹不在身邊總覺得少了點什麼。您問娘，我幹活都沒勁呢！」

這話哄得陳忠繁哈哈大笑，李氏不禁翻了個白眼笑罵道：「小馬屁精！」

一家人忙碌了幾天，鋪子大致上收拾好了，剩下的難題就是列菜單。鋪子要賣什麼需要好好考慮一番，若是沒有特色，估計自家在攤子上攢的那點人氣怕是維持不了多久。

陳家三房已經與劉老實正式簽下雇用文書了，劉老實負責涼皮和煎餅餜子這兩個擺攤時期的臺柱，日後他便自己站門前一個大窗口忙活。

閔氏也想來做工，所以李氏收她在廚房幫忙，只是工錢與劉老實差了一大截。不過夫妻倆一個月加起來能掙個一兩銀子出頭，這是他們以前想都不敢想的。閔氏差點向李氏跪下，結果被李氏和玉芝一把扶住，最後她要劉小莊替她向李氏磕了幾個頭。

由於他們本來就是賣吃的，所以一家人商量過後，決定每日卯正到申正這段時間營業，不過這樣一來，原本沒有的午飯時間也包含在內了，因此必須多做一些主食。

本地人不怎麼吃乾飯，大部分都是麵食。陳家人初步定下純白麵與雜麵兩類主食，餑餑、麵條、餅之類的，都分成白麵與雜麵兩個系列，根據個人的口味與預算選擇。另外再做幾大盆葷、素菜放在特製的木架上架高，盆子裡放上一根大木勺，盆子下方則燒著熱水，以確保那些菜能經常保持溫熱，賣法是葷菜三文錢一勺、素菜一文錢一勺，做澆頭麵或用來夾餑餑跟餅都好吃。

玉芝很想讓早飯多些花樣，她絞盡腦汁回想前世有些什麼早點。餜子、各種餅類就不提了，家裡現在就有，主要是湯品或帶湯的飲食要做什麼。前世她常吃的是各種粥類和豆漿，可是她發現在這裡一般人是不喝豆漿的，豆漿基本上都被做成了豆腐。

等等……豆腐？玉芝拍了一下腦袋，自己怎麼這麼傻呢！做點豆腐腦不就行了嗎？想到鹹香嫩滑的豆腐腦，玉芝的口水都要流下來了！

做豆腐是個手藝活，駝山村裡只有周家一戶人家在做豆腐，他們這做豆腐的活一輩、傳一輩，村裡的人都直接稱呼他們的當家為「周豆腐」。

陳忠繁家在鎮上做買賣發財的事，整個村子的人都知道了，所以當他帶著玉芝找上門的時候，現任周豆腐嚇了一跳，他用有些微妙的口氣認真地問道：「陳三哥怎麼有空來我家，有什麼事嗎？」

如今陳忠繁還不怎麼適應村民對他在態度上的變化，他靦覥地笑了笑，說道：「我家打算開間小食鋪，咱們是一個村的人，想日後常在你家訂些豆腐可好？」

這真是天上掉餡餅了！周豆腐跟他媳婦激動地互相握緊了手，猛點頭道：「當然好！不知陳三哥每日要進多少豆腐？」

陳忠繁不由得側過頭看玉芝，只見玉芝甜甜地笑道：「周叔莫怪，來這裡之前我娘怕我爹忘記，特地囑咐過我。我娘說我家每日要十斤豆腐跟三十斤豆漿，不知周叔能供上不？」

周豆腐沒想到他們竟然還要豆漿，沈思了一會兒後說道：「自然能，只是我從未賣過豆漿，都是壓成豆腐的。豆腐一斤三文錢，那豆漿就一斤一文錢如何？」

玉芝琢磨了一下，爽快地答應了，定好每回都是寅中來取貨，要周豆腐提前準備好，這樣他們推著車從他家拉上，就能直接去鎮上的鋪子了。

路過藥鋪的時候，玉芝買了一斤熟石膏，打算自己試做豆腐腦。她拚命回憶用熟石膏做豆腐腦的方法，發現自己只能想起個大概，不禁嘆了口氣，看樣子得慢慢嘗試才行。

花了大半個頭晌，那一小桶豆漿一點、一點地都快用光了，李氏和玉芝才試驗成功。玉芝趕緊記下最正確的比例跟豆漿沖進去時的溫度，然後伸了個懶腰長吁一口氣。

玉芝又想起前世山東出名的早飯中，「甜沫」算是最廣受歡迎的了。甜沫是一種鹹粥，粥做好後主人會問「再添麼兒」，指的是添加粉絲、蔬菜、干絲之類的輔料，後來因為諧音而變成了「甜沫」。
正好廚房有甜沫需要的大部分材料，於是玉芝又與李氏一起做了一鍋鹹香的甜沫，陳忠繁喝了一口下去整個胃都熨貼了，不由得叫了一聲「好」。
三人商議過後，決定鋪子初步就賣這些吃食，若是生意好了，日後再慢慢增加品項。畢竟現在人手少，多幾樣實在忙不過來。

七月初三，大吉日，萬事可行。丙辰時，青龍黃道，吉。
天濛濛亮，陳家上上下下一大家子穿著新衣裳來到鋪子裡。前幾日劉老實就在攤子上宣傳陳家鋪子開業的時間和地址，今日幾個要上學的孩子也特地向夫子請了假過來幫忙。
陳忠繁和李氏對兒子們耽擱讀書這件事不太高興，玉芝卻勸他們說，哥哥們該知道家裡的人多麼辛苦才能供他們讀書，這樣日後才懂得感恩，不至於變成只會死讀書的呆書生。兩夫妻琢磨、琢磨，覺得小閨女說得有理，就不再反對。
辰正的時候，老陳頭笑容滿面地扯著嗓子，喊了一句「吉時到」，陳忠繁這個東家親自出去點燃門口的爆竹，「噼哩啪啦」的爆竹聲招來街上眾人的圍觀。
陳忠繁和兆志各自拽著紅布條的兩邊使勁一拉，訂做的招牌露出了廬山真面目，只見漆黑的底木上刻有四個工整的鑲金大字「陳家食鋪」，這還是陳忠繁特地求喬夫子幫忙題的字呢！
玉芝像個小吉祥物一般，站在門口笑容滿面地招呼客人，有人一見到她就說道：「喲，是這個小姑娘？嘴巴可甜了，原來這是她家開的鋪子呀！那我可得進去嚐嚐，她家做的煎餅餜子是真的不錯！」說完就抬腳進店。

劉老實早就興致勃勃地準備大展身手，他在靠著大窗口圍出來的小隔間裡，歡快又忙碌地做著煎餅餜子和涼皮。考慮到目前人手有限，另一個大窗口暫時不開。

這個時候的人本性大多是淳樸的，見到新開的鋪子都會進去捧個場，尤其是玉芝一張小嘴不停地說著自家吃食新鮮之處，引得大家更是一窩蜂地往裡面擠。

後廚裡，李氏跟閔氏帶著兆亮、兆勇跟劉小莊三個男孩子忙得腳不沾地，趙氏見狀帶著玉芳撩起袖子進去搭把手，李氏忙得來不及客套，真誠地謝了幾句就隨她們忙去了。

前面陳忠繁帶著兆志充當小二上菜，也是忙得像要飛起來一般，老陳頭看到他們忙不過來，拿起一塊抹布幫忙清潔桌子。暈頭轉向地忙了一陣子後，老陳頭突然想起了什麼，抬頭瞧了一眼，就看到不管不顧、拉著玉荷坐在座位上大吃的范氏，還有站在劉老實身後不停偷瞄的陳忠華與林氏，不由得嘆了口氣。

老陳頭剛上前想說點什麼，一旁的客人卻催他趕緊將桌上的殘渣收拾乾淨，於是他也顧不上那幾個不爭氣的東西了，轉身投入工作之中。

鋪子裡喧鬧的氣氛在耿班頭帶著四個衙役出現在門口時戛然而止，門裡、門外的人都像被點了穴一般僵住，一些人惶恐地看著陳忠繁，以為他家剛開業就犯了事。

還是玉芝機靈，笑嘻嘻地上前打招呼。「耿叔來啦？這幾位都是您的同僚吧？快快快，進來坐。」

耿班頭翹起嘴角笑了一下，朝玉芝點點頭，看得她忍不住一哆嗦。

玉芝心想：耿叔啊，您還不如不笑呢！這笑容配上一臉大鬍子，真是能止小兒夜哭了！

五個身著皂服的衙役一進鋪子，就有快吃完的人叫結帳了，范氏看見衙役就像老鼠見了貓一樣，拽著玉荷往後廚跑去，瞬間空出三張桌子來。陳忠繁一時沒反應過來，還是兆志上前把帳結了。

玉芝要陳忠繁把兩張桌子併在一起，引著幾個衙役坐下，接著遞上一塊兆志手寫、陳忠繁雕出來的薄木板菜單。

耿班頭覺得這東西挺有趣的，翻來覆去看了一陣子，才仔細瞧起上面的品項，點了幾個煎餅餜子、炸餜子跟豆腐腦。

見五個人無一例外地都點了豆腐腦，玉芝在一旁小聲說道：「為何不嚐嚐甜沫呀？甜沫也很好吃的！」

一個年紀看著最小、矮墩墩的胖衙役開口道：「哼，咱們當差的都是真正的爺們，怎麼能吃甜滋滋的東西呢?!」

玉芝瞧他一副傲嬌中二的樣子，強忍了半天笑，才逗他道：「那小哥怎麼知道豆腐腦是鹹的呢？」

胖衙役用看傻孩子一般的眼神盯著她說道：「咱們上一桌的人結帳時說點了豆腐腦，我看桌上擺的都是醬油跟鹹菜之類的，那豆腐腦肯定就是鹹的！」

玉芝被他的眼神看得也覺得自己像個傻孩子，她摸摸自己的頭道：「小胖哥哥，其實甜沫也是鹹的，而且最是養胃不過，你們當差忙，一定要照顧好胃才行呢！」

胖衙役驚道：「妳妳妳……妳怎麼知道我叫小龐?!」

聞言，玉芝瞪大了眼睛。她不過是不小心把心底對他的稱呼叫了出來，誰知道竟歪打正著，小胖的諧音就是小龐！

玉芝忙解釋道：「我聽耿叔說過小龐哥哥年輕有為，未來前途不可限量，我就記住了啊！看小龐哥哥最是年輕，肯定就是耿叔口中那位小龐，對吧？耿叔……」她邊說，邊側過身瘋狂地向耿班頭眨眼睛。

耿班頭見她眼睛眨到快抽筋的樣子，忍著笑「嗯」了一聲算是配合，讓小龐感動得要命，大喊著「頭兒」就要撲到耿班頭身上。

他身旁兩個年紀大一些的衙役早就看出蹊蹺了，全強忍著笑看這兩個孩子玩，見小龐當真了，趕緊按住他才沒讓他離位。

小龐從玉芝口中知道耿班頭對自己「讚賞有加」，連帶著看玉芝也不覺得她那麼傻了。他裝出大人的樣子板著臉對玉芝說：「既然小姪女說甜沫不甜，那就給我來一碗甜沫吧！」

這下陳忠繁是真的沒忍住，「噗嗤」一聲笑了出來。這小龐大約十五、六歲，但是一張圓臉盡顯稚氣，看起來像是十二、三歲的小孩子，竟然故作老成地叫玉芝小姪女。

陳忠繁這一笑，好似點燃了鋪子裡的歡笑火種一般，不管是客人、還是衙役都哈哈大笑起來。

小龐一臉茫然地看著大家，不知道自己說錯了什麼，索性繼續對玉芝說：「小姪女快一些，叔叔們吃完了還得去巡街呢！」

他話音一落，鋪子裡的笑聲更響了。

玉芝扶著因為笑得太過火而發疼的腰，深呼吸好幾下才說道：「小龐叔叔等著，我這就去給您端來。」

聽見玉芝改口，像叫耿班頭一樣叫自己叔叔，小龐得意得鼻子都要翹起來了，也不管鋪子裡的人在笑什麼，反正把他們全都當成傻子就行了。

甜沫很快就端了上來，不只小龐那邊，每位衙役面前都放了一碗，玉芝笑咪咪地說道：「我知叔叔們平時忙碌，定不會按時吃飯，這甜沫一人先喝一碗墊墊胃，待會兒餜子炸好、配著豆腐腦吃最是美味了！」

小龐迫不及待地吞下一大口甜沫，結果燙得齜牙咧嘴的，好不容易嚥下去以後才說道：「香！不過這哪裡叫甜沫，一點也不甜，應該叫鹹沫才對！」

玉芝也不反駁，只笑著問小龐。「甜沫第一口下去是鹹的，可是回味一下以後呢？花生是不是甜的？這麵糊糊湯是不是鹹中稍帶一絲甘甜？這裡面的豆腐、菠菜都是今日現做、現摘的，是不是鮮美中略有回甘？」

小龐在玉芝的引導之下，吃了一小口甜沫慢慢品嚐，果然鹹中帶著食材本身的鮮甜！他不由得一臉深受感動地點頭道：「不錯、不錯，這甜沫真是名副其實，鹹味過去後的確回甘啊……」

耿班頭為了維持自己高冷的形象，已經憋笑憋得很辛苦了，見小龐又做出怪表情，不禁瞪了他一眼道：「快吃，別做些怪樣子！」

小龐噘了噘嘴，不敢反駁自己的頭兒。低頭又喝了一口甜沫，他那被耿班頭斥了一句的煩惱馬上飛到九霄雲外去了，眉毛不自覺地又挑了起來。

耿班頭抽了抽嘴角，看著這個年紀最小的跟班，有些無話可說。

待嫩滑的豆腐腦上來以後，小龐已經顧不得別人了，「呼嚕、呼嚕」兩、三口就喝完了一大碗豆腐腦，亮出碗底對玉芝說：「小姪女，再給叔叔來一碗！」

玉芝在心底翻起了白眼。小龐叔叔喲，您吃得也太多了吧！這一會兒工夫就喝了一大碗甜沫、一大碗豆腐腦，吃了一個煎餅餜子跟三根餜子了，是這一大桌子的人當中吃最多的呢！

話雖如此，玉芝還是盛了滿滿一碗豆腐腦送過來，囑咐道：「小龐叔叔慢點吃！」

小龐沒空回答她，只胡亂點了個頭，埋頭猛吃。

等到他們用完餐，耿班頭摸出一塊銀子放在桌上起身要走，陳忠繁忙追上去攔住他道：「耿班頭這如何使得？快快把銀子收回去吧，今日就當我請兄弟們吃個便飯！」

耿班頭的眉毛一下子就豎起來了，還是玉芝上前解圍道：「耿叔，上次麻煩您幫忙找王叔做中人時，不是說過鋪子開了就請您吃飯嗎？這次是當初約定好的，下次您來的時候想不給銀子我還不准呢！」

耿班頭這才記起似乎是有這麼回事，於是他臉色好轉，開口道：「不過舉手之勞罷了，何必特地致謝？行了，我也不囉嗦，今日這錢我拿回去，以後可別再跟我來這一套了！」

陳忠繁連連點頭，送耿班頭等人出了鋪子，他才轉身回頭擦了擦冷汗。

門外還在看熱鬧的人見陳忠繁送耿班頭一行人出來，過程中還有說有笑的，不禁對陳家這個小鋪子刮目相看。幾個小痞子模樣的人見狀鑽出人群，跑到各自的大哥那邊通報消息，別不小心踩了耿班頭這顆大地雷！

第三十一章　增添幫手

隨著耿班頭一行人離去，方才略顯壓抑的現場又活絡了起來，氣氛在小路代表泰興樓送賀禮來的時候達到高潮。

小路十分高調，帶著兩個小二抬著一道蓋著紅布的匾額，一路慢悠悠地從泰興樓走到了陳家鋪子。

玉芝看到他，連忙打起招呼。「小路哥來了，快進來吃點東西吧！」

小路笑著搖搖頭道：「東西是要吃沒錯，但是得先把我們掌櫃的禮送到才行。」

接著他臉上的笑容突然變得誇張，還大聲喊道：「泰興樓單東家和朱掌櫃祝陳家食鋪開業大吉！特送上『客似雲來』一幅！」

說罷，小路親手揭開身後匾額上的紅布，露出一幅雲間霧淞圖，上書「客似雲來」四個大字，用鎏金木裝裱。老陳頭當過多年木匠，一看就知道這個工藝不一般。

玉芝看不出這幅字畫到底是不是出自名家之手，但是以她這個外行人的目光，一看就覺得這字畫的氣勢撲面而來，讓人深受震撼。

圍觀的人發出陣陣驚嘆聲，有路過的酸書生竟然擠過來貼著字畫要研究，被小路擋開以後，還緊緊跟在送匾額的人身後進了鋪子，引得眾人一陣笑。

到了申正，陳忠繁拚著最後一絲力氣裝上門板後，大夥兒幾乎都要累癱在椅子上了。兆志強撐著一口氣，幫每個人都倒了一杯熱茶，眾人喘著粗氣、喝過茶，歇了一會兒，才覺得自己又活過來了。

老陳頭沙啞著嗓子道：「老三，你這鋪子真是太累人了，明日沒有兆志三兄弟你們怎麼忙得過來？不如我和你娘來幫個幾日吧！」

陳忠繁連忙拒絕。「爹說的是哪裡話，再苦、再累也不能連累您兩老啊！您今日也累得夠嗆，明日可要在家好好歇歇，不然萬一累壞了身子，我心裡過意不去。」

趙氏這時開口道：「得多雇點人了，看這架勢，光靠這麼些人肯定忙不過來。」

李氏累得氣都虛了，聞言小聲說道：「對！大嫂說得有理，待會兒我就讓三郎去尋王中人，請他幫我們介紹幾個能在鋪子做活的。」

林氏不停向陳忠華使眼色，陳忠華卻罕見地沒有回應。林氏不解，剛想開口攬個鋪子裡的活計，陳忠華卻突然拉住她，不讓她說話，又無聲地示意她回去再講。

歇了一陣子後，劉老實一家就起身回村了，陳忠繁特地出門雇了一輛牛車載陳家人回去，就怕老陳頭累癱了。

送陳家人出鎮回來的路上，陳忠繁去尋王德允來鋪子裡，王德允的到來受到三房全家的一致歡迎，因為這間鋪子實在太好了，大小、位置、價格都合適。

李氏準備了一碗豆腐腦、一碗甜沫、一個煎餅餜子跟一份涼皮給王德允，要他先吃再說。

碰巧王德允還沒吃午飯，他剛回到家喘了口氣就被陳忠繁拽來，於是他也不客氣，喝了豆腐腦讚了一句以後，迅速地掃光了桌上的吃食。

飽餐一頓後，王德允不禁誇獎道：「陳老哥家的吃食真香，你家這生意定能蒸蒸日上，我看現在就得準備幫你們尋間大鋪子了！」

這話哄得陳家人都笑了起來，眾人閒聊幾句說起了正事，陳忠繁道：「不瞞王老弟，現在就幾個人在鋪子裡，壓根兒忙不過來，所以咱們琢磨著託你幫忙雇幾個老實能幹的人來。」

王德允思考了一會兒才說道：「陳老哥別怪我多嘴，你家做這種新奇吃食的，最重要的就是秘方。依我看，雇人不如買人。若是在前面跑堂的小二，倒是能雇兩個靈活的小子；至於灶房裡的事，還是得求個安心，只要簽了死契，生死都由你們說了算，不怕他們洩漏你家的秘方。雇來的人實在挺不讓人放心的，這麼多年來，這種事情我看得太多了……」

陳家人都沈默下來，他們剛剛才脫離勉強能溫飽的日子，這麼快就要買人，到底有些彆扭。

王德允看見他們為難的樣子，不再相勸，剛想開口推薦幾個腿腳輕快的小二，就聽見最小的玉芝問道：「王叔推薦買人，那您手頭可有適合的人選？買人要多少錢？若是雇人，一個月幾文錢？」

與陳家合作過一回，王德允自然不會把玉芝當作無知小兒看待，他認真地答道：「我手頭的確有個廚子，姓袁，他五、六歲就被爹娘賣了，後來被轉賣了幾回，尋不到家人了。

「七、八歲的時候，他被賣到隔壁縣的一家酒樓裡，當他長到壯年時，老東家突然去世。酒樓的少東家與他年紀相仿，自小就覺得老東家比關心自己這個兒子更關心他，因此看他十分不順眼，接手以後就想趕他走，可是怎麼趕，他就是不走，說要替老東家看好酒樓。

「只不過這個癡人怎麼敵得過酒樓的當家呢？那少東家直接拿著他的賣身契找到我的一個同行，交代他必須把這個人賣離那個縣城，不得再出現在他面前，機緣巧合之下他到了我手裡。

「他這個人一根腸子通到底，不過為人踏實勤懇、知恩圖報，且有一手好廚藝。有幾間酒樓上門來尋我買他，我一直捨不得，怕他這脾氣在沒人能依靠的酒樓裡活不了幾天。不過陳老哥一家都是厚道的人，我這才起了心思把他推薦給你們。」

說著，王德允豎起大拇指道：「他為人極好，就是個性有些太強了，認定的事真是八頭牛都拉不回來。」

李氏心軟，她聽了這些話就可憐起這個廚子，忍不住看向陳忠繁。

陳忠繁也有些心動，反正自家沒什麼好勾心鬥角的，只要這廚子手藝好、話不多、能吃苦，那……買下來也行！

遲疑了一下，陳忠繁問道：「不知這廚子要價幾何？」

王德允一看有戲，歡喜地說道：「當時那少東家只求快速處理，五兩銀子就賣給了我那同行，後來我用七兩銀子把他買過來。如果陳老哥要的話，我只掙個辛苦錢，八兩銀子賣你如何？」

玉芝萬萬沒想到，在這個世界買個有一技之長的人竟然這麼便宜！八兩銀子不過一畝上等田，若是那個人真如王德允說的那樣厲害，那能為他們家創造多少個八兩啊?!

她恨不得馬上答應，讓王德允把人領過來看看，見陳忠繁還有些猶豫，不禁急得叫了一聲。「爹！」

陳忠繁終於下定決心，對王德允說道：「不知王老弟何時有空，把人帶來讓我們瞧瞧？」

王德允眼睛一亮，忙道：「現在就可以，他住在我家，日日幫忙做飯呢！請陳老哥在鋪子裡多等一會兒，我順便帶幾個麻利的小二過來，到時候你們一塊兒選。雇用小二的價格就便宜了，一個月一、兩百文工錢就行。」

陳忠繁應下，送王德允出門，一家人圍坐在一起嘮起嗑來。

兆志率先說道：「咱們家的吃食是該找個能保密的廚子，王叔推薦的人我覺得不錯。輾轉被賣，說明沒有家人的拖累，上一任主家又再也不想看見他，背景這麼乾淨的廚子可不好找呢！」

李氏不由得打趣道：「我這大兒子真是的，好似咱們的家業很大，尋起廚子來考慮得可多了。」

兆志紅了臉，鼓起嘴，露出久違的小孩模樣，看得玉芝陣陣發笑。

見不得自家哥哥這個樣子，玉芝解圍道：「我只求他嘴嚴，若是他真像王叔說的那樣，那我肯定要教他一些新鮮菜式，到時候那些菜只有咱們家會做！」

陳忠繁和李氏也贊同地點了點頭，一家人更期待王德允介紹的這個人了。

王德允很快就回來了，他身後跟著一個身高八尺、黑黑壯壯的漢子，還有幾個十五、六歲、一看就挺機靈的孩子。

一跟那壯漢對上眼，李氏就嚇了一跳，只見他沈著臉一言不發，頗有幾分凶勁。

王德允向他介紹陳忠繁時，他也只是擠出一絲笑容打招呼道：「見過陳東家。」接著就不說話了。

兆志與玉芝仔細打量起他，見他雖然身高體壯、猛然一看讓人有些害怕，但是未留鬍鬚，頭髮也一絲不苟地束在頭頂，身上的衣服有些褪色卻乾乾淨淨的，眼神中透露出一股純真，頓時對他滿意了幾分。

玉芝湊上前道：「這位叔叔就是王叔為我們尋的廚子嗎？不知您會做的菜有哪些呢？」

袁誠低頭看了看矮小的玉芝，明白她是這家的東家姑娘，咳了一聲後答道：「基本上酒樓裡的葷菜、素菜我都會一些，最拿手的是鴨料理，鴨的大部分作法我都會。」

玉芝說道：「可是我家現在沒有鴨，叔叔不如去後廚瞧瞧，隨便撿幾樣材料做兩道菜出來如何？」

袁誠很爽快，應了一聲就往後方走去，結果走沒兩步就停了下來，轉過頭有些尷尬地說道：「這……這後廚從哪兒進去呢？」

兆勇忍著笑，走上前引導他往後廚去，兆亮也跟過去看熱鬧。

三人離開後陳忠繁才笑出聲來，對著王德允道：「王老弟這是從哪兒找來這麼一個活寶的？」

王德允笑盈盈地回道：「不說別的，打過照面後，就能看出來是個老實人吧？」

陳忠繁等人一起點了點頭——這倒是真的！

趁著袁誠去後廚做菜的工夫，陳家人瞧了瞧王德允帶來的幾個小二。

王德允在領人來之前已經幫陳家篩選過一回了，能到這裡來的都是機靈人，未語先笑三分，看著就讓人歡喜。陳忠繁看看這個、瞧瞧那個，哪個都捨不得淘汰，還是兆志和玉芝偷摸摸商量選出三個人留下來，剩下幾人一人給了幾個銅錢讓他們先回去了。

不過選出三個也不代表全要，兆志清了清嗓子，正要問他們問題，就見兆亮和兆勇從後廚竄了出來，一人手裡端著一盤菜，燙得直咧嘴，兆勇嘴裡還叫著。「快來嚐嚐袁叔做的菜，太香了！」

一屋子的人還沒來得及問，就見兩盤菜被放在眼前的桌子上，香味慢慢地傳了開來——是一葷一素兩樣家常菜。

一道五花肉乾鍋野菇，先爆香蔥、薑、蒜與食茱萸，再用最鮮嫩的野菇與事先煸至金黃的五花肉片用急火爆炒，出鍋時加鹽翻炒均勻再撒上蒜葉。

陳忠繁抽出筷子挾了一口野菇，入口爽滑微辣，讓人忍不住想挾第二塊；他又挾了一塊五花肉嚼了嚼，肉的表皮微脆，一咬下去肉汁就溢了出來。陳忠繁在心底暗嘆，不愧是酒樓出來的！

另一道素菜是色澤頗為濃郁的炸豆腐，微皺的豆腐一塊塊疊在雪白的碟子上，上面裹著晶亮的芡汁，看著就讓人的食慾全被勾了起來。

陳忠繁挾了一塊顫巍巍的豆腐，咬了半口下去，忍不住說了一句。「快，給我來個餑餑！」

在場的人都笑了起來，這時袁誠端著一個大盤子從後面走過來道：「來了，我看還剩幾個餑餑，將它們切片就著炸豆腐的油炸了一下，正好配菜！」說罷，他將盤子放到桌上。

大家一人伸手拿了一片炸餑餑片，玉芝一咬下去就同意要買這個廚子了。炸過的餑餑金黃酥脆，配上本身柔軟紮實的口感，在嘴裡碰撞出奇妙的滋味，雖然微微嚐得出油的味道，卻神奇地一點也不覺得油膩。

陳忠繁招呼王德允也嚐嚐袁誠做的菜，王德允笑著推辭了。「袁師傅日日在我家做飯呢！今日他是來試工的，自然要東家嚐嚐。」

聽到他的回答，陳家人也不客套，抽出筷子各自嚐起了兩盤菜，玉芝問道：「大叔姓袁是嗎？袁叔為何今日做了這麼兩道菜？」

袁誠憨厚地笑了笑道：「不錯，我姓袁。我看到後廚的食材，覺得妳家這食鋪做的應該是百姓生意，百姓吃飯最緊要的是吃飽，所以就做了兩道下飯的菜。」

玉芝沒想到他竟是個心有乾坤的人，只不過去後廚看了一下，就決定做這兩道菜，重點是味道還十分好……她向兆志使了個眼色，要他開口。

兆志有些無奈，自家妹妹使喚起人來越來越順手了。他想了想，說道：「袁叔也看到了，我家這小鋪子不過剛開張，並不是什麼大酒樓，不知道袁叔待在這裡會不會覺得屈才了？」

袁誠認真地答道：「我知道自己的性子，我的興趣就是做菜，只要有個能做菜的地方，我就能過得很好。大酒樓裡的人勾心鬥角，若不是我前東家相信我、護著我，我怕是早就被賣去做苦力了。只要能讓我日日做菜，沒有什麼屈才不屈才的。」

陳忠繁聽了，立刻對王德允說道：「王老弟，你幫老哥找了個好人啊……袁師傅我們留下了。」

王德允也很高興，打趣道：「看來日後想再嚐嚐袁師傅的手藝，就要來陳老哥的鋪子嘍！」

玉芝靈機一動，對袁誠說道：「袁叔，我家還要雇兩個小二呢！我們選出三個以後不知道怎麼挑了，您在酒樓待了這麼些年，定有幾分識人的本事，幫我們挑兩個吧！」

袁誠應了一聲，上前兩步仔細打量了那三個人一會兒，又分別問了他們幾句話，指出兩個人道：「這兩個當小二不錯。」

剩下的那個小夥子似乎瞬間被抽光了力氣，他低下頭，卻聽袁誠接著說道：「這個跟著我做個打下手的不錯，不然後廚我一個人忙不過來。」

小夥子的眼睛一下子亮了起來，激動地說道：「我……我……我真的可以嗎？我能當幫廚嗎?!」

袁誠面無表情地看著他，淡定地說：「不過是打雜的罷了，算不上幫廚。」

玉芝有些猶豫，他們是為了防止秘方外洩才打算買個廚子的，這下放個不知根底的人在廚房合適嗎？她不由得用詢問的目光看向王德允。

王德允一眼就看穿了玉芝的擔憂，笑著說道：「大姪女莫急，我離開之後想了一下，今日帶來給你們的都是登記在冊的官奴，他們上任主家要麼是犯了法的商人，要麼是被罷黜的小官。

「這些官奴要一一發賣，可咱們縣才多大，怎麼賣得完？這不每個鎮都分了一些。咱們鎮分了二、三十個，一時之間也賣不出去。上頭的人說讓他們去做工，掙的錢都歸鎮上；要是再過一陣子沒能賣出去也沒工做，就要被送去離這幾百里遠的鹽場曬鹽了。若是你們挑好了，直接跟著我去辦手續就是，十五、六歲的男孩子不算上等勞力，一人不過五兩銀子罷了！」

買下袁誠之後，陳忠繁覺得再多買一個人也沒什麼，當下就答應了。「那就把他也買下來吧！給袁師傅做伴。」

陳忠繁被兆志攛掇著展現東家的威嚴，叮嚀了兩個小二幾句後，就讓兆志帶著這三個小夥子去後院挑了兩間最靠近鋪子前方的偏房歇下，他自己則帶著銀子隨王德允去辦這幾人的身契與用工契。

三個小夥子分別叫小黑、小馬跟小瑞。環顧著安靜舒適的房間，他們顛簸許久的心終於平靜下來，乖巧地向兆志磕了頭後，三人便自己開始打水擦洗房間。

第三十二章　卓家少年

玉芝與袁誠鑽進了後廚，商量起明日晌午要上什麼菜。

袁誠絲毫不因玉芝年紀小就輕視她，反而在聽到玉芝設想的「一勺葷菜三文錢、一勺素菜一文錢，客人們想吃多少就買多少」的賣法之後，覺得這真是個不錯的主意，但是這樣對於料理的要求就挺高了，一定要下飯的菜才行。一些稍微爽口點的菜只能放個兩盆左右，還要馬上就能抓住喜歡清淡飲食者的目光。

想了想，袁誠開口道：「若說要下飯、價格又要實惠，那不如做個九轉大腸，前一日多煮些大腸，第二日做起來也快。」

玉芝思考了一下，點點頭道：「這算上一樣，不曉得袁叔知不知道魚香肉絲？」

袁誠驚問：「這是何菜？用魚還是用肉做的？」

玉芝簡單地解釋了這道菜的作法，只是現在沒有泡椒，只能用食茱萸代替。

袁誠聽得興起，起身拿了食材開始試做，玉芝說一步，他做一步，很快就出鍋一盤。

玉芝嚐了一口，袁誠做的這道魚香肉絲味道介於「小糖醋口」與「小酸辣口」之間，味道鹹鮮酸辣、口感滑嫩清爽，似魚味而又不見魚，雖說和前世稍稍有些差距，但是已經算很不錯了。

袁誠嚐了一口，也覺得挺好的，只是他越吃眉頭越緊，讓玉芝看著心慌，問他道：「袁叔是覺得這道菜不好？」

只見袁誠搖搖頭道：「好是好，但是我總覺得這道菜應該能更上一層樓，現在還差了那麼點滋味。」

玉芝不由得佩服，這才是大神級別的人物，從未吃過的菜卻能嚐出不對來，於是她說道：「袁叔說得對，這道菜的確缺少一味主要的調味料，但是這裡找不到，只能用食茱萸代替。」

袁誠急切地問道：「缺少何物？」

見他心焦，玉芝描述了一下辣椒的味道跟形狀，又問道：「袁叔聽過這個嗎？」

袁誠仔細地思索一番，確定自己沒見過玉芝描述的東西，只能遺憾地搖搖頭。

玉芝安慰他道：「咱們日後把鋪子的生意做大，開店開到府城跟京城去，定能找到這種調味料！」

聽到玉芝說的話，袁誠一向嚴肅的臉龐浮起一絲笑容，伸出手摸了摸她的頭。

商量過後，兩人又定下椒鹽豬蹄、蒜香排骨、紅燒小肉丸之類的葷菜。

玉芝思考了一會兒，開口道：「素菜的話，把今日袁叔做的那道炸豆腐也算上吧！另外咱們再做個滑蛋鮮菇。」

袁誠今日算是開了眼界，這才多長時間，他就從玉芝口中聽到兩道新鮮的料理了。

接下來他們又「妳說我做」地煮出了一道菜，這白中微微泛黃的滑蛋鮮菇品嚐起來鮮嫩異常，玉芝又讓袁誠在太白粉水裡打了一顆雞蛋攪拌、加進少許白麵粉，勾出了濃濃的乳白色芡汁澆在菜上，遠遠看起來好似一汪水中月。

袁誠雙眼亮晶晶地盯著玉芝，把她前後兩世加起來超過三十歲的老臉都給看紅了。

此時陳忠繁和李氏一起進了灶房，玉芝急忙躲到他們身後。

李氏有些摸不著頭緒，轉身問玉芝道：「芝芝，妳這是躲什麼呢？」

玉芝小聲回道：「袁叔的眼神太嚇人了啦！」

袁誠這才反應過來自己嚇到小姑娘了，連忙開口說道：「東家小姐教了我兩道新菜，真是讓人獲益匪淺，不知道小姐日後還會不會教我？」

玉芝趕緊胡亂地點點頭，袁誠這才心滿意足地笑了。

此時其餘的陳家人已經回到了駝山村，今日大家要麼忙得累、要麼吃得撐，老陳頭大手一揮，讓各房的人回自己屋裡休息。

林氏憋了一路，終於能好好問問陳忠華了，她有些氣憤地說：「三哥家在招人呢！你為何不去，也不讓我去?!」

陳忠華躺在炕上看也不看她，只回道：「平日看妳挺精明的，怎麼一扯到三房，妳的腦子就傻了？沒看到今日去的人有誰？鎮上的捕快班頭！那是妳我能得罪的人嗎？還有誰送了禮過去？泰興樓的東家和掌櫃！」

林氏的眼眶一下子就紅了，相識這麼多年，陳忠華第一次這樣說她。之前兩個人為了三房的事鬧了些彆扭，她努力哄他才讓情況慢慢好轉，今日他定是見到三房有了大造化，又在心底埋怨她了。

一時之間林氏的委屈比天還高、比海更深，也不管睡在裡屋的兩個孩子了，直接吼道：「我知道你是為了那一兩銀子的事怨我！當初我嫁過來的時候說要還，是誰攔著我的？是你說你三哥跟三嫂面皮薄，不會開口要！現在你三哥發達了，你就怨我讓你們倆生疏了？怎麼不想想，你這個弟弟若是有本事，你三哥跟三嫂能這麼對你、這麼對我?!」

陳忠華沒想到林氏就這麼發起脾氣來，忙翻身起來摀住她的嘴。林氏發不出聲音，只能不停地掉眼淚，自己這個青梅竹馬的丈夫，竟讓她覺得如此陌生。

范氏在西廂聽到林氏的吼叫聲，不禁笑了出來。她也不知道自己為何會笑，反正看見老四一家子也占不了老三的便宜，她就高興！

忙碌的日子過得飛快，眨眼間，陳家食鋪已經開了快兩個月了。第一個月月底盤帳的時候，一家人差點激動得哭了，小小一間鋪子，竟然一個月就掙了將近三十兩銀子！

陳忠繁發給鋪子裡每人一個小小的紅包，還偷偷囑咐小馬和小瑞兩個小二把錢藏好，不用交到鎮上了，讓他們感動得流下眼淚。

不過玉芝這段時間過得可沒這麼舒心。自從她在袁誠面前顯露出對料理的知識後，袁誠就像是盯上她了，每日忙完以後就用目光追隨她，雖然不言不語，但是眸中那炙人的期盼任誰都看得出來。

李氏覺得有些好笑，悄悄對玉芝說：「我看這樣下去不是法子，袁師傅現在可是認準妳了，說起來咱們這鋪子裡就你們兩個懂些菜式，妳要是再躲著，豈不是要逼瘋他？」

玉芝無奈極了，她只是個美食愛好者呀，在袁誠這種專業大廚面前不就是班門弄斧？然而天天頂著他那種眼神過日子，真是讓人有點發慌。玉芝長嘆一口氣，看來自己是跑不掉了。

之後玉芝與袁誠約定好，每個月會給他一道新菜，但那些都是初步的想法，具體內容要他自己琢磨。

袁誠達到了目的，歡喜得彷彿孩子般蹦蹦跳跳拉著玉芝往後廚去，一邊走、一邊說道：「那妳今日要教我兩道，上個月沒教呢！」

看得鋪子裡的眾人都笑了起來。

這日玉芝小心翼翼地擦拭桌子時，背後突然傳來一道略顯憨厚的聲音。「妹妹！涼皮妹妹！煎餅餜子妹妹！」

玉芝一聽就知道是誰，這可是他們家的大腿呀！她忙堆起笑回頭道：「單少爺！您什麼時候來……鎮上……的……」

真不能怪玉芝話說到一半就卡住了，她一回頭，就看到單錦身邊站著一個約十、十一歲的少年。

那少年身穿一襲青衣，一張面無表情的俊臉猛然撞進玉芝眼中。他的五官如利刃雕刻出來的一般，不過因為年紀尚小，帶了幾分嬰兒肥，緩和了那種凌厲的氣勢，讓他看起來有幾分稚氣。他的背脊挺直，低垂著眼，像是沈浸在自己營造的世界裡，周圍的一切都與他無關。

可能是玉芝的眼神太過呆愣被他察覺到了，他微微抬起眸子看了她一眼，發現不過是個身高到他胸口的孩子，一雙漆黑的眼珠不禁閃過笑意，臉上綻出一絲笑。

玉芝不禁倒吸了一口冷氣，這笑得也太……太好看了吧！

單錦看到她呆呆的樣子有些不高興，跳到少年前面擋住他，嘟著嘴對玉芝說道：「妹妹，妳怎麼像其他人一樣都看表哥看呆了！明明我們才是好朋友，哼！」

玉芝被他一驚，緩過神來笑道：「單少爺說什麼呢！我只不過是沒見過這位哥哥，才好奇地看兩眼罷了。」

單錦倒是好哄，聽了這話，胖嘟嘟的臉揚起了笑容。

李氏此時正好從後廚出來，看到了笑咪咪、越發可愛的單錦，忍住了想摸他臉的衝動，歡喜地上前道：「單少爺來了，快坐、快坐，我去後廚給你們端幾道菜過來。」

單錦倒是不把自己當外人，聞言對著李氏嘟囔。「嬸嬸，我想吃涼皮！」

李氏自然連聲應下，去劉老實的窗口那邊吩咐他做幾份涼皮，又親自去後廚要袁誠炒幾道菜。

鋪子裡的客人們見似乎來了什麼大人物，紛紛結帳離去，生怕衝撞了貴人，心底卻暗暗好奇，這小小的食鋪為何靠山這麼多？

陳忠繁這時才聽到消息，匆匆忙忙從後院跑進鋪子來，招呼起單錦一行人。

跟那位少年分別入座以後，單錦才向陳家人介紹起他。「叔叔、嬸嬸、妹妹，這是我的表哥，姓卓，妹妹妳叫他卓哥哥就行啦！」

誰知玉芝卻朝少年行禮道：「卓少爺。」

少年覺得頗有意思，這小姑娘竟沒有順水推舟叫他哥哥？舅舅明明說她可是順杆爬的好手，兩三下就叫他「辰叔叔」了呢！他在家不時感慨，說這孩子若不是家中珍寶，定要強買下她。

想到這裡，少年微微頷首，開口替單錦補充道：「叔叔、嬸嬸，在下姓卓，名承淮，這位是我的表弟單錦，叔叔跟嬸嬸直呼我兩人名字即可。」

玉芝聽到卓承淮說話，才曉得原來他不是故意擺出高冷的模樣，而是正處於變聲期，不想說話吧！那略顯沙啞的公鴨嗓和他的臉真是太不搭了，玉芝掐了自己的大腿一把才沒笑出聲來。

陳忠繁夫妻卻不覺得有什麼異樣，畢竟哪個男孩子不走這麼一遭呢？只是直呼這兩位少爺的名字，卻是萬萬不可的。

單錦聽到他們拒絕，有些生氣地說：「我爹常說叔叔跟嬸嬸都是厚道人，為何現在對我們兩個卻這般生疏，那我們今日就當白來了！」說罷，站起身來就要招呼小廝們離開。

李氏嚇壞了，她是真心喜歡胖嘟嘟的單錦，見他生氣，忙喊道：「錦兒莫走，菜都要做好了！」

單錦聽到這一聲「錦兒」，頓時轉怒為喜，笑嘻嘻地回過身坐下，嘴裡還不停嘮叨。

「就是要這樣才對，我覺得跟妹妹還有叔叔、嬸嬸投緣，你們非要叫我少爺可不好。」

就在此時，袁誠做好了菜，幾樣簡單的家常菜一上桌，單錦就顧不得說話了，他就著一碗涼皮一口接一口地挾菜，一邊吃、一邊感嘆。

「這我沒吃過耶！」

「這個好鮮美……」

「這是什麼作法？怎麼如此酥脆？」

卓承淮最近的飲食頗為清淡，他先挾了一筷看似最爽口的滑蛋鮮菇，放入口中嚥下去以後，卓承淮表面上不動聲色，心底卻嘆了一聲，怪不得舅舅要表弟與他來一趟陳家食鋪，還要藉著之前收購食譜的情分跟他們一家人親近點。

這間小小的鋪子臥虎藏龍，單說這一桌菜，十之八九的菜式他都沒見過。卓承淮又挾起一塊雞肉入口，看起來雖然與一般的紅燒雞肉沒什麼區別，但是滋味卻是從未有過的香郁，他不禁問道：「這雞肉口味為何如此新奇？」

玉芝神秘地笑著說道：「自然是我家的獨門秘方嘍！」

卓承淮有些不好意思，他不過是下意識地問出口，卻一時忘了兩家的關係有些微妙，畢竟泰興樓也是做吃食的……

玉芝瞧他臉龐微紅，心中的小惡魔舉著小叉子囂張地哈哈大笑。

這可是她求韓三娘偷偷幫她榨了一點胡麻香油，又去藥鋪買了金不換才做成的三杯雞，這種南方料理現在怎麼可能會在北方出現呢！他們家當然是獨一份了！

主食上的是蜜豆小包，香香軟軟的包子裡塞著甜蜜蜜的蜜豆餡。單錦喜歡得要命，一口氣吃了三個，坐在座位上撐得直吐舌頭，最後讓兩個小廝扶著他繞著鋪子慢慢走動消消食。

單錦一邊蹓躂、一邊和玉芝討論。「妹妹，妳家這涼涼的肉是怎麼做的？放入嘴裡還沒嚼，那肥肉就化了！我本來以為涼肉會膩呢，沒想到竟然一點都不會。」

玉芝倒是沒怎麼防備他，回道：「這喚作燜肉，要提前好些天準備，我家也不是日日都會供應，今日才做好，你們就碰巧來了。其實吃麵的時候放上幾片這種肉再好不過，涼涼的肉浸入熱騰騰的麵湯，肥肉彷彿化在湯裡一般，精肉也一抿就化，一碗麵是吃得唏哩呼嚕，可口極了！」

一番話說得單錦口水都要流出來了，他摸了摸自己圓滾滾的肚皮哀號道：「妹妹怎麼不早點說啊！我現在真的吃不下一碗麵了……」

看著單錦苦惱的樣子，李氏微微含笑輕聲道：「這有什麼，回頭裝幾塊肉讓你帶回家便是，想吃的時候，切幾片放在麵裡就行。」

單錦又高興了起來，圍著李氏一口一聲嬸嬸地道謝。

陳忠繁也挺喜歡這個小胖子的，開口哄他。「若是你想帶回府城給單東家嚐嚐，就用一桶冰冰著，帶回去之後拿出來放著，等到不那麼涼時就能直接吃了。」

單錦樂得簡直要飛起來了。玉芝忍不住摸了摸自己的腦門，這麼幼稚純真、略帶傻氣的孩子，真的是單辰那隻老狐狸的兒子？這是抱錯了吧?!一旁不動聲色、唇角含笑地看著單錦的卓承淮，倒是有幾分單辰狡黠的神韻。

送走了吃飽喝足、滿載而歸的單錦一行人，陳家人又忙著做生意，把這兩個孩子來過的事情拋到腦後了。

府城單府門口，卓承淮和單錦兩人一道下了馬車，在大門口翹首盼望的單夫人唐氏一把抱住剛從車上下來、還沒站穩的單錦，兒啊、肉啊地叫著，還從頭到腳摸了他一遍，生怕他哪裡不對。

站在一邊的卓承淮羨慕地看了他們母子一眼，隨即低下頭，又成了那個清冷、彷彿不食人間煙火的少年。

唐氏確定單錦一點問題都沒有以後，就緊緊拽著他的手，轉身變回了高傲華貴的泰興樓當家夫人。

她淡淡地對卓承淮笑著說道：「承淮這幾日可好？你表弟不聽話，給你添麻煩了吧？」

卓承淮同樣翹起嘴角行禮回道：「舅母多慮了，錦兒很是聽話，外甥不覺得麻煩。」

單錦懶得聽他們之間那敷衍的應酬，拉著唐氏的手直往門裡拽。「娘，快進去，我給你們帶了好吃的。祖母與爹在家不？」

唐氏溫柔地跟著他，拿出帕子為他擦汗，說道：「在呢！今日你們哥兒倆回來，你祖母和爹都在家等著，慢著些、慢著些……」沒再理會被他們甩在身後的卓承淮。

卓承淮似乎已經習慣了這一切，他若無其事地跟在他們身後，看著他們母子倆在前面笑著說話。

單老夫人早就要單辰陪她坐在廳堂裡，等待自己兩個金孫返家了，聽見單錦嘰嘰喳喳的說話聲，她忍不住笑了起來。

一進門，單錦就鬆開他娘的手，向單老夫人撲過去，抱著她撒嬌道：「祖母，我可想您了！」

此時卓承淮也進來了，他規規矩矩地向單老夫人和單辰行禮道：「外祖母、舅舅，承淮與錦兒回來了。」

單老夫人連忙朝卓承淮伸出一隻手，示意他上前。待卓承淮走近，她就一把將他攬入懷中，從上到下仔細檢查了一遍才放下心來，拍著他的手臂說道：「回來就好，回來就好……」

卓承淮的眼中泛起霧氣，他低下頭眨了眨眼，把眼淚憋回去，一言不發。

第三十三章　小賺一筆

單老夫人十分心疼卓承淮這個外孫，見狀也不為難他，鬆開他、拉著單錦對單辰道：「你不是說有事要問承淮嗎？去書房談吧！我好好問問錦兒這趟出去有什麼好玩的。」

誰知單錦卻甩開老夫人的手，跑到單辰面前道：「爹與表哥說完事情後記得早點過來吃飯，咱們今日就吃燜肉麵吧！我在路上忍不住偷吃了一次，真和妹妹說的一樣，香的咧，我可是忍了一路才沒全吃光，帶回來給你們嚐嚐呢！」

單辰哈哈大笑道：「好呀！今日吃什麼都聽錦兒的。」

看見單錦心滿意足的樣子，單辰摸摸他的頭，帶著卓承淮去了書房。

他們離開之後，單老夫人要單錦去拿燜肉，看他歡快地跑了出去，她嘆了口氣對唐氏說：「妳與桑兒之間的恩怨都已經過了那麼久，如今桑兒早就拋下我與承淮走了，妳又何必對承淮冷心冷情的呢？」

說起來單桑與唐氏之間不過是互相看不順眼而已，並不是什麼深仇大恨，可是對唐氏來說是道過不去的坎。

提起這個話題，單夫人一如既往地低著頭不答腔，單老夫人也拿她沒辦法。她年紀大了，日後得仰仗兒子跟兒媳婦，兒媳婦對承淮雖然冷情，但是給他的吃穿用度一點不少，她挑不出刺來。

想起自己那早早撒手的女兒，和那不可信的狠心女婿，單老夫人不禁悲從中來，淌下了眼淚。

此刻卓承淮已在書房對單辰仔細說完這一路的見聞，其中最重要的，自然是陳家食鋪裡的新鮮吃食。

單辰沈默片刻道：「我雖然知道他家不會只有幾樣菜譜那麼簡單，但是沒想到竟然有這麼多，看樣子還沒完全放出來。月蜺的生意越來越好，這幾個月我們已經慢慢往京城供貨了，咱們家買賣這麼多，怕只有月蜺是獨一無二的。日後若是想在京城站穩腳跟，這陳家……要好好籠絡住了。」

說罷，他咂了咂嘴道：「可惜了那個小姑娘，真想買回來！」

卓承淮被單辰逗笑道：「舅舅，您都唸了八百遍了！幸好您沒跟錦兒說，我看錦兒本來就一口一聲妹妹的，若是知道您曾打算把她買回來，他豈不是要直接把人搶走了？」

單辰搖了搖頭，也覺得自己異想天開，笑道：「走吧！去嚐嚐你們帶回來的燜肉，若是晚了，怕錦兒又要蹦躂了。」

說罷，甥舅兩人笑著往廳堂走去。

九月初四，陳忠富面色憔悴地來到陳家鋪子。到底是親兄弟，陳忠繁連忙上前扶住他道：「大哥，出了何事？」

陳忠富有氣無力道：「今日你小嫂子生了一個閨女，不知為何比穩婆估計的日子晚了十來天，折騰了一天一宿才生下來。我實在是沒勁回村裡報喜了，就來跟你說一聲，你差個人去告訴爹娘吧，後日洗三禮還要他們到場呢！」

陳忠繁和李氏面面相覷，他們都忘了于三娘差不多到該生產的時候了。自從陳忠富搬出去與于三娘單獨賃了一個小院後，基本上沒回過陳家，倒是往于家跑得勤快，好似入贅一般。

老陳頭託陳忠繁探聽了幾次以後，彷彿被傷透了心，逢年過節時不僅臉色不好看，嘴上也不提這個大兒子一句。

李氏畢竟是女人，還是個和趙氏關係不錯的女人，此時表情慢慢變得僵硬起來。

至於陳忠富，他是因為懶得跑去村裡才來尋人帶個話，根本不管請託的對象臉色好不好看，通知一聲就離開了，還順道帶走幾個煎餅餜子，沒給錢……

陳忠繁夫妻沒他那麼厚臉皮，很快就派了小馬回村裡通知老陳頭，誰知沒一個時辰小馬就氣喘吁吁地回來了，他邊喘、邊回陳忠繁道：「東……東家，老……老爺子說他……他不來！」

玉芝有些無語，倒了杯水給小馬，說道：「小馬哥，你先喝點水，慢慢說。」

小馬「咕嚕、咕嚕」喝下水，長吁了一口氣才說道：「老爺子說他不來參加那孩子的洗三禮。若是真想辦，就要他們帶著孩子回村裡辦；若是不回去，也別想讓他們來鎮上！」

其實陳忠繁本來就不願意讓老陳頭出席這尷尬的洗三禮，聞言給了小馬兩文錢，要他跑一趟白玉樓尋陳忠富說這件事，並叮囑若是陳忠富不在，就直接說給于掌櫃聽。小馬應了一聲，飛快地跑了出去。

結果不難想像，于掌櫃下半晌的時候，派了個小廝來鋪子裡說這個洗三禮由于家辦，用不著陳家。三房一家人內心毫無波瀾，陳忠繁答了一句「知道了」就打發那小廝走，小廝離開的時候還有些摸不著頭緒。

小廝回到白玉樓告訴于掌櫃陳家人的反應後，于掌櫃氣得砸了一個茶杯。他站起來想罵人，又不知該罵誰，只能怪自家閨女不爭氣，做下這等醜事，連所謂的婆家人都容不下她。

若是一般人家，可能會認為于家這麼做是打臉，但是陳家反而覺得鬆了一口氣。若是見了面，他們該怎麼面對那個孩子呢？不如就這樣不相見吧！

陳家的日子過得忙碌又充實，很快就到了快過年的時候。

玉芝觀察到本地只有最普通的黃米年糕，一塊塊方方正正地擺著，就像小金磚。她做了一些糯米年糕，找老陳頭刻了一批鯉魚、蓮花、蝙蝠之類有喜慶寓意的木頭模具，抹上豬油以後，把黃米與糯米年糕團子放進模具蒸，放涼以後取出來就是形狀特殊的年糕了。

年糕一推出就大受歡迎，白的糯米年糕跟黃的黃米年糕應了「金銀」兩字，又有各種吉祥的寓意。家有書生的人家紛紛買一對金銀鯉魚放在供桌上擺著，討個「鯉躍龍門」的好彩頭；來年家有喜事的也買一對並蒂蓮放著，盼望未來的小倆口和和美美。

這讓陳家食鋪狠狠賺了一筆，其他鋪子則大為懊惱，這種簡單的事自己怎麼沒早點想到呢！現在被陳家搶了先，稍稍有些積蓄的人都要買造型特殊的金銀年糕，他們的普通年糕就沒那麼好賣了。

老陳頭也賺了一點外快，這些模具他原本不想收錢，只是幫幫兒子的忙而已，沒想到三房的人堅持要給，不只給了，還給了市面上工錢的十倍，一百個模具的價格足足有三兩銀子！

孫氏樂得合不攏嘴，畢竟老陳頭說過，這些銀子誰也不給，就留著他們老兩口花用。她當天就買了兩斤肥肉跟豆腐，混著白菜燉了滿滿一大鍋，和老陳頭兩人吃了個滿嘴油光。

要過年了，鋪子當然得關幾天歇歇，誰知當陳忠繁把鋪子裡的人聚在一起，討論開關鋪子的時辰時，卻遭到袁誠反對。

袁誠說道：「東家心疼咱們才想在過年的時候歇業，可是我們四人平時哪裡都不能去、也不想去，過年不過是守著鋪子冷冷清清地過罷了。不如就這麼開著，我們四個人分別是廚子、小二，怎麼都能支起一個鋪子來，日日有客人上門，我們也有能忙活的事、多幾個能說話的人。

「年前鋪子總要好好盤一次帳，待買完過年這段時間要用的食材後，東家就把鋪子所有的錢拿走吧！小黑以前認過幾個字，到時讓他記下每一桌掙的錢，然後把錢放在一個大抽屜裡。東家有空就兩、三日過來一次，沒空的話這個年都不過來也行，左右不過十來天的工夫罷了。」

陳忠繁從小到大從未見過過年不關門的鋪子，聞言他微張著嘴，露出錯愕的表情。不過玉芝前世倒是常看到這種情況，有很多人年夜飯是在餐廳吃的，而且過年的時候生意更好，她覺得這樣無妨。

早早就放年假的兆志三兄弟此刻也在鋪子裡，兆勇原本就是小財迷，聽到袁誠的主意，不由得叫好道：「袁叔，到時候我天天來幫你們的忙，正好學學鋪子裡的一些事！」

兆志打了他的頭一下道：「過完年大哥就要去考秀才了，你不陪我在家看書呀？還有，過年時要祭祖、拜年、去姥姥家，哪有空讓你天天過來，真是想得美呢！」

只見兆勇低下頭噘起嘴，看起來很是委屈的模樣。

自從家裡的條件變好以後，幾個孩子是越來越活潑了，以往那種壓抑著什麼的感覺也慢慢褪去，陳忠繁和李氏自然樂見其成。看見小兒子被打擊到了，李氏忙把他拉過來安撫，把兆勇哄得眉開眼笑的。

陳忠繁稍微思考了一下，又問了小馬、小瑞與小黑三個人的意見——他們當然表示同意，因為這原本就是大夥兒商量好的。小黑跟著袁誠做事，袁誠怎麼說，他就怎麼做；小馬跟小瑞想好好表現一番，力求過年後讓東家買下他們，對鋪子展現出來的熱情一點也不比袁誠差。

見他們全都贊同，陳忠繁點了點頭道：「既然如此，那麼咱們鋪子過年期間就開著吧！明日兆志寫張紅紙貼在大門上，小瑞站在門口吆喝兩句，好讓鎮上的人知曉。」

接著他又把過年期間每日開門的時間推遲一個時辰，這樣他們四個也能睡個懶覺。四人應下後，這件事就這麼決定了。

回村的路上，兆志才語重心長地對兆勇說：「三弟，方才袁師傅直接說出過年期間鋪子裡的收入會怎麼處理，就是怕我們以為他們會貪那些錢對吧？」

兆勇點了點頭，兆志接著說：「那麼，若你是他們，看到咱們家有一個人天天去鋪子裡看著，你會怎麼想？」

想了一會兒，兆勇恍然大悟道：「那……當然會覺得咱們家不信任我。」

兆志頷首道：「正是，這本來就是他們應該歇息的時間，卻為了鋪子放棄，不過是想為咱們家多掙一點錢罷了。說到底，不過是覺得咱們家對他們好，才想報答一二，若是我們還派個人監視他們，這種事情怕是沒有下一次了。」

聞言，兆勇羞愧地低下頭小聲說：「我真的沒那麼想過，只是喜歡去鋪子罷了。」

兆志捏捏他的臉安慰道：「你總說日後要掙大錢、做大買賣，可是在那之前，得先了解人心。你現在還小，最重要的是好好讀書，若是書讀得不好，一切都是空談。你見過不認字、不會算數的大商人嗎？」

只見兆勇抬起頭看著兆志笑道：「日後大哥可要多教教我和二哥，不然我倆不知要多走多少彎路呢！」

兆亮在一旁拚命點頭表示贊同，一家人看到他們兄弟兩人的傻樣子，都忍不住笑了起來。

陳家食鋪過年竟然不歇息，正常做買賣！

這個大消息像風一樣吹遍了鎮上的大街小巷，許多原本沒聽說過這間鋪子的人都好奇起來，順口向人打探。

去過陳家食鋪的人不知怎的打從心底生出自豪感，把那裡的吃食誇得天上有、地下無的，有一種「我去了是我有眼光，你沒去代表你孤陋寡聞」的感覺。

打探消息的人嘴上說著「有什麼了不起的，不過是間小食鋪罷了」之類的話，心底卻更加蠢蠢欲動，琢磨著要抽空去一趟。

這導致陳家鋪子年前這幾日天天爆滿，哪怕有放年假的兆志三兄弟幫忙，所有人還是忙得團團轉，李氏與閔氏兩個人整天待在後廚刷洗碗筷、摺油紙，一天下來手都僵了，彎也彎不動，看得陳忠繁等人心疼極了。

這日關了鋪子之後，李氏跟閔氏依然在後廚摺油紙，玉芝偷偷摸摸把陳忠繁和三個哥哥拽到角落商議。「記得去年剛開始做買賣的時候我怎麼說的嗎？要幫娘買一副金頭面呢！爹，咱們鋪子現在有多少錢了？」

陳忠繁尷尬地撓撓頭，看了兆志一眼。

兆志每旬假期都會來自家鋪子盤帳，這件事沒人比他更清楚。他沈思了一下，開口道：「年前咱們還得再買一批米、麵、菜、肉，若是除去這些，帳面上差不多有一百三十兩左右。」

玉芝對現在的首飾價格沒有概念，聞言問道：「那現在一副銀頭面大約要多少錢？」金的跟銀的價差肯定不小，不過她還是想先有個底。

幾個男人頓時傻住了，這……這誰知道呀？

玉芝看到自家爹爹和哥哥們的傻樣，就知道他們跟她一樣一頭霧水。碰巧此時劉老實從小隔間走了出來，玉芝忙喊道：「老實叔，快來，咱們討論點事！」

劉老實滿臉疑惑地走了過去，玉芝小聲地把他們打算買金頭面給李氏的事說了一遍，然後問他。「劉嬸日日這麼勞累，老實叔不打算給她買點什麼嗎？」

只見劉老實憨厚的臉泛起了可疑的紅暈，看得陳家人一陣好奇。他頂著五個人總共十道目光，壓力頗大，只能用幾乎聽不見的聲音說道：「是想給她買只鐲子來著……」

玉芝眼睛一亮，真是看不出來呀！這老實叔可是一點也不像表面那樣傻乎乎的呢！迎著陳家幾人意味深長的眼神，劉老實幾乎要落荒而逃了，他剛想轉身，卻被玉芝拉住問道：「那老實叔打算去哪裡買？去看過了嗎？要多少銀子？若是一副銀頭面，大概要多少錢？」

既然已經說出來了，劉老實乾脆豁出去答道：「我打聽過了，鎮上就數白玉樓名氣最大，可是那是富貴人家去的地方。還有一間鴻翠閣，聽說那裡也很好，前年才開的，只不過鎮上的大戶人家都認老字號，不怎麼認他們家。鴻翠閣的東西價格比白玉樓稍低一些，卻是足金足兩的，前日我去看了一眼，銀鐲子一般都在一、二兩銀子上下，別的我沒看，也不知道銀頭面多少錢一套。」

玉芝聽完以後滿意極了。白玉樓與她家之間的關係本來就很尷尬，若是真的去白玉樓買東西，還不知道會鬧出什麼事來呢！她並不在乎什麼老字號不老字號的，既然有間鴻翠閣，風評也好，那就去那裡看看。

幾人商議一番後決定擇期不如撞日，今日就去購買首飾，買完了以後藏好，等過年給她們一個驚喜。

陳忠繁向李氏跟閔氏胡編亂了個要去看貨的理由，帶著劉老實和幾個孩子離開鋪子，直奔鴻翠閣。

進了鴻翠閣，一個約莫十六、七歲的小夥計迎上前來，他看到劉老實就說道：「這位大哥過來了，上次您看好的幾只鐲子都為您單獨放著呢！您今日是再來看看的嗎？」

劉老實從未享受過這種待遇，人家竟然記得他這號小小的人物……他不禁有些緊張，說話都結巴了。「嗯……嗯，對！這是我東……東家，今日也是要來買……買首飾的！」

小夥計忙笑道：「這位東家稍等，我喊個人過來替您介紹。」

說罷，他回頭進了裡間，喊出一個年齡稍大的夥計來。他向陳忠繁一行人介紹了一下這個夥計後，自己又站回劉老實身邊，等著他發話。

玉芝大感佩服，這鴻翠閣真是不一般，普通人聽到他們是劉老實的東家，怕是早就甩開劉老實來接待他們了，想不到店家竟然堅持一人服務一客，看來日後這間店怕是要慢慢趕上、甚至超過白玉樓了！

第三十四章 貼心年禮

第一印象好了，買賣自然談得順利，只是陳忠繁和三個男孩子根本說不清楚要什麼首飾跟頭面，最後還是得玉芝出面與夥計談。

玉芝先問道：「小哥，不知這裡銀頭面一套多少錢，金的又是一套多少錢呢？」

夥計笑著回答。「咱們家頭面是根據大小、數量來區別價格，一般來說普通一套頭面光是銀的就得要五、六兩，再加上咱們大師傅的工錢，一套大約要八兩銀子左右，若是再加對鐲子，就是一套十二兩起跳了。若是金的，就算用最少的料做最簡單的花樣，而且不要鐲子，也要七十兩銀子，若是加了鐲子，就得一百兩起跳了。」

陳家幾個男人倒抽一口氣，玉芝則在心中嘆息，看來自己許給娘的金頭面今年是實現不了了，還是先買套銀的吧……

她定定神，開口道：「那就先拿幾套銀頭面過來讓我們選吧！」

說著，她看了一直跟著他們的劉老實一眼，又道：「銀鐲子也拿一些過來。」

兩個夥計應了一聲忙了起來，不一會兒就端上四、五套銀頭面與兩盒銀鐲子。一眾男人看得眼花繚亂的，頭都大了，不禁全把期盼的目光放在身高和櫃檯差不多一樣的玉芝身上。

玉芝倒也不怯場，喊小夥計搬一個高凳子給她，再讓兆志把她抱上去，然後就趴在櫃檯上開始研究這些首飾。看得出來鴻翠閣的大師傅手藝極好，這些銀頭面中竟然有一套是累絲燕子歸巢圖，累絲在如今沒有機器的情況下做起來可是極其麻煩呀！

玉芝感嘆、欣賞一番就直接略過那套累絲銀頭面，因為價格肯定不菲。她選了一套簡單大方、在村裡、鎮上都能戴的蝶趕花銀頭面，手工雖然沒有累絲那麼複雜，但是看起來十分精巧，而且重量頗足，她覺得李氏一定會喜歡。之後玉芝又挑了兩只圖案差不多、帶有蝴蝶的銀鐲子，擺在蝶趕花銀頭面的盒子裡，讓陳家男人們瞧瞧如何。

劉老實在一旁搓著手小聲道：「玉芝，我是真的選不出來，妳幫妳劉嬸也選只銀鐲子吧！」

玉芝偏過頭眨著眼睛問他。「老實叔，劉嬸喜歡什麼樣的呀？」

劉老實被問住了，想了想才回答道：「就……就紮實的吧！」

一直跟著劉老實的小夥計忍不住噴笑出來，「紮實」是形容首飾的詞嗎？不過他立刻憋住笑，低頭看了看同樣滿頭黑線的玉芝，然後在盒裡挑了幾只花紋不是特別多、模樣古樸大方的銀鐲子遞到玉芝面前道：「小娘子看看，這是我們這裡賣得比較好的款式，鏤空少、花樣少、損耗少，算是……『紮實』的了！」

玉芝假借撥髮抹去了額頭上的黑線，接著看起了這幾只銀鐲子，在與劉老實商量之後，最終選了個簡單大方的纏枝蓮圖案。

劉老實十分滿意，不停地向小夥計跟玉芝道謝。陳忠繁看不下去，攔住劉老實喊結帳，小夥計就跑上樓去喊掌櫃的。

不一會兒，一個身著藏藍色棉袍、面色白皙、留了兩根長鬚的清瘦男人跟著小夥計走了下來，猛一看彷彿是哪個學堂的教書先生。

只見掌櫃的還在臺階上就笑咪咪地朝眾人拱了拱手，然後走到陳忠繁跟劉老實面前自我介紹道：「鄙人姓馮，是鴻翠閣的掌櫃，兩位客人可是看好了什麼，需要結帳了？」

劉老實馬上縮到陳忠繁身後，陳忠繁只得無奈地說道：「馮掌櫃，今日我看好一副銀頭面與一對銀鐲子，我這兄弟看好了一只銀鐲子，不知價格幾何？」說罷，把看好的東西推到馮掌櫃面前。

馮掌櫃認真地看了看，回道：「這副銀頭面鄙店賣九兩銀子，加上這對鐲子，一共是十三兩三錢。貴兄弟看好的這只單鐲做工簡單，只須一兩八錢銀子即可。」

陳家人和劉老實都覺得這價格不算貴，與自己心中預設的價位也差不多，便沒還價，各自數了錢付帳。

兩個夥計小心地把他們買的東西裝進盒子，馮掌櫃則回身拿了一對小小的圓珠銀丁香裝在布袋裡，遞給玉芝道：「給小娘子戴著玩吧！」

玉芝摸了摸還沒打耳洞的耳垂，行禮謝過他，接著突然想起什麼，又抬頭問道：「不知馮掌櫃這裡可有其他便宜些的銀丁香，我要買幾對送給姊姊們。」

馮掌櫃點點頭，自身後的櫃子抽出一個抽屜，裡面密密麻麻地擺著各式各樣的耳飾，看得玉芝心喜。

玉芝瞧了半天，挑出兩對稍大一些、不清楚是什麼花樣的銀丁香，又挑了兩對小一點、三葉草款式的銀丁香，遞給了馮掌櫃。

馮掌櫃看了一眼道：「大的一對四十文錢，小的兩對五十文錢，一共是一百三十文錢。」

接下來玉芝又買了四對大小不同的光面耳環，這些要一兩多銀子。玉芝看向陳忠繁，陳忠繁馬上掏出一個二兩的小銀錠子遞給馮掌櫃，玉芝高興地點點頭，也不用馮掌櫃幫忙，接過他遞來的幾個小布袋一一裝好耳飾，準備回去送人。

一行人可說是乘興而來、滿意而歸，回到鋪子以後每個人臉上還紅通通的，看得李氏和閔氏一陣懷疑——他們到底幹啥去了？

劉老實到底憨厚，在閔氏懷疑的目光之下差點全交代了；陳忠繁則是假裝從容自若、其實漏洞百出地回答著李氏的盤問。

李氏看了在旁邊偷笑的幾個孩子一眼，知道他們不是去做壞事，又怎麼也問不出個所以然，索性停住不問，反正早晚都會知道。

臘月二十八，陳家三房與劉老實夫妻回村後就開始休假。兆厲與兆志今年依然是村裡寫春聯的主力，兩個人合寫了一整天才寫完，那叫一個腰痠背痛。最後兩個人一起趴在東廂炕上，由趙氏扶著玉芝在他們背上踩了好一陣才鬆快多了。

寫完春聯兩天就是年三十，這日玉芝神神秘秘地把正在幹活的李氏喊到屋裡，只見陳忠繁跟兆志三兄弟表情嚴肅地站成一排。

這可把李氏嚇壞了，問道：「怎麼了這是？」

陳忠繁從炕被底下掏出一個盒子遞給李氏，要她打開來看看。李氏剛打開看了一眼，眼淚就流了下來，怎麼也止不住。

她顫抖著蓋上盒子，輕拍了陳忠繁的手臂一下嗔道：「就會浪費錢……」

陳忠繁傻乎乎地笑道：「喜歡嗎？是咱們孩子選的，我覺得可配妳了！」

幾個孩子被爹娘酸得齜牙咧嘴直吸氣，李氏被孩子們鬧得有些不好意思，低下頭小聲「嗯」了一聲。

陳忠繁才不管呢！逕自打開盒子道：「來，我幫妳戴上試試！」說完就伸手拿了一支簪子插到李氏的烏髮上。

李氏閃躲不及被戴個正著，抬起含著淚的雙眼瞪了陳忠繁一眼。

陳忠繁被瞪得心都酥了，看著李氏嬌羞的樣子，又瞧了瞧她頭上的簪子，一個大男人也流下了眼淚，說道：「這些年是我對不住妳，苦了妳了……」

幾個孩子想到過去的苦日子，也有想哭的衝動。玉芝怕幾個哥哥跟著掉淚，連忙掏出幾個小布袋遞給李氏道：「娘，您看，這是我買來送給堂姊、表姊與姥姥、舅母們的，您覺得如何？」

李氏數了數那些銀丁香跟耳環，問道：「還有妳大舅母的媳婦呢！妳買了她的分嗎？」

玉芝一拍額頭道：「完了，上次去姥姥家沒見到人，我都忘了還有個大表嫂，這可如何是好？」

說完，她又伸手掏出一個小布袋道：「我只有這個了，這是馮掌櫃送我的，正巧我還沒有耳洞，送給大表嫂行嗎？」

李氏搖搖頭道：「這個一看就是小孩子戴著玩的，送妳大表嫂不合適。這樣吧，把給妳表姊的那對花的給妳大表嫂，這對小的就給妳表姊吧！」

討論完怎麼分配這些小東西，李氏上下打量起玉芝來，那眼神看得玉芝陣陣發毛，顫著聲問道：「娘……您看什麼呢？」

李氏道：「過完年妳就七歲，是個大姑娘，也該打耳洞了。」

玉芝嚇壞了，古代這種衛生環境下打了耳洞會不會發炎呀?!她急忙搖頭道：「不不不，我還小呢！不打、不打！」

李氏笑著啐她一口道：「說什麼笑話呢！姑娘家大了哪有不打耳洞的，都怪娘忙忘了，錯過了一陽節。幸好還有正月二十的天穿日，到時就幫妳把耳洞打了！」

說完以後，她又喃喃自語起來。「還是銀樓掌櫃懂得多，這是送一對銀丁香提醒我該給玉芝打耳洞了呢！」

玉芝欲哭無淚，想起馮掌櫃那眉目含笑的樣子，咬牙切齒地在心底抱怨起來。

此時在府城家準備過年的馮掌櫃打了個噴嚏，他身邊的卓承淮好奇地問道：「馮叔，您著涼了？」

馮掌櫃搖了搖頭，納悶道：「沒有啊！不知為何突然打了個噴嚏，怕是有人在背後罵我吧？」

這廂李氏也不管玉芝哭喪著臉，拽著她去各房送禮，首先就是去東廂送給玉芳。玉芳歡喜得不得了，連連道謝。

趙氏坐在炕上笑咪咪的，卻發現玉芝嘟著嘴，忙問道：「芝芝這是怎麼了？為何不高興？」

玉芝撲在她身上撒嬌。「大伯母，我娘說要給我打耳洞呢！我害怕，不要打！」

趙氏不由得失笑道：「瞎說什麼呢！那是肯定要打的！」接著轉頭看向李氏道：「怕是定在天穿日吧？到時候我幫妳的忙，省得這小魔星鬧起來，給打壞了。」

李氏當然樂得滿口答應，玉芝沒拉到隊友，還眼睜睜看著大伯母和自己親娘結盟，氣得一張臉鼓得更圓了。

隨後玉芝跟著李氏去二房跟四房把三葉銀丁香分別送給玉荷跟玉茉，看著她們兩人對她家境況羨慕嫉妒恨的眼神，玉芝理都不理，笑嘻嘻地回到小東廂。

今年過年比往年熱鬧多了，老陳頭手裡捏著三房給的孝敬錢，嘴都快笑咧了，還豪氣地拿出二兩銀子來置辦年貨。再加上三房帶來的燜肉、糖醋丸子等全肉類的葷菜，這頓飯都能趕上村裡富裕人家娶親的席面了。

孫氏也笑得合不攏嘴，她總算發現前半輩子她脾氣不好的原因出在沒錢。今日下晌陳忠繁去上房給老陳頭今年的十兩孝敬錢時，李氏偷偷塞給她一個二兩的小銀錠子，說是單獨給她的，可把她高興壞了。這些年她還是第一次有私房錢，所以這回她大方地給了三房每個孩子足足十文壓歲錢。

一大家子熱熱鬧鬧地吃了團圓飯，哪怕是天擦黑才趕回來、眼眶深陷的陳忠富，都被這歡快的氣氛感染得笑容滿面，只不過他一回頭看到打過招呼後就不理他、顧著跟兆志討論學業的兆厲，心中到底有些悲涼。

小孩子都是這樣，哪怕自家吃的是山珍海味，卻還是覺得隔壁人家的炒花生最香。一到過年的時候，平時看起來還算穩重的孩子們都變成了小娃，他們惦記著各家的點心，急得在院子裡跑來跑去，動不動就溜進來看自己的爹喝完了沒有。

老陳頭看著覺得好笑，說道：「罷了、罷了，回來再喝，你們先帶著這些孩子拜年去吧！」

陳忠繁和陳忠華應了一聲，帶著幾個孩子出了門，陳忠富和陳忠貴長時間不在村子裡，自然沒有需要走動的對象，還是陪著老陳頭喝酒。

此時劉老實又第一個敲響了陳家大門，與去年不同的是，今日閔氏也一起來了。待在家裡的玉芝偷偷觀察起閔氏，發現她一雙眼睛亮晶晶的，不時歪頭看劉老實一眼，伸手撩頭髮的時候衣袖滑落，那只銀鐲子就露了出來。

玉芝賊兮兮地朝劉老實眨眼，把劉老實眨得臉都紅了，她又轉頭對閔氏眨眼，看到閔氏的臉也飛上了紅暈，玉芝忍不住哈哈大笑起來。

初三那天，三房一家人都去了井躍村，這次玉芝的三個舅母全在家等著唯一的小姑回家，除了要招待李氏他們，還有另一個原因。

李家的女孩本來就少，玉芝這一輩只有二舅家有一個表姊，已經十四歲，再翻個年就要說親了，不好再讓人逗弄。玉芝本就生了一雙大眼睛，這一年多來吃得好了，一張小臉胖嘟嘟，皮膚白裡透紅的，看著格外討喜，她們就是等著要「玩」玉芝的。

玉芝被這些舅母們抱起來好一頓搓揉，李氏大清早特地為她梳的雙丫髻都被弄得亂糟糟的，結果又引得舅母們搶著幫她梳頭髮。玉芝生無可戀地覺得自己彷彿是一個布娃娃一般，索性放棄掙扎，由她們去了……

還是姥姥鄭氏把她從舅母們的魔掌中拯救出來，一人拍了一下手背道：「看妳們把外甥女給弄的，這小臉都紅了、頭髮也亂了。來，姥姥幫妳梳梳頭！」

說罷就喜孜孜地替玉芝梳起頭來，看得舅母們一陣羨慕。

一直熱鬧到下半晌，陳忠繁才帶著李氏和孩子們告辭回家。親人之間又是一番不捨，舅母們巴巴地盯著玉芝，要她多回來玩，可把玉芝嚇壞了，嘴上答應著，身體卻緊緊貼著兆志，逗得一眾大人笑得開懷。

第二日一大早，玉芝還沒睡醒就聽到外面一陣吵鬧聲，她揉著眼睛從炕上爬起來，正巧兆志剛背完書從門外進來，見她起床，連忙過去幫她穿衣服。

玉芝噘著嘴問道：「大哥，外面出了什麼事啊？都把我吵醒了！」

兆志的表情有些怪異，說道：「大姑母回來了。」

玉芝沒反應過來，問道：「哪個大姑母呀？」

兆志拍了她的腦袋一下道：「睡迷糊了啊！還有哪個大姑母，就是爹的親姊姊，咱們的大姑母！」

玉芝問道：「咱們大姑母？她不是昨日回門嗎？為何今日又來了？」

兆志無語，嘆了口氣道：「妳還是沒清醒過來，今日來了，自然是昨日沒來。至於昨日為何沒來……我在想，怕是衝著咱們家來的。」

玉芝一聽都不想說話了，學著兆志的樣子嘆道：「走吧！爹娘還在外面呢，別讓他們吃了虧。」

兆志笑道：「我把兆亮跟兆勇放在爹娘身邊呢，一般人現在無法輕易讓他們吃虧了！」

玉芝這才放下心來，暗自思忖著自己這從未見過面的大姑母打的是什麼主意。

要說玉芝對陳蘭梅的第一印象，還算是不錯。她的身形略顯富態，生了對圓圓的眼睛，身上穿著乾淨的細棉布新衣裳，看起來讓人心生好感。

玉芝跟著幾個哥哥向陳蘭梅行了禮之後，就安靜地站在一邊，聽聽她到底有什麼目的。

因為陳蘭梅在自家親娘去了之後，照顧了幾個兄弟幾年，又嫁了個家底殷實的婆家，所以她在這個家裡頗有地位，大大小小都挺敬著她的。

陳蘭梅這些年被婆家人當成佛供著，也有些自傲，見人到齊了，也不浪費時間，直接開口問陳忠繁道：「老三，聽說你們分家了？」

第三十五章　斷然拒絕

陳忠繁「啊」了一聲，不再言語。

見狀，陳蘭梅皺了皺眉，接著道：「聽說你們在鎮上開鋪子？掙大錢了？」

陳忠繁解釋道：「只不過開了間小食鋪，掙不了幾個錢。」

誰知陳蘭梅卻笑了，站起來走上前，雙手拉著兆志的手道：「兆志去年中了童生，今年怕是要考秀才了吧？」

兆志有些尷尬地想抽回手，又覺得不好，只得強忍著被碰觸的不適回道：「今年是要參加院試沒錯，至於過不過，還難說呢……」

陳蘭梅打斷他道：「哪有什麼不過的！我聽說你家夫子到處誇獎你呢，說你肯定能中秀才！」

兆志頭都大了，只能乾笑，不知該回答什麼。喬夫子那麼一個低調的人，怎麼可能到處說他的事呢！大姑母這是從哪裡聽來的消息？

說實在的，兆志有些丈二金剛——摸不著頭腦，不知自家大姑母今日為何對他如此熱情，往年她年初三來的時候吃頓飯就走了，從未跟他們有過什麼稍微親近一點的接觸啊！

李氏見不得兒子進退兩難，上前拉開陳蘭梅，自己握著兆志的手道：「大姊，去年沒見著您呢！今年碰面了，真是太好了！」

陳蘭梅被逼得放開兆志，皺了皺眉想生氣，可是接著不知想到什麼，臉上反而堆起笑與李氏寒暄。

這下上房裡的人都呆住了。陳蘭梅回娘家時最忽視的人就是李氏了，因為李氏性子安靜、安分地做自己的活，所以陳蘭梅總當她是個透明人，話都不說一句，如今竟聊起來了？

三房的人看到這個情況，漸漸感到不安，總覺得陳蘭梅像是在醞釀什麼大陰謀一樣。玉芝倒是不急，她覺得陳蘭梅是個憋不住的人，怕是馬上就會露餡兒了。

果然，兩個人聊了一會兒後，陳蘭梅覺得氣氛越來越不融洽，也懶得拐彎了，拉著李氏問道：「兆志今年十五歲了吧？三弟妹有沒有考慮為他訂親？」

兆志的臉像火燒般一下就紅了，其他人則是控制不住自己，驚訝地半張著嘴。

還是李氏這個當娘的先反應過來，勉強擠出笑對陳蘭梅道：「大姊這說的是什麼話，孩子還要唸書，現在說親只怕影響他的心思，再說了，這話也不好在孩子面前說。」

說罷，她僵硬地轉過頭對幾個孩子道：「大人談事情呢！你們都先出去吧！」

兆志落荒而逃，兆亮跟兆勇看到哥哥出去了，也壓抑住內心的好奇跟著出去了。玉芝仗著年紀小，反而上前兩步鑽到李氏懷裡，表達了她堅決不出去的決心。

李氏知道玉芝是要為幾個哥哥當小耳報神的，但又不願在陳蘭梅面前趕她，只好由她去了。

陳蘭梅眼睜睜地看著兆志離開，頓時有些不高興。她鬆開李氏的手回到椅子上坐下，沒了方才的笑容，直接對李氏道：「三弟妹看我家花兒如何？她比兆志小兩歲，姑表親最是合宜，不如把兩個孩子的婚事定下來吧！」

看到陳蘭梅三言兩語就要定下自家長子的婚事，陳忠繁有些頭疼，開口阻攔。「大姊，花兒這孩子長到這麼大，我們只見過幾回。年年妳回門都不帶她，說是她身嬌肉貴，無法承受這種顛簸，現在說話間就要定下婚事，咱們不能同意。」

陳蘭梅用看陌生人的眼光注視著陳忠繁。在她心中，陳忠繁和李氏就是兩個悶頭驢，只會悶頭幹活不吭聲，她覺得她若是正式提起這件事，這兩夫妻肯定沒意見，萬萬沒想到，他們竟然敢拒絕！

這讓陳蘭梅一時之間不知道該說什麼，只能看向老陳頭，不料老陳頭只是朝她笑了笑，沒說話。

這是什麼意思？陳蘭梅覺得自己有些弄不懂娘家人了。

她沈默了半天才開口道：「三弟、三弟妹，我家花兒雖說自小嬌養，但是家務是一等一的拿手，人也長得水靈，我覺得她與兆志是天造地設的一對呢！」

玉芝假裝驕橫地問道：「大姑母，花兒姊姊會讀書寫字不？」

陳蘭梅額頭都冒出汗了，斥責她道：「小小年紀插什麼嘴！這附近誰家的女孩子會讀書認字？」

玉芝嘖嘖回道：「那花兒姊姊和我大哥不合適呀！我偷聽我幾個哥哥聊天，說是日後要找個能讀書認字的姑娘呢！那個叫什麼來著……哦！紅袖添香、夫唱婦隨！」

她特別強調最後那八個字，見陳蘭梅臉色青白，又補了一刀。「再說了，我就認字啊！

哥哥們每日回來都會教我，大哥說我比他剛讀書的時候學得更多呢！」把一個得瑟又討人厭的小姑娘演得淋漓盡致。

陳蘭梅狠狠瞪了玉芝一眼，玉芝假裝害怕地往李氏懷裡縮了縮，李氏忙摟住她，對陳蘭梅說：「大姊，孩子這話雖不中聽，卻是事實。兆志必定會找個能跟他說上話的媳婦，我們也沒打算讓他這兩年訂親，他還想在科舉路上搏一搏，太早訂親會讓他分心的。」

這一天，陳蘭梅信心滿滿地前來，失魂落魄地回去。

她離開以後，老陳頭倒是安慰陳忠繁道：「莫要埋怨你大姊，她不知道家裡現在的情形，兆志的婚事慢慢來，不急。」

陳忠繁和李氏本來就不埋怨陳蘭梅。說親這種事，不管男、女誰看上了誰，探個話很正常，不願意就不願意，一般說來不會影響兩家的交情。

玉芝這個小碎嘴自然一五一十地向三個哥哥說了，兆志的臉頓時紅得跟猴屁股一樣，玉芝欣賞了好半天，心想自家大哥一向表現得成熟沈穩，這樣看起來才像個十五歲的少年嘛！

兆亮倒是氣憤地說：「花兒表姊又嬌氣、又壞心，大姑母想把她嫁給大哥，這是要禍害咱們家呢！小時候她來過家裡一趟，我從外頭跑進來，她覺得我身上髒，直接伸了一腳把我絆倒，看我摔倒了，她又哭著去找大姑母說我嚇著她了，害我被爺爺一頓好打，嘖嘖……」

此時李氏進屋聽見兆亮說的話，訓斥道：「那是多久前的事了！當時你們年紀都小，調皮一點也沒什麼，小時候你還偷偷打兆勇呢，你都忘了？現下你們都是半大的孩子了，可不能再把人家閨女掛在嘴邊議論，花兒的名聲還要不要了?!」

兆亮是個知錯能改的好孩子，想了想之後，覺得自己的確不對，於是低頭道：「娘，是我錯了，我這不是看著沒有外人嗎？日後我定然注意！」

不過兆勇的關注點卻不在這裡，他戳了戳兆亮問道：「二哥，小時候你偷打過我啊？我怎麼不記得了？」

說著就撲上去道：「現在我要報仇了！」

見他們兩個人笑著、叫著鬧成一團，一旁的人都露出了笑容。

出了正月十五，這年就算過了，陳家三房也要買宅基地了。老陳頭知道三房遲早要搬走，索性忙前忙後地帶著陳忠繁挨個兒空地看，最後選中一塊離老陳家不遠、大小合適的空地。定下以後找村長測量具體畝數，把地契什麼的都辦了，不過兩日時間，蓋著鮮紅官印的地契就被李氏收進了炕櫃裡。

玉芝歡喜得要瘋了，將近兩畝的宅基地，差不多有四百坪呢！自家這是要蓋豪宅嗎？她興奮地對兆志說了一堆話，兆志卻一臉奇怪地望著她道：「將近兩畝的地，妳覺得很大嗎？咱們家現在住的地方，上房、四個廂房、柴房、灶房還有旁邊那一小塊菜地，加一加差不多就快一畝地了，變成兩倍也大不到哪裡去啊！」

玉芝想了想，這塊地似乎真的沒想像中那麼大，前世住蝸牛房住習慣了，猛然一聽到四百坪，就覺得一眼望不到盡頭似的。

她不禁「哼」了一聲嘟囔道：「大哥就會潑人冷水！」

買好宅基地，接下來就是蓋房子。這可得拜託老陳頭才行，他自小就在鎮上的木器行摸爬滾打，認識許多興建、修繕房子的匠人，隨隨便便就能說出個一三五來。

陳忠繁帶著一家人去上房詢問老陳頭鎮上哪個匠人可靠，兆志見到老陳頭興奮得滔滔不絕、甚至有些蠢蠢欲動的樣子，私下跟全家商量，反正鋪子的事情又多又忙，不如就把蓋房子的事交給老陳頭管吧！

玉芝也覺得不錯，老陳頭現在這個狀態就像前世退休的老人家那樣，雖說清閒了，卻開始自我懷疑，覺得自己年事已高沒用了，這時候讓他管點事，對身心都有幫助。

見兒女們都贊同，李氏也沒有意見，陳忠繁轉身又去上房找老陳頭了。

陳忠繁剛進上房，就看見老陳頭坐在炕頭抽菸想著什麼，老陳頭聽見有人進來，一見是陳忠繁，笑著對他說道：「老三，你們回去以後我琢磨了半天，這蓋房子啊，還是得老人家出面才行。只是我以前認識的那些老兄弟都在家歇著，班子全交給徒弟們了——不過你放心，我出面去尋他們，要他們跟來盯著就是。」

陳忠繁這才明白，自家兒女不是為了偷懶才把事情推給老陳頭的，他看著彎腰駝背笑得一臉褶子的老陳頭，不由得有些心酸，上前扶著他的胳膊道：「爹，我們是這麼想的，若是爹身體還硬朗，不如讓爹幫我管這事可好？」

老陳頭有些難以置信地看著他道：「我？你說讓我來管蓋房子的事？」

陳忠繁點點頭，故意擺出苦瓜臉道：「爹，您也知道我家的買賣有多忙，我沒時間天天守在家裡監工。何況沒幾個月兆志就要考秀才去了，他娘和妹妹現在整日圍著他轉，要給他進補。唉……若是我再管蓋房子的事，怕是要被拖垮了，想來想去，只有爹能幫我了。」

這個提議簡直太合老陳頭的心意了！他努力控制住上揚的嘴角，嚴肅地說道：「對，你家太忙了，那我就接下這事吧！到時候我盯著人家蓋房子，讓你娘負責提供吃食，這樣我們兩個老的也算是對你們盡心盡力了。」

一旁的孫氏也點點頭，她最愛出這種風頭了，到時村子裡的婆娘們還不各個巴結她？想想就美！

陳忠繁一番真情的感激，哄得兩老心裡熨貼極了。老陳頭拉著他的手叮囑半天，商量好之後讓陳忠繁推著他去鎮上找那些老朋友們，才放他回小東廂。

看到進門的陳忠繁臉色紅通通的，玉芝向李氏打趣道：「娘，您看我爹這歡喜的樣子，一看就是被我爺爺誇了。」

陳忠繁感慨地說道：「我活了這麼些年，還沒你們這些孩子了解爹娘！我原本不想麻煩他們，沒想到他們還挺喜歡這種麻煩的。」

玉芝嘻嘻一笑道：「那是當然，孝順老人家就像撓癢癢一樣，一定要搔到癢處才能讓人舒坦呀！奶奶愛錢就給她錢，爺爺愛管事、愛面子，就讓他出個頭，多簡單啊！」

李氏哭笑不得地拍了她的手一下道：「日後你們就打算這麼忽悠我和你爹是吧？」

玉芝連忙撒嬌道：「這哪叫忽悠呢？我定把爹娘的癢癢撓得舒舒服服的，這才叫孝順呢！」

這話讓李氏又好氣、又好笑，只能無奈地點了一下玉芝的眉心。

不管玉芝再怎麼會拍馬屁，到了正月二十這天，她這身功夫也無用武之地。趙氏死死地用身體箍住玉芝，還伸出兩隻手固定住她下意識亂搖的腦袋。

李氏臉上露出的笑容在玉芝看來猙獰異常，她一手夾著兩顆乾黃豆在玉芝耳垂上不停地揉搓，另一手則拿著針在蠟燭上來回燒著。

待玉芝的耳垂被黃豆揉得通紅的時候，李氏用力一針扎下去，玉芝眼前一黑，大腦陷入停滯狀態，等她反應過來的時候，兩個耳垂已經串上浸了菜籽油的棉線了。

趙氏小心地拍了拍玉芝的臉喊道：「芝芝，妳沒事吧？」

玉芝這才感覺到疼痛，她眼含一泡淚，委屈地說道：「大伯母，我疼……」

這可把趙氏心疼得夠嗆，李氏在一旁也不忍心，小聲念叨她。「妳這孩子怎麼這麼怕疼呢?!別人家閨女打耳洞，沒妳這麼能鬧的。」

聞言，玉芝更加難受地噘起了嘴，趙氏連忙把她抱進懷裡哄，結果她卻從趙氏脖子旁邊探出頭來，朝李氏眨了眨眼、吐了吐舌頭，逗得李氏一時想笑，一時又想把這小磨人精拉過來抽兩下。

自從得了管蓋房子的差事，老陳頭腰挺直了，背也不痛了，整個人像年輕了十歲一般，隔一、兩日就要陳忠繁推著他去鎮上尋他那些老朋友商議蓋房子的大事。

不得不說老陳頭真的是面子大，沒多久就湊齊幾個退下來的老匠人，一起琢磨誰家徒弟手藝最好、價格最實在，最後決定找張家的泥瓦匠。

老陳頭帶著一群老朋友和張瓦匠去鋪子裡尋陳忠繁問他的意見，陳忠繁恭敬地回道：「爹尋的自然都是最好的，這件事全由您做主。」

說罷，他招呼老陳頭的老朋友們坐下，一人上了一碗甜豆花，讓他們好好歇歇，給足了老陳頭面子。

待眾人吃完東西坐在一起聊天時，玉芝在旁邊偷偷對張瓦匠說：「張叔，我家想做磚房，不想做泥胚房，樣式普通的就行，但是每間屋子一定要夠大，還要帶一間茅房。」

張瓦匠吃驚地說道：「每間屋子都帶一間茅房？那不得臭死？」

見老陳頭等人已經受到驚動，玉芝索性大聲說道：「我大哥在書裡看過，每間屋子的茅房下面接著粗管子埋進地裡，直接通到漚肥的大坑裡就行了。」

一群老匠人頓時來了興趣，圍著玉芝問這到底該怎麼做。玉芝哪裡懂那麼多，只能大概說明茅房的排泄坑出口連著粗管子，把粗管子埋在地裡，傾斜些許角度，然後在合適的地方挖個漚肥的大池子，把粗管子連到池子就行，上完茅房以後用水一沖，髒汙自然順著流進漚肥池裡。

老匠人們越討論越高興，這一整個下晌又是爭執、又是畫圖的，各持己見，吵得玉芝耳朵嗡嗡響。

吃過晚飯以後，老陳頭乾脆要陳忠繁在後院收拾出兩間廂房，讓他們今晚歇在鋪子裡。

老匠人們也沒閒著，睡覺前還持續商議茅房的事。

將髒污排進漚肥池的原理並不難，難處是要找對角度跟管子的材質。能用銅管是最好的，不過陳忠繁家底沒這麼厚，幾人商量半天以後決定用陶管，內裡上釉，外面再用磚包一層，這樣用個幾十年、上百年不是問題。

待第二日玉芝跟著自家爹娘來到鋪子裡的時候，一群精神抖擻、絲毫看不出熬過夜的老人家們已經在鋪子裡吃起早飯了。

老陳頭掏出一張紙遞給陳忠繁道：「這是我們幾個老哥兒們幫房子定的價，你先看看，沒問題的話咱們就這麼蓋。」

玉芝連忙探頭去看，前面一堆雜七雜八的材料跟作法她看不懂，只看到最後估價六十兩銀子。

陳忠繁和李氏在心底思量了一下，覺得最多花個八十兩這房子就能住人了，於是陳忠繁對老陳頭道：「都說由爹做主了，爹覺得成就成。娘得忙活吃食，我先給爹八十兩銀子。還有，咱們是不是也得雇些村裡的漢子們打下手？」

老陳頭道：「這些你就不用管了，我去尋村長說。咱們這就去訂材料了，訂好的東西會先送到村裡，回頭看著沒問題再結帳。好了，你別送了，別跟著我，怪招人煩的。錢一給，這事就用不著你了！」

說罷，老陳頭推開欲送他的陳忠繁，帶著一群老朋友高聲談笑著離開了，頗有幾分少年成群結夥過街的氣派。

陳忠繁苦笑著看著自己被推開的手，對玉芝說道：「妳爺爺現在啊，怕是比我還年輕呢！」

一句話逗得鋪子裡的人哈哈大笑。

第三十六章　別有隱情

這廂老陳頭定下三月初一動土開工，那廂大房和三房則將全副心思都放在即將赴考的兆厲與兆志身上。

陳忠繁暫時不讓兆志回村了，為了讓他每日能多休息一會兒，他將鋪子後院最裡面的房間收拾出來給他住。玉芝現在也開始跟著袁誠學做點心跟湯，日日做好吃又營養的給兆志。

趙氏看著也想讓兆厲去鎮上備考，但是一進鎮上的房子才發現，陳忠富竟然把能搬的東西都帶走了！這段日子以來趙氏都沒踏入這傷心地，今日是為了孩子才來的，只看一眼心就涼透了。

陳家人早就知道，這房子是趙氏拿一半的嫁妝加上陳忠富那些沒交給家裡的錢買的，如今看到這麼個局面，李氏握著趙氏的手道：「讓兆厲與兆志住在一起吧！他們倆也能討論學問，我家還有袁師傅，吃食都是精心準備的。」

趙氏擦了擦眼淚，下定決心日後再不為那負心漢流一滴淚，點頭應了李氏的邀請。從此以後她天天都來鎮上，幫兆厲跟兆志洗衣服、收拾屋子，兩個孩子在她的照顧下胖了不少。

三月中，兆厲跟兆志要提前半個月去縣城準備參加院試了。院試與童生試不一樣，是由府城派下的學政出題監考的，自然要早早去訪聽學政的喜惡，免得撞到槍口上。

兆厲的學堂這次要去五個人，夫子也會陪著去；而兆志的學堂只有他一個，喬夫子不可能為了他拋棄剩下的學生們整整一個月，所以這回只能讓他去兆厲那邊搭個伙了。

送行的時候，喬夫子羨慕地看著人家夫子意氣風發地帶著一隊學生向家長們告別，自己面前卻只站著孤零零的一根獨苗，忍不住回頭惡狠狠地瞪著那幾個沒過童生試的學生，心底暗暗決定，回去要讓他們的功課加倍、加倍再加倍！

袁誠和玉芝在他們出發之前做了許多薄如紙張的煎餅，這種前世著名的山東煎餅不知為何這個時候還沒出現。他們倆研究了一下，一個月前試著做了一次，放涼後雖說咬起來有些費勁，但是保存期長，快一個月了竟然都沒壞。

院試的號房裡有個小爐子供人自行燒熱水，玉芝琢磨了半天，試著做了一次雞蛋掛麵。這就是考驗刀工的時候了，只見袁誠手起刀落，切出來的麵條根根粗細一致，看得玉芝嘆為觀止。

玉芝晾了半院子的麵條，幸好那陣子沒下雨，沒幾日麵條就乾透了。麵條收進來以後切成差不多的長度，當天全家人都吃了一碗，紛紛誇這麵方便，味道又好。

趙氏和李氏為兩個考試的孩子一人各準備一包煎餅跟一包乾麵，另外帶上兩小罈袁誠特製的豬肉醬。這豬肉醬裡加了花生跟香菇，上面用熟油隔開空氣，幾個月都不會壞；新鮮蔬菜是沒法帶了，所以又各自為他們備了一包乾野菇。

兩個人商量一番以後，又照樣備出一份來，差小馬送去玉芳未來的婆家那裡，詳細地說明這些吃食怎麼料理，可把婆家人給歡喜壞了。院試要花九天，聽聞書生們都是啃餑餑就鹹菜，到後面幾日餑餑都發酸、發硬了，有的人怕餓昏硬吃下肚，結果每年都有不少人拉肚子棄考，甚至有暈過去再也沒醒來的，今年陳家送來這些可說是救命的寶貝了。

送走了去考試的一行人，陳家人心底都空落落的，思緒彷彿隨著兩個孩子一道去了縣城。一個多月以來鋪子裡的出錯率大增，熟客們都知道他們家有書生去考院試了，頗為理解，還笑著打趣了幾句。

玉芝一開始還不好說什麼，後來看陳忠繁與李氏再這樣下去不是辦法，乾脆讓他們兩個回家盯著人蓋房子去。

房子動工以後，老陳頭日日意氣風發地站在土堆上指點，孫氏更是被村裡的婆娘們捧得高傲起來，因為她一天出十五文錢請她們幫蓋房子的人做飯，這錢對她們來說跟白撿的沒兩樣，畢竟哪個婆娘在家不做飯，這活再輕鬆不過。況且每日若是有剩下的菜，孫氏還讓她們帶回去給家裡的人吃，陳家可是日日都有葷菜的，滋潤極了。

愉悅地享受了一陣子村民的吹捧以後，孫氏點了四個手腳乾淨、做事麻利的三、四十歲婦人固定來幫忙，整個工地有條不紊、熱火朝天地忙碌著。

陳忠繁回到村裡以後，站在老陳頭旁邊道：「爹，兆志這一走，我的心就懸在半空中，在鋪子裡老是出錯，要不我回家幫您蓋兩日房子？」

老陳頭瞅了他一眼道：「你來能幹啥，你這東家還能下地跟幫工一起做苦力？既然鋪子用不上你，那你就在家好好歇歇吧！你不是一直說自己累嗎？」

接著老陳頭就把陳忠繁趕回家去，不讓他在工地上待著，說是瞧見他心裡就堵得慌。

陳忠繁無奈地回到小東廂，看見李氏坐在屋裡，他不禁問道：「妳不是去幫娘做飯了嗎？這都快晌午了。」

李氏嘆了口氣道：「別提了，我剛進灶房就被娘趕了出來，說我在裡面耽誤她做事。幾個雇來的嫂子也一樣，她們可能怕我去了就要趕走她們其中一個，連灶房都不讓我進。」

夫妻倆相視苦笑，看來哪裡都用不上他們，還是躺著歇兩天吧！

只不過勞碌慣了的人怎麼有辦法無所事事？不過歇了半日，他們就腰痠背痛的，整個人毛躁得很。無奈之下，他們決定明日還是回鋪子去，既然重要的活不能幹，那就刷刷碗得了。

第二日當陳忠繁和李氏摔破第五個碗的時候，王德允突然過來了，玉芝和鋪子裡的人都鬆了口氣，再讓他倆這麼刷下去，估計碗都要摔光了。

正因如此，王德允受到熱烈的歡迎，小馬跟小瑞簡直要把他當成佛供起來，別提笑得有多諂媚了。

王德允抖了抖身上的雞皮疙瘩，問陳忠繁道：「陳老哥，今日到底發生何事了？為什麼大家對我……這麼的……」

陳忠繁苦笑道：「我家老大去考院試了，我和他娘心慌得很，在鋪子裡老出錯，他們現在是什麼事都不想讓我們做了。」

王德允聽了哈哈大笑道：「這可不成，有件事陳老哥還必須做呢！之前你們不是讓我尋田地嗎？這年頭風調雨順的沒人賣，就算偶爾有，也不過一畝、半畝的，拖了這麼久，終於有人要賣整塊地了，足足五十畝上等田。」
陳忠繁一聽頓時激動起來，他就愛買田！李氏和玉芝聽到也湊了過來。
王德允又繼續說道：「那地方有個莊子，裡面不過七、八戶佃農，地點在咱們隔壁鎮上。這莊子的主人你們應該知道，就是泰興樓單東家的妹妹。」
玉芝猛然想起那個清冷孤傲的少年，他是單錦的表哥，叫單辰舅舅，那麼單東家的妹妹……就是他的娘親？單家這麼有錢，為何會賣地呢？
想到這裡，她不由得吶吶地問出了聲。
王德允嘆息道：「單小姐早就香消玉殞了……」
陳家人都吃了一驚，一個死去的人，怎麼能賣莊子呢?!
王德允咳了咳，示意他們去後院談，陳忠繁連忙起身請他進後院，又吩咐小瑞端茶水跟點心過來，擺出一副要一探究竟的模樣。
喝了口茶，王德允見四周只有陳家三個人，才開口道：「單老爺只有一兒一女，對女兒可說是百依百順，單小姐自幼備受寵愛，脾氣難免有些驕縱。到了八、九歲，她想讀書了，單老爺就找個秀才教她，這下子可把單小姐的性子教歪了，她沈迷於詩書，覺得自家經商俗不可耐。
「單小姐生得貌美，到了十三、四歲，那真是一家有女百家求，然而單小姐不過回咱們縣城祭了一趟祖，回去便說要嫁給一個窮書生。這件事情當時鬧得很大，單小姐的名聲因此受損，最後單家沒辦法，匆匆置辦了嫁妝讓她嫁給那個姓卓的窮書生。」

李氏驚呼一聲，姓卓……那豈不是真的是卓承淮的爹娘！

王德允有些不明所以，陳忠繁示意他接著說，他才撓撓頭繼續道：「婚後兩人也算琴瑟和鳴，育有一子。那個叫卓連仁的書生一路考到了同進士，單小姐變賣了一些嫁妝找人疏通，他才得以外放做個正八品縣丞。要知道同進士跟進士差得可遠了，可以想見卓小姐出了多少力氣。

「本以為單小姐要做官夫人了，卻不知為何突然傳來她過世的消息，她的孩子也被單家帶回去撫養，那時這孩子不過四、五歲而已；只不過，單家能帶走他，卻動不了單小姐的嫁妝。沒多久，聽聞卓縣丞娶了續弦，單家祖宅與卓家雖然都在一個縣裡，彼此之間卻再也沒有走動過。現下賣的雖然是單小姐的嫁妝，但是賣的人應當是那已經從縣丞升了一級的卓縣令。」

陳忠繁眉頭緊皺道：「不瞞王老弟說，我們與單小姐的兒子卓少爺有過一面之緣，跟單家算是有幾分交情。若是就這麼買下單小姐的嫁妝，總是有些不好，可是這塊地我又著實想要，不知王老弟能否替我多拖幾日，我去信問問卓少爺再決定可好？」

王德允拍了拍胸脯道：「沒問題，大家都知道那塊地是單小姐的嫁妝，雖說想要的人不少，但是大部分人都像陳老哥一樣在觀望，不然這地也不會落在我手裡，早被那些大中人搶走了。我看一時半刻賣不出去，暫時不需要太擔心，不過陳老哥動作還是得快一些。」

玉芝從王德允的話裡腦補出一個鳳凰男與孔雀女的悲傷故事，雙方成長的背景差距太大，的確很有可能造成難以挽回的局面啊……她嘆了口氣，去鋪子裡喚小馬往泰興樓送個信，讓朱掌櫃趕緊問問單家這塊地是怎麼回事。

幾日後，晌午鋪子最忙的時候，單辰與卓承淮突然出現在陳家食鋪裡。

他們一踏進鋪子，所有人就像被點了穴道一般，癡癡呆呆地望著兩人，尤其是卓承淮。來鋪子買煎餅餜子、拿著碗來打菜回家吃的大媽跟小嫂子們的眼睛彷彿都黏在他身上了，那黏膩的目光讓他頗為難受。

此時玉芝正巧從後廚端了一盤菜出來，她感受到鋪子裡詭異的安靜，抬頭一看，就瞧見兩個「妖孽」站在鋪子中央。

玉芝看著一位張著嘴擺出要吃菜的架勢、可是菜都掉在桌上還不知道的客人，無奈地對單辰說道：「辰叔叔來了啊！快，後院請！」

說著她把那盤菜塞到呆住的小馬手裡，說道：「還愣著做什麼，四號桌點的小炒！」

小馬反應過來，同手同腳地端著菜送到了四號桌。

玉芝看那兩個人還站在原地不動，一個面帶微笑、一個眉頭微皺，各有一番風情，讓大夥兒遲遲移不開視線，也不管什麼男女之別了，仗著年紀小，上前一手一個拽住他們的袖子就往後院拉。

卓承淮驚訝自己竟然沒對玉芝的舉動反感，而是順著她的力量往後院走去。自小到大還沒有人將他從這種讓人不適的環境中解救出來，沒人知道他十分厭惡別人的圍觀，甚至在舅家也是一樣，那些丫鬟們總是成群在他背後偷看、議論，令他很是不悅。

他向外祖父與外祖母訴說，他們兩人只當他是在撒嬌，外祖父甚至哈哈笑道：「咱們承淮長大啦，都有小姑娘看嘍！」

對舅舅說，舅舅也只告訴他。「日後你要面對的比這點小事更嚴重，若是連被別人看幾眼都覺得不適，你怎麼為你娘報仇？」

他聽了舅舅的話一忍再忍，這麼多年過去了，第一次有個人帶他脫離那令人反感的處境……

當卓承淮回過神的時候，發現自己不知何時已經坐在鋪子後院的小廳房裡了。

聽到消息，陳忠繁和李氏匆匆從後廚趕來，雙方見過禮後，單辰開口道：「陳大哥，今日咱們不多說廢話，我們舅甥兩人前來，正是為了你們想買的那塊地，也就是舍妹的嫁妝。」

陳忠繁道：「單東家不必客氣，咱們兩家也算有些緣分，既然知道那塊地是令妹的嫁妝，自然要通知你們一聲，不知道那地是不是真的要賣？」

單辰罕見地呼吸一窒，吐了口氣才答道：「關於這點……我們在陳大哥通知之前是不知道的，但是既然要賣，陳大哥買了便是。」

玉芝滿頭問號地說：「辰叔叔的意思是讓我們買下來？你們為什麼不把那地要回去呢？」

單辰臉上浮現起狐狸般的笑容，害陳忠繁和李氏看得打了個哆嗦，又想起玉芝說的他能殺人滅口！

看見他倆的神情，單辰也憶起玉芝在背後說他壞話的事，於是輕輕咳了咳才道：「陳大哥既然送信予我家，想必多少知道舍妹與那畜生之間的事了吧？」

陳家人的表情有些尷尬，只見陳忠繁低聲道：「只知道個大概……」

單辰笑道：「整個山東道有泰興樓的地方怕是都曉得了，不過有些傳言連我們自己聽了都覺得好笑。」

他拍了拍卓承淮的肩膀道：「我這外甥，當初被他那狠心的後母扔進水裡，撈上來以後就高燒不退，是我闖進去奪了他出來。剩下的事情就不好對你們說了，總之我們單家與卓家有深仇大恨，這個仇我們必定要報。」

說著，單辰微微一笑道：「咱們的確有些緣分，我也不想讓舍妹的嫁妝落在陌生人手裡。放心，你們買了那塊地以後，單家絕對不會有任何舉動，這事也跟我們沒關係。」

陳忠繁還有些猶豫，但是又實在捨不得那塊地，搓著手在院子裡轉來轉去。單辰和卓承淮也不打擾他，雲淡風輕地自己倒茶喝。

只見玉芝一拍桌子道：「那塊地我們要了，日後若是需要我們出頭，就請你們直說，但是不管做什麼，都一定要保證我們家不蒙受任何損失。」

單辰眼睛一亮，認真地審視起玉芝，過了半天才道：「可以，我答應了，假若有危險，不會讓你們出頭的。」

陳忠繁和李氏有些摸不著頭緒，他們在說些什麼呢？買地怎麼有危險？

李氏拽了拽玉芝，小聲道：「芝芝，有危險咱們就別買了！」

玉芝安慰她道：「我是問辰叔叔說買了那塊地以後有沒有風險呢?!畢竟那以前是單家的地嘛。」

陳忠繁和李氏仍舊有些不安，但還是憑著本能相信玉芝，答應買下那塊地。

事情辦完了，單辰起身準備告辭。

卓承淮跟著他站起來向陳忠繁與李氏告別，對李氏道：「嬸嬸，錦兒非讓我問問妹妹那燜肉到底是怎麼做的，我知這是您家的秘方，能否讓妹妹帶我去後廚再拿兩塊給他解解饞？」

李氏自是點頭應下。

第三十七章　購置莊子

玉芝莫名其妙地跟著卓承淮走到靠近後廚的牆角，確定後院的大人們看不到他們了，卓承淮才開口道：「方才謝謝妳。」

玉芝一頭霧水地說：「謝什麼？是謝我們買了你娘的嫁妝嗎？」

卓承淮嘴角勾起一絲笑容，回道：「這只是其中一件事。」

看著他的臉，玉芝心道怪不得他進了鋪子就引起注日，他這一笑可真是太「傾國傾城」了。

來到這裡以後，玉芝的年紀變小了，也因為是家中的老么而讓她的個性變得幼稚許多，但是到底多活了一輩子，前世那些演藝圈的男藝人們各有特色，玉芝在第一次見到卓承淮時被「驚豔」過之後，就越來越淡定了。

她學著卓承淮勾起嘴角，做出自以為英俊瀟灑的表情，笑著對他說道：「不用謝，這是看在辰叔叔的面子上幫個小忙，畢竟我家在鎮上做買賣，可沒少藉著泰興樓的名聲嚇退一些潑皮無賴。」

卓承淮看到玉芝努力勾著微微發抖的嘴角，以致臉上像被人打了一拳般扭曲，忍了半天還是沒能忍住，笑出了聲。

玉芝只覺得莫名其妙，被卓承淮的笑聲吸引過來的三個大人也不曉得發生了什麼事。

聳了聳肩，玉芝朝單辰撇撇嘴道：「辰叔叔，卓少爺不知道是怎麼了，是不是被蚊子叮了腳心啦？看他笑得真嚇人。」

聽到她說的話，卓承淮更是笑得開懷，單辰也忍俊不住，拍了拍他的肩，轉頭對玉芝說道：「放心，待會兒我扒光他的襪子瞧瞧。」

單辰和卓承淮來的時候雖然引起了轟動，但是走的時候一人提著一大盒燜肉，另一人提著幾樣新菜式，像打秋風的窮親戚一般從後院的小門偷偷摸摸地出去了。

這段時間內，單辰已經被人認出來了，眾人不禁議論紛紛。他們一直聽說陳家這間小鋪子與泰興樓有關係，沒想到今日泰興樓的東家竟然真的出現在這裡了。

王德允一直關注著陳家，今日聽到大街上傳的消息，就趕緊往陳家食鋪來，結果在鋪子門口與剛要出門尋他的陳忠繁撞了個正著。

顧不得應酬，王德允拉著陳忠繁走了兩步到無人的地方，小聲問道：「陳老哥，這地是買還是不買？怎麼單東家親自來了？難道這買賣不成了？」

陳忠繁笑了笑道：「哪裡，單東家來是說這地我們只管買，他們泰興樓不管。這不，我正要出去尋王老弟呢！帶我去看地吧，要是合適咱們就定了。」

王德允心中歡喜，也不廢話，拉著陳忠繁就要去看地，陳忠繁連忙說道：「等等，到隔壁鎮坐車得一個時辰，我先拿幾個煎餅餜子，咱們好在路上墊墊胃。」

說罷陳忠繁轉身進屋要劉老實多做幾個煎餅餜子，又去後廚跟李氏和玉芝母女說一聲。

玉芝完全不懂田地的事，想了想，她對陳忠繁說道：「爹，不如您路上拐一下，回村裡接爺爺？爺爺種了這麼多年的地，平日也總與村裡的種田老手聊天，你們倆一起去，好有個人能商量。」

陳忠繁應了一聲就出去了，王德允還在外面等著呢！

老陳頭正在工地旁坐著抽菸袋鍋子，看見陳忠繁來了，忍不住皺皺眉頭道：「你怎麼又來了，我不是說過我能幫你管好這裡嗎？怎麼了，你是不相信你爹？」

陳忠繁喘著粗氣道：「爹，不是……哎呀，王中人在車上坐著呢！快……快跟我走，咱們去看地，要買地了！」

老陳頭驚得煙袋鍋子掉在地上砸到腳都沒反應過來，傻傻地問道：「什麼？」

急得陳忠繁不管三七二十一，彎腰撿起煙袋鍋子就拉著老陳頭走。「地！地！買地！」

老陳頭迷迷糊糊地上了車，神思恍惚地向王德允打招呼，自己都不知道自己說了什麼。

一路上老陳頭就這麼沒回過神來，一直到站在莊子面前，他才清醒過來……地！這麼一大片地，聽說是五十畝的地，他兒子要買地了！

老陳頭眼眶不禁泛起了淚，拍著陳忠繁的肩膀道：「老三，你有出息啊！你比爹有出息多了……」

陳忠繁有些不好意思地說道：「爹，您是莊稼老手，今日找您過來，也是想請您看看這些地行不行，咱們再決定買不買呢！」

其實陳忠繁他們原本就要買，但還是想確認一下狀況再確定，也是給老陳頭一個面子。

老陳頭與陳忠繁一畝、一畝地看過去，只有三、五畝地草多了一些，其他的都沒話說。

瞧見有人來看地，幾戶佃農都忐忑不安地走了出來，自動聚集在王德允身後，憂心忡忡地看著在地裡仔細察看的老陳頭父子倆。

待陳家父子兩人上了田埂，王德允拿起一個水壺讓他們澆水洗手，三個人誰也沒開口。

此時一個約莫五、六十歲的老佃農鼓足勇氣，顫抖著聲音對老陳頭說道：「這位……東家……是來看地的嗎？」

老陳頭見陳忠繁沒有要接話的意思，便點頭道：「是先來看看這塊地合不合適。」

沒想到這位老佃農聽老陳頭這麼一說，雙眼立刻綻放出光芒，膝蓋一軟跪倒在地，低下頭懇求道：「求東家買了這地吧！」

見狀，他身後七個人一道跪下，跟著那老佃農喊道：「求求東家了！」

老陳頭哪裡見過這種場面，自己差點也跪到地上去，還是王德允眼明手快地伸手扶住他，對跪在地上的眾人道：「你們這是做什麼？快些起來，不然我們現在就走！」

在地上跪著的佃農們面面相覷，生怕嚇跑了這麼久以來唯一來看地的人，於是紛紛站起身來。

最後起身的老佃農用長滿老繭的手抹去自己眼角的淚水，對老陳頭解釋道：「東家莫要怪我們，實在是日子過不下去了，眼看有了東家這個指望，我們就……」話沒說完，眼淚又湧了出來。

老陳頭看著老佃農年紀跟他差不了多少，心裡難免有些不好受，於是開口安慰道：「老哥說的是哪裡話，我看這地很不錯，日子怎麼會過不下去呢？」

老佃農哽咽道：「東家有所不知，咱們莊子裡的幾戶人家，都是從單老東家買下這塊地時就在這裡做佃農了。單老東家心善，一般來說地主與佃農大都是六、四分成，不過單老東家說要為女兒積點功德，所以與我們五、五分成。後來這塊地成了單小姐的嫁妝，不過單小姐按照舊例分成，所以附近的佃農都羨慕咱們。

「可是自從單小姐過世以後，第二年姑爺就派人告訴我們改成六、四分成，我們覺得這些年占了單家的便宜，都接受這個安排，萬萬沒想到過了兩年，姑爺派人來說要變成七、三分成。我們日日辛苦種地，一年下來卻只能拿到三成，甚至連口糧都不夠……

「我們向姑爺派來的管家訴苦，他說回去與姑爺商量、商量，最後還是按照六、四分成。可是過完年，姑爺又派他過來，說一定要七、三分成，若是不同意就退租走人。那時候地裡的莊稼都長到了一半，咱們只能咬著牙認了，反正勒緊腰帶能活下去就成。

「後來的事您應該猜到了，去年管家說姑爺要漲到八、二分成，這真的是要逼咱們這幾家賣兒賣女了，有兩家已經退了租走人，說是寧可去要飯也得讓孩子活下去。至於我們這些只會種地、沒其他本事的，只能跪著求那個管家，誰知他回去沒多久，姑爺就透過他發話說要賣地了。」

說著，老佃農又跪下，對老陳頭磕了個頭道：「求求您買了這地吧！七、三分成我們也樂意，只要給我們一條活路就行了！自從他們放出風聲要賣這塊地以來，您是第一個上門來看的，求求您了……」

陳忠繁知道卓連仁不是什麼好東西，但是沒想到他竟然連亡妻的嫁妝都敢這麼苛待，想起單辰說卓承淮是他衝進卓家從水裡撈起來才救回來的，不由得心疼那孩子，對卓連仁恨得牙癢癢的。

這麼一想，陳忠繁上前扶起老佃農道：「大叔莫要跪著了，這地咱們買了！」

幾個佃農彷彿不相信自己的耳朵一般，互相看著對方，想確認自己是不是聽錯了，看到同伴們同樣又驚又喜的眼神，才確定這是真的。

一群人不顧老陳頭三人的阻攔，跪在田埂上不停地磕頭表達自己的激動與喜悅，淚水一滴滴地落在地上，哭得老陳頭與陳忠繁的眼睛也濕潤起來。

三人一一扶起地上的佃農，陳忠繁清了清嗓子說道：「我們回去馬上聯繫那名管家，力求這兩天就把地買下來，那我們先走了。」

謝絕了佃農們要送他們離開的好意，三人走出莊子上了牛車，往鎮上趕去。

剛到鎮上，三個人就分開行動，王德允去尋那管家說有人要買地，老陳頭與陳忠繁則回到鋪子裡對李氏跟玉芝說出今日的所見所聞。

玉芝低頭不語，片刻後對陳忠繁道：「單東家與卓少爺現在應該還在泰興樓，爹親自跑一趟，將今日的事都說給他們聽吧！」

陳忠繁應了一聲出去了。

過沒多久，陳忠繁與王德允一起回來了。

王德允道：「我全都跟對方說好了，明日一早就去過契。」

陳忠繁則道：「我也跟單東家說過了，他說了句『知道了』，又向我道謝，非要留我下來吃飯不可，可我惦記著家裡，就推辭回來了。」

玉芝總算安下心來，這才從內心感覺到自家要買地的喜悅。突然間，她想起一個重要的問題。「對了，王叔……那……那塊地……多少錢來著？」

所有人一聽都嚇呆了，這買地、賣地的都急，結果明日準備要立契了，竟還沒問價錢。

王德允十分無語地說道：「我看你們答應得這麼乾脆，還以為你們向單東家打探過可能的價錢了。」

陳忠繁尷尬極了，回道：「本來是打算看了地以後問問價格，誰知在莊子上出了那麼一檔事，我心一熱就忘了……」

王德允縱橫中人界這麼多年，從沒見過這麼不可靠的買方，他心想：要是沒你這幾個孩子，怕是你能把這間鋪子都賠掉！

在心底吐槽了半天的王德允終究開口道：「因為他們急著賣，自然便宜些。上等田八兩一畝，算算就是四百兩，這還不包括莊子上那些屋子，不過現在那裡只要三百六十兩，等於白送五畝地跟屋子了。」

三百六十兩！老陳頭倒抽了一口氣，剛才他只知道是五十畝地，也覺得土質不錯，想不到竟全是上等田！今日他受到的驚嚇實在太多了，老三家不知不覺間已經到了這個地步了?!

由於兆志不在家，陳忠繁他們已經好一陣子沒盤帳了，雖說三房的人覺得三百多兩可能是他們全部的家底，但還是要算一下才知道。

說話間，天色漸漸晚了，陳忠繁連忙出去叫牛車送老陳頭回村，又順路送走王德允，一家人才坐在鋪子後院正房的炕上盤帳。

從去年七月開張到現在，鋪子開了十個多月，過年前由於賣了特殊造型的年糕，過年期間又是鎮上唯一營業的食鋪，所以另外賺了不少錢。

盤帳這件事，陳忠繁與李氏不過就是擔任輔助的角色，玉芝才是主力，然而看著密密麻麻的繁體數字，玉芝頭都痛了。

翻了兩頁，玉芝就看不下去了，她想到一個好主意，轉頭對陳忠繁和李氏說：「爹、娘，你們大體也認識數字與收入、支出這些字了，只是不太習慣算帳而已。能不能請你們把數字唸給我聽？你們只管唸，我只管記和算，這樣肯定很快就能盤出來。」

陳忠繁和李氏欣然答應，他們還覺得把這件事全壓在小閨女身上有些對不起她呢！

兩個人一人唸收入、一人唸支出，玉芝聽了，飛快地用阿拉伯數字記在紙上。不過小半個時辰，他們就盤出了鋪子這段時間的帳，又與前幾個月兆志盤出來的帳加加減減一算——這間鋪子的淨收入竟有兩百九十多兩！

這還是減去了八十兩蓋房子費用的數字，若再加上家裡還有去年賣月蛻後花剩的近一百五十兩銀子，自家現在等於有四百四十多兩銀子，這可是大大超出了他們的想像。

陳忠繁和李氏興奮得雙眼發亮，這樣就算買了地，家中也還有八十多兩銀子，購置新屋家具什麼的不用愁了。

玉芝卻暗自嘆氣，自家的發家速度實在太慢，怕是跟不上哥哥們往上爬的腳步了。今年兆志若是考上秀才，就要去縣學讀書，到時候吃穿用度又是一筆錢；到了後年，兆亮與兆勇也讀了三年多書，該要考童生試了……

唉，真是有錢好辦事啊！

第二日一大早，陳忠繁抱著一堆碎銀子去錢莊換成銀票，拿著三百兩銀票去找王德允的路上，陳忠繁走著、走著都覺得自己要飛起來了。這與之前賣月蛻給泰興樓所得的兩百兩不同，這幾張銀票可是他們揮灑一滴滴汗水辛苦掙出來的。

與王德允會合後，他們一道去找卓管家。

這位卓管家是卓連仁的同族弟弟，打從卓連仁中了舉，他便攜家帶眷投靠卓連仁，慢慢混成了他的心腹。卓管家很清楚那塊地的來龍去脈，也曉得肯定不好賣，昨日王德允過來告知他有人要買，可把他給樂壞了，還在心底暗自嘲笑是哪個二愣子敢在泰興樓的地盤上買這塊地呢！

見過陳忠繁之後，卓管家發現他不過是個莊稼漢子，便猜想他大概是哪個鄉下的土財主攢了半輩子的錢要來買地。若是交易完後被單家發現了，不管出了什麼事，都是這個土財主的命。

雙方一個急著賣、一個急著買，話沒說兩句就一起上了馬車，直奔臨鎮的官衙而去，不過小半日工夫，那塊地就易了主。

陳忠繁仔細看了看寫著他名字的地契，鄭重地塞進懷裡，對卓管家應酬道：「買賣既已成，還請卓管家與咱們一道吃個飯，好讓我謝謝您。」

卓管家哪裡肯留下來，大紅印章都蓋了，他跑還來不及呢！難道在這裡等著單家找上門？於是他婉言謝絕了陳忠繁，上了馬車就直奔河南道去了。

陳忠繁在背後啐了他一口，又摸了摸懷裡的地契，不由得傻乎乎地笑了起來。

王德允見到陳忠繁這個傻樣子真的是牙酸，連忙上前打斷他道：「咱們也趕緊回去吧，嫂子與大姪女怕是還等著呢！」

陳忠繁這才如夢初醒，不料他們要回去時，才發現來時坐的馬車被卓管家駕走了。

王德允苦笑了一下，又去車馬行雇了一輛馬車，兩人才回到鋪子裡。李氏與玉芝非常歡喜，關店以後要袁誠做一大桌子的菜，大家一起慶祝。

在歡樂的氣氛助長下，陳忠繁與王德允都喝多了，兩個平日看起來再正經不過的人竟然一塊兒站到桌上，唱起了「呂洞賓打藥」。

滿臉尷尬的李氏和玉芝趕緊要看得目瞪口呆的小馬與小瑞把王德允送回家，又安排袁誠與小黑把陳忠繁扶到後院去。袁誠打了水幫陳忠繁擦臉，又替他脫了鞋之後，將他扶上床蓋好被子。

李氏擦著額頭的汗對玉芝道：「妳爹這個靠不住的，本來打算明日讓他與妳爺爺一起去莊子上跟佃農商量要怎麼收租，我看到時候他頭一定疼得半死，怕是後日才能去了！」

玉芝聞言低頭竊笑，不點破李氏疼惜陳忠繁的小心思。

第三十八章　今非昔比

原本三房打算等到後日接老陳頭一起去莊子，然而計畫趕不上變化，這件事得先擱著，因為兆志考中秀才了！

這天，三房一家正在鋪子裡忙得暈頭轉向，村長的兒子雲才文卻忽然跑了過來。他剛一腳邁進鋪子的門檻就腿軟絆倒了，「咚」的一聲趴在地上，喧鬧的店內瞬間安靜下來。

雲才文顧不得眾人全在看他，就朝要扶起他的陳忠繁喊道：「陳三叔，快回村！報喜的人去村裡了，兆志考中秀才了！」

陳忠繁頓時愣在原地，鋪子裡的客人們先是倒抽一口氣，接著紛紛向他恭喜道——

「陳東家好福氣啊！」

「如今陳東家可是秀才老爺的爹了！」

「這真是天大的喜事，恭喜陳東家。」

機靈的小馬迅速衝向後廚，李氏與玉芝得知消息以後跑了出來。

玉芝稍微冷靜一些，她把淚流滿面的李氏拉到陳忠繁身邊，自己則帶著小馬扶起雲才文，滿懷歉意地對他說：「文哥，對不住，我爹娘太高興了沒反應過來，讓你趴了這麼久……」

雲才文並不在意，他按了按扭傷的腳道：「沒事、沒事，報喜的人到了好一陣子了，你們趕緊雇個馬車回去吧！不然讓人家等急了不好。」

陳忠繁這才如夢初醒，連連點頭道：「對對對，別讓人家等急了！」

說著又對雲才文道歉：「才文，方才是三叔愣神兒了，待會兒讓小馬帶你去醫館瞧瞧。」

雲才文連忙推辭道：「這有啥好去醫館的，我自個兒回家抹點藥油就行，三叔別再耽擱了。」

此時小瑞從門外跑進來，氣喘吁吁地對陳忠繁道：「東家……馬車雇來了！」

陳忠繁點點頭，扶著李氏直接往外面走去，完全顧不得鋪子裡的客人。

見自家爹娘就這麼出去了，玉芝轉頭從收錢的抽屜裡拿出幾兩銀子與一些銅板以備不時之需，接著對小馬跟小瑞道：「過年時你們都能獨當一面了，今日再麻煩你們一回。老實叔與劉嬸也在，有什麼事你們就一起商量，我們先回去了。還有，趁著這件大喜事，回頭就把你們的身契辦了！」

這對小馬跟小瑞來說真是喜從天降，差點要朝玉芝跪下，玉芝立刻擺了擺手道：「咱們都在一起相處這麼久了，不用客套，你們看好店就是。」

說著她對客人們拱手道：「今日家有喜事，現在鋪子裡所有客人的帳都免了！」

這些話瞬間引爆了眾人的喜悅，大家興高采烈地說著吉祥話。雖然一人不過省下十幾文錢，但是能沾到新出爐秀才老爺的喜氣，夠讓他們開心一陣子了。

陳忠繁和李氏一看見玉芝上了馬車，連忙對車伕道：「快，去駝山村！」

一路上陳忠繁夫妻兩人的心情總算慢慢平靜下來，李氏抱著玉芝感嘆。「方才爹、娘都急了，幸虧妳記得處理鋪子裡的事，不然不知道會亂成什麼樣？」

玉芝能理解他們的心情，在某種程度上來說，兆志已經是這個家的主心骨了。她拍了拍李氏的手背道：「娘跟我客氣什麼，哥哥考中秀才，我高興都來不及呢！對了，方才我跟小馬哥還有小瑞哥說要趁這件喜事買下他們，到時尋王叔把事情辦了吧！」

陳忠繁接話道：「這兩個都是好孩子，咱們早就該買了，但是一忙就一直擱著，這次辦一辦，了卻他們一樁心事。」

李氏也點頭附和。

駝山村裡，人們正一堆、一堆地聚在一起議論，當他們瞧見三房的馬車時，都不自覺地跟在後面往陳家去。

陳忠繁與妻女跳下馬車就往院子裡闖，車伕也不著急，悠哉地停在陳家門口，反正秀才老爺家不可能賴帳，他就稍微等一下吧！

陳家屋裡，老陳頭實在跟兩個報喜的差役沒話說了，只能不停地讓他們喝茶，兩個差役喝了一肚子水暗暗叫苦——真想上茅房啊！

三房三口人進來之後，終於打破了這尷尬的氣氛，老陳頭長吁了一口氣，忙喊道：「老三，兆志考中秀才了，這兩位差爺是來報喜的！」

差役們知道這才是正主，領頭的差役趕忙掏出喜報遞過去道：「小的向您報喜，駝山村陳家三房長子兆志喜中院試第十九名，是朝廷登錄在冊的廩膳生。」接著就是一連串不要錢似的吉祥話。

陳忠繁覺得被天上掉下來的餡餅砸了一下，兆志竟然是廩膳生！他做不出別的表情，一張臉都笑僵了還是在笑。

秀才按成績分為三級，成績最好的叫廩膳生，簡稱廩生，能享受國家給的生活補貼。廩生有定額，有空缺的話，次一級的增生才能補上去，附生則是一般的秀才。

玉芝見那兩個差役話越說越乾，最後連「祝廩生老爺早日覓得良緣」這種胡話都出來了，自家爹爹還沒有反應，趕緊上前將剛才拿的小銀錠子各自塞在他們手中，問道：「求問兩位差爺，不知我大哥何時能回來？」

兩個差役終於拿到了喜錢，本以為有個幾十文錢就不錯了，誰知一人竟然有一兩，他們不禁對這個小小農家刮目相看。

領頭的差役認真回答玉芝道：「廩生老爺明日要在縣裡參加小鹿鳴宴，怕是要後日才能回來了。」

老陳頭見兒子跟兒媳婦那副傻樣，知道自己不能讓玉芝一個小孩子應付差役，於是說道：「多謝兩位差爺今日跑這一趟，待日後兆志回來了，再讓他登門拜謝差爺。」

兩個差役連忙一陣推辭，領頭者道：「不敢、不敢，廩生老爺可是了不得的人物，日後定能飛黃騰達！」

因為他們實在快憋不住了，又怕陳家人還要寒暄，趕緊趁這個機會開口告辭。

陳忠繁暈乎乎地跟著老陳頭送兩個差役出院門，玉芝則是走過去把車馬費交給車伕再返回屋內。

門外的村民們看到兩個差役，臉上全堆滿了諂媚的笑，同時深深覺得陳家與他們已經是兩個完全不同的階層了。

差役走了之後，村民們也不敢說話，只見老陳頭大聲喊道：「今日家中忙碌，不能招待鄉親們，待兆志回來了，咱們再擺上幾桌流水席好好樂一樂！」

一聽到有流水席，現場的氣氛又熱絡起來，有膽子大的人開玩笑道：「那我們可等著秀才老爺家的流水席啊！」

老陳頭笑著答應了，隨即拉著陳忠繁進了院子關起院門。

屋子裡，李氏的淚已經被玉芝勸住了，此時她想起了兆厲，問孫氏道：「娘，兆厲他……」

孫氏撇了撇嘴道：「兆厲沒考上呢！」

李氏大吃一驚道：「我聽兆志說兆厲的學問不在他之下，怎麼沒考上呢？」

孫氏回道：「我怎麼知道，是兆厲學堂那邊派人送信的。來的時候正巧兆志的喜報也到了，妳大嫂原本以為是兆厲考中，結果一得知他落榜了，差點暈過去，這會兒還在東廂躺著呢！」

李氏沈默了，按理說她該去看看趙氏，可是在自家兒子考中的情況下去看她，難免怕她會不高興；若是不去，又顯得自己有些高傲……

正當李氏左右為難之際，玉芝小聲對她說：「咱們去看看大伯母吧，她正是難過的時候呢！」

這句話讓李氏下定了決心，她牙一咬，帶著玉芝去了東廂。

趙氏躺在炕上，額頭上攤著一塊沾了水的棉布條，玉芳在一旁照顧她，陪她說話。見李氏進來，趙氏忙半坐起來，笑著對李氏道：「三弟妹回來了，恭喜妳，兆志考中秀才了。」

李氏反而沒笑容，上前兩步坐在炕邊拉著趙氏的手道：「大嫂莫難過，兆厲學問是一等一的好，這次怕是有什麼內情，等孩子們回來，咱們再好好問問。」

聞言，趙氏的眼淚忍不住滴了下來，說道：「這孩子定是心思太重了，臨走之前還對我說定要中個秀才給我撐腰，省得他爹再……」

說到這裡，趙氏瞥了玉芳一眼道：「既然妳三嬸嬸來了，妳就進去繡嫁妝吧！莫再陪著我了，早和妳說了，娘沒事呢！」

玉芳臉蛋一紅，點頭應下後轉身進了裡屋。

見她離開，趙氏在李氏耳邊小聲說道：「眼看不到兩個月玉芳就要出嫁了，我本希望兆厲考上秀才能抬抬玉芳的臉，萬萬沒想到……唉！說句誅心的，這次玉芳的未婚夫也沒中，我反倒鬆了口氣，就怕他中了會看不起玉芳。現下他們兩人都沒中，可兆志卻中了，這樣玉芳出嫁也有個能當她靠山的堂弟。」

李氏感慨趙氏的一片慈母心，不由得嘆口氣道：「大嫂別擔心，咱們慢慢商量怎麼辦玉芳的喜事。」

接下來她與趙氏聊起辦喜事的瑣碎事項，兩人竊竊私語了好一陣子。

趙氏的心情平復不少，笑容也自然許多，她平靜地向李氏說道：「這次兆志考上，真的是給咱們家長臉了。兆厲不中必然有原因，事已至此，我難過也沒用，待會兒我就起來幫三弟妹的忙去，之後怕是要擺酒吧？」

李氏忙攔住她道：「爹說等孩子們回來再說，咱們明日再忙也來得及。我會去跟袁師傅討論要做什麼菜，後日鋪子歇一天，讓他回來做流水席人廚。」

趙氏覺得這樣很好，跟李氏相約明日一起去鎮上買菜。

李氏見她心情好多了，帶著玉芝告辭，畢竟家裡現在亂糟糟的，也不能總關著院門，估計村長他們一會兒就要過來了。

趙氏忙起身送她們娘兒倆離開東廂，她回來的時候，見玉芳坐在炕上噘著嘴道：「娘，三嬸嬸這個時候來，是顯擺兆志考上了而我哥沒考上嗎？還要大辦流水席，這不是打咱們的臉？」

趙氏沒想到女兒竟然有這種想法，怒道：「妳這孩子怎麼回事，兆志不是妳堂弟嗎？兆厲要三年後才能再考，妳卻是不到兩個月就要出嫁了，家裡有個秀才堂弟給妳撐腰，妳婆家人敢看輕妳不成？人家兆志考上了，憑什麼不能辦席慶祝？玉芳，妳要記住，這個家不是圍著妳轉的，也不是圍著咱們大房轉的。

「按理說，咱們已經分家了，可是現在的吃穿用度卻是妳爺爺跟奶奶替咱們出的。他們的錢是哪裡來的？全是三房給的！再說了，妳哥哥跟兆志都是孫子，誰有出息，兩個老的都一樣高興！真是的，妳這想法怎麼越發像妳爹了……」

玉芳被趙氏一番話說得淚珠止不住地往下掉，只能咬著唇不說話。

見狀，趙氏緩了緩語氣道：「我知道妳原本以為此次院試過後，妳就是秀才妹妹嫁做秀才娘子了，那該有多風光啊！可是他們兩個卻雙雙落榜，所以妳心底難受。不過妳要記住，妳三叔叔跟三嬸嬸不欠咱們，是咱們欠人家。若是妳的性子一直這樣，嫁了人只怕也過得不好，嫁出去的姑娘潑出去的水，娘的年紀漸漸大了，日後又能護住妳多久呢？」

玉芳被趙氏說得撲在炕上大哭。到底是自己的閨女，趙氏拍著她的背哄道：「莫哭了，只要記得日後跟三房好好相處就行，妳爹靠不住，這幾個叔叔當中也就妳三叔叔能幫上忙了。」

聽了趙氏的話，玉芳抬起臉哽咽道：「娘，我……我記住了。」

沒人知道大房母女之間的對話，如今三房的人都處於狂喜之中，老陳頭帶著陳忠繁打開院門，接待了一波又一波來賀喜的人。

孫氏也下了炕，帶著李氏、玉芝跟村子裡那些來湊熱鬧的婆娘們嘮嗑。聽到大家抬舉自己說的話，孫氏整個人神采奕奕，繪聲繪影地描述兆志小時候讀書的事情。

聽見一群人不停地發出驚嘆聲，孫氏得意極了，李氏卻在一旁苦笑不已，婆婆說的這些事，她怎麼全都不知道呢？一旁的玉芝也笑得夠嗆。

這熱鬧的景況在兆志回來那天達到了高潮，整個駝山村的人幾乎都出動了，井躍村的李一土也帶著全家來祝賀外孫。

陳家小小的院子塞得滿滿的，只有村長、幾位村老與李一土才有資格坐在上房跟老陳頭還有陳忠繁說說話。

看到這副景象，范氏嫉妒地在背後「呸」了一聲，心中卻幻想起她的兆毅中了秀才以後也會是這樣。

陳忠華夫妻不敢哭喪著臉，堆著一臉假笑在院子裡招待村民，不少人看到他們倆的樣子，都偷偷議論他果然是惦記自家哥哥的東西，連看到人家兒子有出息了都不高興。

這話被陳忠華聽見，氣得他鼻子都歪了，剛想摔東西，就被正巧出來迎客的老陳頭瞪了一眼，只能老老實實地繼續笑著應酬。

一院子的人等到了下半晌，沒有一個人抱怨為何還不開席，大家都笑容滿面地盼著兆志的身影。

終於，一群孩子像沒頭蒼蠅一般撞進陳家小院，興奮地同時大喊道：「兆志哥回來了！」

院子裡瞬間像滴了水的油鍋，所有人都沸騰起來，湧到院子外面等待。

上房裡的人礙於身分不好亂動，然而頻頻往外張望的眼神卻出賣了他們焦急的心情。

兆志剛下馬車就被熱情的村民們包圍，眾人一口一聲「秀才老爺」地叫著，哪怕他少年老成，也禁不住臉紅。他一邊與眾人寒暄，一邊拉著身後的兆厲一起往上房擠去。

等兩人到了上房，那是頭巾歪了、衣服也縐了，看得屋裡的人一陣好笑。

李氏跟在後面擠進上房，看到他們這個樣子，不禁心疼道：「你們倆這樣子……要不先回屋換件衣裳再來？」

兆志無奈地攤手道：「娘，現在若是我們出了上房的門，怕是得半個時辰以後才回得來了！」

聽到兆志這麼說，兆厲在他身後心有餘悸地猛點頭。

老陳頭瞧兆志人逢喜事精神爽的樣子，又見兆厲面上依然掛著溫和的笑容，沒有任何怨懟之色，一顆懸著的心這才放了下來。

待兆志向上房的長輩們講述了一番院試有多麼艱辛困難之後，終於要開席了。

宴席開始以後，村民都樂得不得了，平時他們誰捨得花錢去食鋪吃東西，更何況袁誠以前可是出名大酒樓的廚子，今天能免費這吃一頓，再值得不過了。

只見那紅燒獅子頭一個個有拳頭大小，裡面夾著碎餑餑，那碎餑餑吸飽了肉汁，又香又嫩，好幾個孩子為了搶最後一口獅子頭打了起來。

九轉大腸則受到愛喝酒的男人們的一致好評，肥嫩的大腸一點異味都沒有，裡面加了些許食茱萸，透出絲絲微辣，切成好入口的大小，配起酒來再適合不過。

上房裡都是會喝酒的人，不一會兒一大盤大腸就吃光了，平日有些嚴肅的村老們不由得有些臉紅，老陳頭假裝什麼都不知道，招呼小馬再去拿一盤來。

流水席一波接一波，袁誠雖然忙得滿頭大汗，心中卻很歡喜。前幾波吃完的村民們也不回家，坐在牆頭上看著剛入桌的人，告訴他們什麼東西好吃。

這頓飯吃得賓主盡歡，一直持續到月上梢頭才稍稍停歇，村民酒足飯飽，有些犯睏，許多孩子都趴在自家娘親的懷裡睡著了。

此時孫氏上場了，她指揮著幫廚的婆娘們把剩下的菜舀進一個個借來的大碗裡，一一還給主動幫忙收拾桌子跟碗筷的各家主婦們，這可把她們高興壞了，連連向孫氏道謝，哄得她笑得合不攏嘴。

待人群散去，喧鬧了一天的陳家小院終於安靜下來，全家人累得散了架，全都癱在上房的椅子上不想動。

老陳頭看了看，覺得現在不是說話的時候，就要他們各自回房歇息去。

回到小東廂，三房一家人見兆志累得眼睛都睜不開的樣子，心疼極了，也不纏著他多問，忙打水胡亂清洗一番，約好明日去姥姥家一趟，就各自睡去。

第三十九章　推銷零嘴

第二日一大早玉芝睜開眼睛，發現爹娘跟哥哥們已經坐在她身邊的炕尾小聲聊天了，她嘟起嘴，不滿地喊道：「說悄悄話竟然不帶我，哼！」

李氏好笑地把她抱起來，邊為她換衣裳、邊道：「這不是怕吵到妳睡覺嗎，真是不識好人心。」

兆勇接話道：「芝芝，娘說妳是小狗呢！」

玉芝瞅了他一眼，「哼」了一聲不說話，逗得一家人哈哈大笑。

聽完了兆志艱辛應試九天的過程，玉芝不禁感嘆道：「哥哥真是受苦了。」

兆志笑了笑，回道：「我還好，多虧了妳跟袁叔做的煎餅和乾麵，每日我挖兩勺肉醬與乾野菇放進小鍋裡燒開，再煮一把麵，很快就能吃上熱呼呼的野菇肉湯麵了，再往湯裡泡點煎餅，一碗吃下去又熱又飽。有時候我也會單煮野菇和麵，撈出來以後倒點肉醬拌著吃。每次我煮麵的時候，對面的考生們臉都綠了……」

玉芝納悶道：「既然你們吃得還不錯，那為何大堂哥落榜了？」

兆志的神情變得詭異，有些難為情又不好開口的樣子，眾人不由得好奇起來，要他快點說。

禁不住大家的催促，兆志輕咳一聲道：「大堂哥他……運道不好，這次又分在臭號旁邊……」

大夥兒全都沈默了，過了一會兒李氏才開口道：「俗話說事不過三，這是第三回了吧？下次兆厲一定會順順利利的！」

三房的人紛紛點起頭來，好像他們點得越用力，兆厲下次就越順利一樣。

一家人出了小東廂，正巧看到趙氏跟兆厲從上房出來，看樣子他們已經對老陳頭說明原因了。趙氏的神情有些複雜，既為兒子的壞運氣感到哀傷，又慶幸他不是因為才學不夠才沒考上。

李氏跟著趙氏母子進了東廂，過了好一會兒才出來，接著就對正在打掃院子地面的陳忠繁說道：「玉芳出嫁的時候，再請袁師傅過來忙一場吧！方才大嫂說袁師傅的席面做得比鎮上的紅白師傅更好呢！」

陳忠繁自然點頭應下，問道：「玉芳那邊決定日子了嗎？」

李氏頷首道：「六月十九是個好日子，就定在那天。」

陳忠繁心想，剩不到兩個月的時間，玉芳的嫁妝都準備得差不多了，等會兒去丈人家的路上，再與孩子們商量送些什麼好添妝吧！

到了井躍村，陳家三房受到的歡迎不比在駝山村差，一進村兆志就被人團團圍住，還是李一土眼看不妙，趕緊叫兒子們把他從人群裡拉出來，一路小跑回家。

幾個人一進院子就關門，兆志抹汗直道「太嚇人了」，逗得李家人笑得停不下來。

說完，他們聽到了拍門聲，嚇得兆志差點衝進屋裡，直到聽見陳忠繁用低沈的聲音喊道

「爹、娘，是我和燕娘還有孩子們，開門啊」，門內的眾人這才鬆了口氣。

兆志考上秀才以後有個短暫的假期，等過完端午才去縣學入學。這段時間他多了許多邀約，也有很多人上門探聽他訂親沒有，這讓一向不過度關心這種事的陳忠繁和李氏也著急起來。

這一日，趁兆志沒有約、在鋪子裡幫忙的時候，李氏把他拽到後院無人的地方悄聲問道：「兆志啊！你今年已經十五歲，也考上秀才了，是不是該訂親啦？這幾天一直有人探問娘的口風，有幾個閨女看起來真是不錯呢！」

兆志滿臉通紅地說：「娘，我現在不過是個秀才，急什麼急啊！我打算三年後考完舉人再談親事！」

這可把李氏嚇壞了。「三年？三年後你都十八歲了，那時候議親得什麼時候才能成親啊?!」

兆志也不管李氏追問，轉身逃得飛快，李氏知道這孩子有多頑固，只能看著他遠去的背影嘆氣。

此時玉芝悠哉地從後廚走了出來，看到李氏一臉懊惱，連忙上前問道：「娘，出了何事？」

李氏正感到煩悶，也不顧閨女年紀還小，抓著她好一頓訴苦，最後還總結道：「我看妳大哥就是書讀多了心大了，我中意的閨女們都懂幾個字，還配不上他了?!」

玉芝的心中有一陣冷風呼嘯而過，按照前世一般人習慣的算法，兆志才十四歲，就算是現在，他也不過十五歲，竟然已經被逼婚了？

她有氣無力地拍拍李氏的手背假裝安慰她，然後說道：「娘，我覺得大哥說得對。他若是太早成親，心思都會放在嫂子身上，日後考不上舉人怎麼辦？」

聞言，李氏猶豫道：「可是……多少人都是先成家、後立業，也沒見人家沒出息呀！」

玉芝見她猶豫了，再接再厲道：「那是他們的媳婦不夠好！我娘的眼光這麼棒，定能為我大哥選個全國最出色的媳婦，到時候我大哥可得分心了！」

李氏朝玉芝翻了個白眼道：「就妳瞎話多，妳和妳大哥一條心是吧？一點都不為娘想抱孫子的心著想！」

玉芝無奈地說：「娘才多大就想抱孫子啊？若是真的想抱孩子，您跟爹再生一個不就得了……」

說罷，她見李氏的臉瞬間紅了，暗叫不好，趕緊離開李氏的攻擊範圍，還賤賤地回頭喊道：「娘，您可別逼我大哥了，好好考慮、考慮我說的話吧！」

這可把李氏臊得頭暈腦脹的，惡狠狠地罵了一句。「妳這個熊孩子！」

正巧陳忠繁到後院拿東西，聞言好奇道：「媳婦，妳罵誰呢？」

看到陳忠繁憨厚的臉，李氏想到玉芝說的「再生一個孩子」，不禁羞得狠狠瞪他一眼，不回話就進了後廚，留下一頭霧水的陳忠繁愣在原地，不知道自己又做錯了什麼。

自從兆志到鋪子裡幫忙，大家都輕鬆許多，因為收錢跟找零的活他全包了。而且有他在，店裡人氣頓時更高了，要麼是來看新出爐的秀才老爺的，要麼是來蹭喜氣的，甚至還有偷偷摸摸來相看女婿的。

託兆志的福，陳忠繁終於騰出時間來跟老陳頭去了一趟莊子。

莊子上的人時刻注意著東家的消息，自然已經得知小東家考中秀才的消息。待老陳頭與陳忠繁一踏進莊子，大夥兒就出來相迎，連兩、三歲的孩子都跟著含糊不清地說了一句。

「恭祝小東家高中秀才！」

老陳頭與陳忠繁笑得眼睛都瞇起來了，忙謝過眾人，這樣一來也不用特別叫大家集合了，陳忠繁直接宣布地主與佃農五、五分成。

佃農們歡喜得不知如何是好，只有跪在地上磕頭才能表達他們心中的感激之情。

好在老陳頭父子早準備了說詞，陳忠繁立刻對跪在地上的眾人道：「快起來，咱們家也是農家，不喜歡來虛的那套，只要你們好好種地、多打糧食，就是對我們最大的報答了。」

佃農們感動得猛點頭，溢出眼眶的淚水隨著點頭的動作滴滴答答往下掉，看得陳家父子倆一陣心酸。

處理好分成的事，老陳頭與陳忠繁謝絕了佃農們留飯的好意，飛快地趕回鋪子，因為兆志三日後就要去上縣學了，他們想把握時間跟他相處。

玉芝準備了各式各樣的肉醬和點心要讓兆志帶去，兆志推辭道：「不用幫我帶這些，多帶點煎餅和乾麵就行了，縣學那邊一日三餐全包，只是晚上夜讀時怕會餓而已。聽聞每個監舍中都有一個煮水的小爐子，能自己煮點簡單的吃食，裝些放得久又方便的吃食就好，反正每旬有一日半的假期，吃完了我還能回來拿。」

聽到兆志這麼說，玉芝趕忙取出點心，為兆志備了一大包煎餅跟乾麵，又與袁誠商量炸一小罈蔥油，好讓兆志做蔥油拌麵吃。

想了想，玉芝覺得這樣太單調了，於是要小馬去買幾大塊梅頭肉，切成略厚的片狀，用鹽、糖、醬油、酒、蔥、薑等調味料醃上半天，再用袁誠拿來滷九轉大腸的老滷汁滷上大半個時辰，撈出來用小火把水分炒乾之後，貼在之前烤油渣餅的爐子裡用微火烘得乾硬後取出。

幾大塊梅頭肉烘出來的肉乾不過剛好裝滿一個小布袋，玉芝對兆志說道：「大哥若是書讀得晚了懶得開伙，就用這肉乾墊墊！」

兆志嚐了一口道：「這個味道真好，只怕我還不餓就當成點心吃完了。」

李氏笑著說道：「愛吃咱們就再做，也不麻煩，主要是袁師傅這滷汁養得好，甘醇芬芳。」

袁誠撓撓頭，不好意思地說：「東家夫人可別這麼說，這都是玉芝出的主意，咱們鎮上根本沒見過這種肉乾，只怕縣城也沒有。以往縣城偶爾有韃子行商過來做買賣，我嚐過他們的肉乾，只鹹不香，而且還有一股腥味，讓人難以下嚥。咱們這肉乾軟硬適中又好吃，若是放在鋪子裡，肯定能賣出去。」

這話讓玉芝眼睛一亮，她怎麼沒想到呢？可以做前世風靡一時的牛肉乾來賣啊……嗯，好吧！現在這個時代，牛不能隨便宰殺跟販賣，只能用豬了，但是味道一樣好，只是口感有些許差異而已。

玉芝這個零嘴達人腦子深處的記憶似乎被啟發了，她想到了豬肉片、雞蛋干等購物網站上的熱門零嘴，頓時激動起來，抓著袁誠的胳膊道：「袁叔！您可真是我的好搭檔，咱們倆若是聯合出擊，必定所向披靡！」

袁誠的臉都紅了，低頭嘿嘿笑道：「妳啊！得每日給我多出些好點子才行。」

玉芝道：「袁叔，您說我們賣些肉乾之類的零嘴能掙錢嗎？」

說到買賣，袁誠正經地說：「當然能，有些小兒會去酒樓裡兜售零嘴，還有人選擇放在酒樓裡寄賣，東家與泰興樓有交情，放在那邊寄賣最好。要是咱們家的鋪子要賣的話，就把另一邊的大窗口打開，專賣這些零嘴就好，也不占地方。」

原本那個大窗口玉芝是想拿來賣炸物的，不過後來即便有了袁誠跟小黑，他們也是待在後廚忙碌，所以那裡一直空著。

聽到袁誠說的話，玉芝開心得不得了，恨不得馬上拉著袁誠去商討各種零嘴的作法，不過看到兆志笑咪咪地看著自己，玉芝才想起來主角是兆志才對。

她有些不好意思地說道：「大哥，我不是故意的，只是說起買賣就有些興奮……」

玉芝話還沒說完，兆志忽然伸出手抱了抱她。自從過完年她七歲以後，兆志就沒再抱過她了，這突如其來的擁抱嚇了玉芝一跳。

她結結巴巴地說：「大……大哥？」

兆志有些哽咽地說道：「是大哥沒本事，讓妳小小年紀就為了全家的生計忙前忙後……妳這一、兩年來從不說要做新裙子，卻要娘幫我們三個兄弟做了一套又一套衣服；妳飯都隨便吃，可日日帶去學堂給我們的晌飯花樣卻最多。芝芝，妳還小呢……」

玉芝心想，她不喜歡做新裙子是因為古代的衣服樣式太過繁瑣，不如舊衣褲穿起來方便；至於飯不好好吃，是因為她總是待在後廚同袁誠試驗新菜、調整老菜的味道，一盤菜吃一口就飽了，若不是怕家人擔心，她可能連飯都不吃了。

雖然玉芝在心底碎碎唸，但其實她很感動，她在兆志懷裡默默用他的衣服擦了一把眼淚，覺得自己與自家娘親真是越來越像了，不自在的時候就一直念叨。

旁邊的人都有默契地沒出聲，靜靜看著兄妹倆溫情的相擁片刻，誰知兆志突然叫了一聲。「哎喲！」

玉芝笑著離開兆志懷裡，只見他的胸前濕了一大片……她把鼻涕跟眼淚全擦到自家大哥身上了。

只見玉芝笑著撲進李氏懷中道：「娘，大哥太壞了，故意惹我哭，所以我小小地報復了他一下！」

眾人見狀失笑，不約而同催促兆志趕快換衣裳去。

等到兆志出發去縣學那日，喬夫子特地讓學堂休息一天，帶著兆亮與兆勇一起送兆志去縣學。

兆志離開以後家裡又安靜下來，玉芝拉著袁誠開始商議要做哪些零嘴。兩人決定先做一些肉乾，反正這東西存放的時間長，接著玉芝說要做豬肉片，這就需要烤箱了。

玉芝突發奇想，她測量油渣餅烤爐內部的尺寸，託鐵匠打了一個三層的架子，又打了幾個烤盤放在架子上，放進烤爐以後，看起來還挺像烤箱的。

袁誠發揮自己的刀功，把嫩肉剁得碎碎的，調好味道以後在塗了油的烤盤上均勻地鋪上薄薄的一層碎嫩肉。等肉快熟的時候，袁誠與陳忠繁用木架把烤爐裡的鐵架子撐起來，由玉芝在碎嫩肉上刷上一層蜂蜜水的替代品——濃糖水，接著撒滿胡麻，再放回去烤小半刻鐘。

待豬肉片出爐放涼以後，玉芝嚐了一口，鹹香微甜，正是記憶中的味道。大家嚐了以後紛紛稱讚，就是價格不太好定，因為這東西實在太費肉了。

只見袁誠笑道：「能去泰興樓吃飯的人，還會在乎這幾十文錢？只是若要放在咱們自家鋪子賣，怕是不怎麼好銷，畢竟肉確實比較貴。」

玉芝想了想，說道：「這爐子好用，咱們得多建兩個，不然怕日後供不上。」

獲得眾人的贊同後，大夥兒就散開各自忙去了，找匠人的找匠人、買材料的買材料，玉芝則要陳忠繁帶她去泰興樓。

陳忠繁與玉芝一進泰興樓，小路就迎上前問道：「陳東家和東家小姐今日怎麼有空過來？」

這可把玉芝叫了個臉紅，忙道：「小路哥，你別叫我東家小姐，我算什麼小姐呀……」

小路笑笑的沒接話，反而又問道：「您兩位今日前來有何事？」

大家都是熟人，玉芝也不隱瞞，對小路小聲說道：「小路哥，泰興樓誰負責寄賣零嘴的事呀？我家做了些東西，想放在這裡賣呢！」

小路一聽是正經事，正了正臉色道：「這事平日都是歸羅二掌櫃管，可他家有喜事，這幾日請假，不如我去問問掌櫃的？」

玉芝忙搖頭道：「不過是小事，怎麼能麻煩朱掌櫃呢？羅二掌櫃何時回來，我們等幾日便是。」

此時朱掌櫃碰巧從雅間出來，他看到陳忠繁與玉芝站在樓下，忙幾步下了樓走到他們面前，笑咪咪地問道：「陳老弟和大姪女過來了怎麼不跟我說？是不是又有新食譜了？」

玉芝見避不開，索性嘟起嘴道：「本來不想麻煩朱伯伯的，既然碰上了，那我就直說嘍！」

朱掌櫃聽她的口氣跟平常不一樣，不禁有些好奇，到底是什麼事，竟不想讓他知道？

只見玉芝舉起手中的兩個布袋說道：「朱伯伯先嚐嚐這兩樣東西味道如何。」

朱掌櫃接過以後打開其中一個布袋，抽出一片豬肉片塞進嘴裡，慢慢咀嚼一陣子才吞下。

吃完以後，朱掌櫃讚道：「妙呀！我竟吃不出裡面加了什麼，這是個下酒的好東西，拿來哄孩子也不錯。」

說罷他又拿了一片，一口接一口，吃得停不下來。

玉芝暗笑，上前替他打開另一個布袋，說道：「朱伯伯再嚐嚐這個，也很香！」

朱掌櫃兩三口就吞下口中的豬肉片，拿起一塊肉乾端詳了一下才說道：「這不就是韃子那邊的肉乾嗎？」

雖然嘴上這麼說，但朱掌櫃還是把肉乾塞進了嘴裡，只覺一股濃郁的醬香在口中散開來，過了好半天他才嚥下去，說道：「陳老弟家現在做的東西越來越稀奇了，這看起來就是普通肉乾，想不到竟如此美味。」

朱掌櫃又拿出一片豬肉片啃了起來，邊吃邊道：「陳老弟和大姪女今日是要來賣食譜的嗎？走走走，咱們進去談！」

說著他就伸手要拉陳忠繁往樓上走。

第四十章　開拓財源

玉芝擋在有些不知所措的陳忠繁身前，笑著對朱掌櫃道：「朱伯伯別急，今日我們前來，是聽聞泰興樓也能寄賣零嘴，所以想打探、打探情形，寄賣幾樣呢！」

朱掌櫃吃驚道：「妳家竟然想在泰興樓寄賣？何必那麼麻煩呢！直接賣方子不是比較好，賺的錢多又乾脆。」

玉芝道：「朱伯伯此言差矣，我家鋪子還有個大窗口空著呢！正是想利用這個大窗口才做了這些零嘴，若是將方子賣給泰興樓，那我們家豈不是不能賣啦，那可是本末倒置了。」

朱掌櫃摸了摸她的頭道：「到底是家裡出了個廩生老爺，大姪女連『本末倒置』都會用了。不過就算要討論寄賣這件事，咱們也得找個地方談。走吧！跟我上樓去，咱們商量、商量。」

陳忠繁這才牽著玉芝跟著朱掌櫃去了那個熟悉的雅間。

朱掌櫃也不囉嗦，劈頭就說道：「往日別人寄售都是三、七分成，我們泰興樓收三成，既是陳老弟家，那就二、八分如何？」

說罷，他又拿了一片豬肉片道：「這肉片著實新鮮，不知陳老弟打算怎麼賣？」

朱掌櫃嘴上雖然問著陳忠繁，眼睛卻看著玉芝，顯然他覺得兩人之中能拿主意的是小小的玉芝。

玉芝沈思片刻後說道：「這豬肉片三斤上等好肉只能做出一斤來，再加上各種調味料和胡麻，一斤豬肉片光是成本就超過六十文錢了。朱伯伯覺得若是在泰興樓賣的話，多少錢一斤合適呢？」

朱掌櫃差點把剛剛送進嘴裡的豬肉片給拿出來——這小東西的成本竟然這麼高！然而他猶豫過後還是把豬肉片塞進嘴裡，邊吃、邊考慮，最後開口道：「既然一斤成本就超過六十文錢，那咱們就賣一百八十文錢一斤吧！」

「噗！」陳忠繁剛喝了一口的茶全部噴到桌子上，還嗆得連連咳嗽。玉芝心疼得手忙腳亂地又是幫他擦衣裳、又是幫他拍背，忙活了好一陣子。

陳忠繁好不容易緩過來了，嘶啞著聲音問朱掌櫃道：「朱掌櫃這……您說一斤一百八十文錢？是不是太高了點……」

朱掌櫃解釋道：「陳老弟有所不知，在酒樓，若是一道菜的利潤沒有雙倍，就等於賠本。我看這豬肉片味道鹹甜，令人回味無窮，雖說是豬肉做的，卻沒有腥氣。何況一斤能裝不少片，若是只想買一斤嚐嚐鮮，那也花不了多少錢。再說了，區區一百八十文錢，對泰興樓的客人來說，甚至連九牛一毛都算不上，只要味道好，他們肯定會買的！」

陳忠繁被朱掌櫃的豪氣折服了，他想了想，確實不能用自己那間小食鋪的消費水準來衡量大酒樓的客人，於是他同意了朱掌櫃定的價格。

三人商議一番，決定豬肉片與肉乾都是一斤一百八十文錢，每賣一斤，泰興樓拿四十文錢，陳家拿一百四十文錢。雙方立了契，約好明日兩樣東西各送十斤過來試賣、看看銷售情況如何後，陳忠繁就帶著玉芝告辭了。
目送陳家父女離去後，朱掌櫃把他們留下的兩個布袋紮上口，考慮了半天又偷偷拿出一些豬肉片藏好，才寫了一封信說明今日之事，連同這兩個布袋一起裝好，然後命小路找人快馬加鞭送到單辰手上。
玉芝回到鋪子裡便拉著袁誠與小黑開始準備肉片與肉乾，她見小黑上手挺快的，便與袁誠商量道：「袁叔，若是日後供泰興樓供得多了，怕是要找個人專門做這個。您覺得小黑哥怎麼樣？」
袁誠想了想，回答她。「小黑人老實又能吃苦，雖然做菜的天分不是特別高，但是烤這東西綽綽有餘。劉嬸和妳娘學得很快，現在後廚慢慢能忙開了，缺了小黑也能挺住。」
玉芝放下心來，琢磨著得早點把小馬跟小瑞的身契辦了，好讓他們能進後廚。最近他們真的太忙了，也沒空去尋王德允，這兩日看到他們欲言又止的樣子，她真的有點自責。
第二日一早，陳忠繁帶著肉乾與肉片各十斤去了泰興樓，回程路上順便去找王德允辦了小馬跟小瑞的身契。
小馬跟小瑞又驚又喜，抱著身契看了半天才相擁而泣，看得鋪子裡的人心裡都酸酸的。
第一旬假期時，因為要多熟悉一下縣學的環境，所以兆志沒有回來。眼看馬上要到第二旬假期了，全家人既緊張又期待地盼著他，生怕他累了、餓了、吃不香、睡不好。
這天從大清早起，李氏就不停地向外張望，整間鋪子的氣氛都很緊繃，連來吃飯的客人們都感覺到了，不停有人小聲詢問小馬跟小瑞到底出了什麼事。得知今日廩生老爺要回來，客人們頗有興致，點了比平日多不少的吃食邊吃邊等想看熱鬧，讓玉芝高興之餘有些無奈。

巳時中左右，鋪子門口終於停了輛馬車，在大窗口做煎餅餜子的劉老實發現兆志從馬車上跳了下來，連忙回頭朝鋪子裡叫道：「兆志回來了！還有卓……卓少爺也來了！」

聽見劉老實叫聲的玉芝原本興奮地往外跑想迎接自家大哥，突然聽到「卓少爺也來了」這句話，急煞車停下腳步。她沒聽錯吧？卓承淮來這裡做什麼？

猶豫間，他們兩人已經走了進來，本來留下來等著看廩生老爺的人萬萬沒想到還有卓承淮這麼個驚喜，頓時盯著他不放。

見鋪子裡眾人的目光又全集中在卓承淮身上，玉芝眉頭幾不可見地微微皺了起來，她快步上前直接將兩人帶到後院，撇下身後追隨的目光。

到了後院，兆志誇張地嘆了口氣道：「唉，還好芝芝妳把我們帶過來，方才那場景啊！讓我連路都不會走了。」

陳忠繁和李氏聽到消息，從後廚直接跑到後院，看見兆志，李氏的眼淚忍不住流了下來。十多年了，除了考試，這還是兆志第一次離家這麼久。

李氏上前一抓著兆志的胳膊就不撒手了，她從他的髮絲開始看，一直看到腳上的鞋，見兆志沒變瘦、精神也不錯，才放下心來。

接著李氏一轉頭，看到默默不語的卓承淮，想到他自小沒了娘，忍不住母愛氾濫，鬆開兆志慈祥地問卓承淮。「卓少爺也來啦，怎麼會跟兆志一道呢？」

卓承淮翹起唇角微微一笑道：「如今在下與兆志兄是同窗，聽聞今日兆志兄要回來，想到這些日子在縣學沒少吃兆志兄帶的吃食，特地過來謝謝嬸嬸。嬸嬸叫我承淮就好，咱們之前不是說過了嗎？嬸嬸又忘啦！」

這真是嚇了陳家人一跳，同窗?!縣學只有秀才才能去唸，也就是說卓承淮小小年紀已經考中秀才了？

李氏不禁驚嘆道：「秀才？卓……嗯……承淮，你才多大就中了秀才？」

兆志插嘴道：「承淮比兆亮小一歲，今年十一歲。我是第十九名廩生，他是第二十名，結果分在一個監舍，我們倆可說是難兄難弟了。」

李氏瞋了他一眼道：「什麼難兄難弟，那可是秀才裡的前二十名呢！你們都有出息，特別是承淮，年紀小學問就這麼好，你們又有緣分住在一起，日後可得多多切磋課業。」

說著，李氏邀請起卓承淮。「這次來了就好好住一宿，嬸嬸做好吃的給你，下次旬假與兆志一起回來吧！村裡的新房子要上梁了，跟咱們去看看如何？」

玉芝心想，卓承淮這麼高冷的人怎麼可能去她家呢！她剛想開口阻攔李氏，沒想到卓承淮竟笑著道：「這等喜事自然要上門恭喜叔叔跟嬸嬸，到時候我定與兆志兄一塊兒回來。」

聞言，陳忠繁和李氏心滿意足地去準備給兩個孩子接風的午飯，臨走前還囑咐玉芝收拾出一間廂房給卓承淮住。玉芝剛要反對，李氏看也不看她歡快地往後廚去了。

玉芝滿頭黑線地看著卓承淮先去兆志的房間，他踏進門檻前還轉頭朝她一笑，玉芝不懂他在笑什麼，只能氣呼呼地去幫卓大少爺收拾房間。

菜都端上桌後，眾人紛紛入座，兆勇跟兆亮得知卓承淮這麼小就考中了廩生，都纏著他問如何讀書。

卓承淮認真對他們兩人道：「聽兆志兄說你們都是兩年前才入學，如今的學問算是不錯了。自從我被舅舅帶回家以後就開始讀書，冬學三九、夏學三伏，一年不過只有過年歇兩日，直到我十歲考中了童生，舅舅才允我每年出遊二十日增長見聞。學習不是一日之功，不過貴在堅持罷了。」

這些話喬夫子與兆志說過了無數遍，兆勇跟兆亮雖然都聽進去了，但是聽到與自己年齡差不多就考上秀才的卓承淮這麼說，更令他們信服。

兩人站起身肅了肅衣袍，各自拱手對卓承淮道——

「多謝承淮兄今日指教。」

「多謝承淮今日指教。」

陳忠繁和李氏對此很是欣慰，李氏見卓承淮有些羞澀，忙招呼道：「日日在學堂談學問，吃飯也不停歇，今日不談這些了，吃飯、吃飯。」

熱熱鬧鬧地吃起午飯，幾個讀書人也把「食不言」這個教條扔在腦後。

剛吃過午飯，兆厲就進了鋪子，他見到卓承淮時也對他的外貌感到訝異，但他很快就緩過來對兆志道：「聽聞二堂弟今日回來，快來為我補習功課，縣學的夫子都是舉人，定有不凡的見解。」

兆志點點頭，將卓承淮介紹給兆厲，兆厲一聽他是十一歲的秀才，不由得有些白慚形穢地低下頭，不過他馬上抬起頭，朝卓承淮拱手道：「承淮小小年紀竟有如此好學問，我可要多向你請教了。」他暗自下定決心，下次必定要考中！

五個男孩子就這樣聚在兆志的房間裡討論起學問，陳忠繁和李氏在後院走路都躡手躡腳的，甚至不敢自己去送茶水跟點心，讓最動作最輕的玉芝去送。

兆厲今日乾脆留宿在此，反正他在後院有自己的房間。幾個孩子討論到深夜才各自散去，卓承淮躺在對他而言質料略顯粗糙的被褥裡，聞著被子上那受過陽光曝曬的味道，心底不知為何感到非常踏實，很快就進入夢鄉。

第二日吃過早飯後，兆志跟卓承淮就準備直奔縣城了，因為下晌還要聽夫子授課。李氏和玉芝大清早起來就拾掇出兩大包一模一樣的吃食，這次可是把新做的豬肉片、肉乾、雞蛋干、醬豆腐皮什麼的全帶上了，還有之前帶過的煎餅與乾麵。

兆志嚇了一跳，說道：「娘！我很快就會再回來，您帶這麼多吃食做什麼？」

李氏看著兩個大包裹，也有些不好意思，但還是把它們放在車上，說道：「反正你們有馬車，就帶著吧！你與承淮一人一份，吃不完也能分給其他同窗吃啊！」

兆志十分無奈，與卓承淮對視一眼，苦笑一聲。

他們兩個離開之後，鎮上就傳出兆志在考場上吃的是陳家自製吃食的傳聞。據說是一個落榜童生自覺學問不比兆志差，從放榜後就不斷思考為何自己沒考上，這段時間過去，終於被他琢磨出了原因——院試後幾日別人都在啃餿饅頭，兆志卻日日吃得又飽又好，成績自然出色！

許多家長因此湧進陳家食鋪，想看看到底是什麼神奇的吃食能保存那麼久。陳忠繁與李氏都嚇呆了，面對許多熟客抱怨有好東西怎麼不早早拿出來，他們也解釋不清，還是玉芝機靈，見狀就跑回後廚叫袁誠出來。

一個凶神惡煞般的八尺壯漢一出現，鋪子裡的吵鬧聲就漸漸變弱了，玉芝乘機說明道：「各位叔叔、嬸嬸、伯父、伯母，那乾麵與煎餅是咱們家袁師傅自創的，特地讓我大哥考試時帶去，壓根兒沒想到往外賣呢！不過既然大家都想知道是什麼味道，我們總得提前做一些才夠你們嚐呀，不如大家三日後再來如何？」

熟客們自然知道這個鋪子玉芝能當一半家，再加上站在她身後的袁誠震懾力十足，不由得低聲討論一番，最終同意三日後再來，看看到底是什麼神奇食物能讓人吃了就考上秀才。

玉芝聽到他們的議論頓時哭笑不得，也見識到流言的可怕，怎麼就變成吃了就能考上秀才呢？罷了、罷了，到時再好好解釋吧……

三日之約很快就到了，大清早的，小馬剛卸下門板、打開鋪子的大門，就有一堆人在外面等著了。小瑞把堆成小山狀的一大盤乾麵費力地端到空著的大窗口，支起一個翻滾著開水的鍋，又抱來一大罈肉醬放在旁邊。

陳忠繁端著一大堆小碗過來，對著眾人說道：「今日這麵咱們鋪子就不收錢了，不過每人只有兩口的量，嚐嚐這新鮮吃食的味道就是。」

此時玉芝也端著一盤煎餅過來放在小碗旁邊，說道：「大家吃了麵再來拿塊煎餅，這些真的是普通的吃食，哪有吃了就能中秀才這麼神奇啊！」

眾人才不管能分到多少量，總之先嚐嚐這些被傳得很神的東西再說。在人群中幾個熱心大嫂子的協助下，大家乖乖排起了隊。

小瑞開始煮起乾麵，四分之一刻鐘就煮好一鍋分到面前的十個小碗裡，陳忠繁隨即拿著小勺往上澆肉醬，挨個兒遞給排隊的人。

拿到麵的人也不需要筷子，一口就能連麵帶醬倒進嘴裡，每個人嚼了嚼都點點頭，後面的人忙問：「味道如何？」

一個約莫三、四十歲的漢子道：「這麵還真是不錯，跟咱們平時吃的不一樣，更滑溜一些，也沒那麼硬，我看老人跟孩子吃最好不過了。」

此話一出，隊伍裡的老人跟孩子們都激動起來，紛紛催促小瑞快點煮、前面的人快點吃。一時之間鋪子門口喧鬧起來，惹得路過的人也停下看看到底是怎麼回事，一聽到有免費的麵嚐，他們高興壞了，跟著排起隊來。

麵一碗接一碗地分了出去，人數卻越聚越多，玉芝見麵只剩差不多十來碗，又看到門外那些還在排隊的人，不由得犯起了愁。還是出來察看情況的袁誠覺得不妙，立刻沈著一張臉往門口一站，大聲道：「剩最後十餘碗了，就讓孩子們嚐嚐吧！」

第四十一章　新屋上梁

人群中的孩子們發出歡呼聲，拚命擠到最前面，二、三十個孩子端起碗來你一口、我一口地飛快吃光了麵，朝陳忠繁作了個揖就跑回各自爹娘身邊，有人仰頭道：「爹，那麵真好吃、真滑溜，咱們也買回家做來吃吧！」

那個大哥明顯很疼愛孩子，一聽這話就直接問陳忠繁道：「陳東家，這麵能否買？怎麼賣？」

陳忠繁正猶豫著要怎麼回答，玉芝就踮起腳大聲回答。「能買啊！只是這乾麵是白麵做的，裡面還加了雞蛋和咱們家的秘方，價格自然要稍高一些。」

許多人一聽都議論起來，這白麵一斤就要十文錢，十文錢在陳家食鋪都能打三勺葷菜跟一勺素菜了，何況這麵裡還加了雞蛋跟獨家秘方，不知道一斤要賣多少錢呢！

玉芝神秘一笑，又對問話的大哥說道：「這乾麵要比白麵粉貴一些，咱們家定的價格是一斤十五文錢。不過它放進水裡一煮就會膨脹不少，方才大家也看到了，一小把煮出來就能裝十小碗，一斤怕是夠一家子一頓飯了。這東西本身的料夠好，做起來又方便，省了您買麵、買蛋、揉麵、擀麵和切麵的工夫，不用一刻鐘就能吃上一碗熱呼呼的麵，可比自己做划算多了，您說對不對？」

那大哥怎麼聽怎麼覺得玉芝說得有道理，感覺買陳家這乾麵就像賺到了一樣，立刻捧場道：「對，有理、有理！」

精明的主婦們覺得這乾麵確實貴了些，不過料理起來的確方便，這附近不少家裡做小買賣的人，忙的時候哪有工夫做飯，不過吃個餑餑墊墊肚子罷了。想到這乾麵煮了就能吃，比熱餑餑還快，她們不禁附和地點點頭。

另一個壯漢說道：「煎餅也不錯，那麼薄，塞在衣裳裡都看不出來，帶著去做活比帶餑餑方便。」

玉芝忙道：「煎餅便宜，一斤不過七文錢，一斤煎餅有不少張，買回去抹點醬、捲點菜，就是一頓好飯。」

當周遭的人群漸漸散去以後，玉芝就拉著陳忠繁和李氏商議乾麵和煎餅該找誰做。

李氏愁眉苦臉道：「咱們家現在哪裡抽得出人手啊！小黑每日烤肉片跟肉乾，都只能供得上泰興樓要的量，鋪子這大窗口還空著呢！難道又要買人嗎？」

玉芝聞言跟著發愁，突然間她想到了什麼，看著李氏微微一笑道：「咱們可以讓姥姥跟姥爺做啊！」

陳忠繁先是吃了一驚，後來轉念想了想，也在一旁推波助瀾道：「對，讓爹跟娘做這個好，這活計不算太累，他們家裡人又多，能一起掙些錢。」

李氏自然想讓娘家多賺些錢，她思考了一下就點頭應下。「妳姥姥跟姥爺若是有了這個活計，就能多攢些養老錢了。」

三人既已商議好，決定下晌關了鋪子後去找李一土詳談。

李一土與鄭氏對他們三人的到來非常吃驚，以為出了什麼事，結果看到玉芝帶著笑容撒嬌的那張小臉，才放下心來。

把三人請進上房以後，鄭氏急忙問道：「怎麼突然過來了，有什麼事嗎？」

這個問題讓李氏心頭一暖，她對李一土與鄭氏說道：「爹、娘，您知道咱們家開了個食鋪，最近玉芝與袁師傅一起做了一種乾麵與煎餅，客人都說好，催著我們賣呢！可我們家就這麼幾口人，怎麼忙得過來，不知您兩老有沒有空接下這個活計、掙些錢？」

李一土手一抖，煙袋鍋子差點掉到地上，鄭氏則驚呼著抬頭問道：「這……你們忙不過來，爹娘去幫幫你們是應該的，何必談什麼錢不錢？明日我與妳爹就去鎮上幫忙。」

聽到鄭氏這麼說，李一土也點點頭道：「明日我們就去，不用給錢。」

李氏見爹娘不要錢，著急地說：「怎麼能不要錢？你們年紀都這麼大了，難道我還要像小時候那樣，遇到事情就找爹娘幫忙嗎？」

說著她哽咽起來。「我沒本事給爹娘更好的，只想讓家裡掙些小錢，爹娘何必推辭呢？這些年，我對不住你們的地方太多了……」

玉芝見李氏哭了，心中著急，又見陳忠繁只會笨拙地幫她擦眼淚，不禁嘆了口氣道：「姥姥跟姥爺不必太在意這個，若是你們不要錢，我們肯定不會讓您兩老去做活的，到最後只得買人、雇人，那花的可就不是小錢了。況且，這活計光靠你們怕是做不來，要舅舅跟舅母們幫忙才成，若是不給錢，那不是要讓我娘與舅舅、舅母們生分了嗎……」

李一土與鄭氏沈默下來，兒子跟女兒都是心頭肉，做爹娘的最不願意看到的，就是孩子們有隔閡甚至反目成仇，只見李一土抽了口煙袋鍋子，說道：「成，那就說說這活計如何做、錢怎麼分。」

聞言，李氏眼眶含淚泛起笑容，爽快地應了一聲「好」，然後用手肘頂了頂玉芝。

玉芝早就想好了，回道：「乾麵跟煎餅都一樣，一斤白麵差不多能做出一斤半來，剛開始咱們每日先做二十斤乾麵跟十斤煎餅試試。至於價格，乾麵十五文錢、煎餅七文錢，若是由我們這邊提供材料的話，一斤乾麵能賺七文半錢，一斤煎餅則能賺五文半錢，就給你們乾麵一斤四文半、煎餅一斤三文半的工錢可好？

「若是姥姥跟姥爺自己出材料，那就簡單了，乾麵我們用一斤十二文錢的價格收，煎餅則是一斤四文錢。若是用自家種的糧食來做，就能掙得更多，只是一開始得投入一些成本。」

李一土聽了沒說話，沈默一會兒後要鄭氏把兒子們都叫進來，說明這件事，問問他們的意見。

玉芝的大舅舅李根發與兩個弟弟商量了一陣子之後，對陳忠繁道：「妹夫，我們選自家出材料，能多掙一些是一些。」

雙方皆大歡喜，玉芝提出要立契，三個舅舅都不樂意，李根發說道：「自家人何必立契？」

還是李一土發話，要李根發去村長家借筆墨，順帶把村長請來當個見證人。

玉芝天天跟著哥哥們讀書寫字一段時間了，雖說字寫得不怎麼樣，但勉強算得上是端正，這次契約就由她來寫。

這可把李家人和井躍村村長嚇著了，村長甚至誇讚道：「不愧是廩生老爺的妹妹，是個才女呢！」

玉芝不好意思地笑了笑，把契約內容唸了一遍，確認雙方都覺得沒問題後，各自按了紅手印，一人一份收好。接下來陳家三人帶著李家所有人開始學做乾麵和煎餅，這東西沒什麼特殊技巧，只要把握好水和粉的比例就行了。

看到李家人很快就上手，陳家三人跟他們約好後日將二十斤麵條與十斤煎餅送到鋪子去，就趕回了駝山村。

乾麵與煎餅推出後大受好評，來買的人絡繹不絕，營業時間還沒結束就賣光了。沒多久這乾麵就被人稱為「廩生麵」，哪怕陳家怎麼說這就是普通的麵條，人們還是相信這麵有神奇的效用，「廩生麵」這個名字也慢慢傳開，讓玉芝忍不住搖頭苦笑。

轉眼又到了兆志休旬假的時候，也是陳家新屋上梁的一天。這一日陳家食鋪歇業，陳忠繁等人帶著袁誠與小馬、小瑞、小黑一同回到了駝山村。

陳家新屋前已經站滿了人，村裡從未有過這麼氣派的房子，青磚牆結實漂亮，院子的地上還鋪著青石板，兩進的院子靜靜坐落著，彷彿是一位等人揭開蓋頭的新娘。

在陳家做過工的人向家人們點出陳家房子的妙處，甚至哪塊磚是他們堆的都記得一清二楚、一一指出，引起一片讚嘆。

老陳頭穿著前幾天剛做的新棉布衣裳慢慢走來，眾人竟不自覺地讓開一條路，把他美得差點上天，可他表面上卻沈穩地與陳忠繁一道跟眾人應酬。

待兆志回來的時候，努力保持嚴肅的老陳頭表情繃不住了，嘴角揚起驕傲的笑容。

遠遠地，只聽到那轆轆的馬車聲如清晨的露水滴在石板上一般，略顯冷冽的晨光中，馬蹄噠噠敲擊著泥地，濺起陣陣泥霧，那鎏金的窗牖被一簾淡青色的縐紗遮擋，使人不禁好奇馬車內到底坐了何等人物。

到了陳家新屋前，拖著馬車的駿馬從鼻中打出一個響啼，緩緩停下腳步，兆志從馬車上跳下，方才屏住呼吸、不敢說話的村民們這才喘了口氣。

剛有人想跟兆志搭話，馬車上忽然跳下一個十一歲左右的少年，他的模樣俊眉修目、鼻正唇薄、一身貴氣，身處人群之中，似乎令他有些微不適，表情清冷得就像一汪早春的溪水。明明他的眼睛沒看向任何人，但是每個人似乎都被他那雙漆黑的眸子吸引住一般，捨不得移開目光。

方才正要與兆志搭話的賈狗兒爹忍不住倒抽一口氣，結結巴巴地喊了一聲。「神……神仙啊！」膝蓋一軟就要跪下。

兆志眼明手快地扶住他，誰知隨著賈狗兒爹那一聲「神仙啊」，村民們都發出了此起彼伏的喊聲。

「神仙老爺啊！」

「求神仙保佑……」

「神仙竟然來了陳家！」

眼看眾人都要跪下了，玉芝像個小砲彈一般，從院子裡衝出來大喊。「別！這不是神仙，這是我大哥的同窗！」

村民們如夢初醒，紛紛發出驚嘆。

「這是怎麼長的啊？竟是這麼個神仙模樣！」

「兆志的同窗？那不是也是秀才老爺?!」

一語驚醒夢中人，他們從未見過長成這樣的秀才老爺，更何況還如此年少！

見大家的眼神變幻莫測，玉芝趕緊向兆志使眼色，兆志立刻放開了賈狗兒爹，伸手拉住站在原地的卓承淮就往正房衝。

陳家男人在外待客，女人自然都窩在上房嘮嗑，談笑間只見兆志拉著一個神仙般俊美的人跑了進來，一時之間都看呆了。兆志萬萬沒想到上房一屋子女人，匆匆行了禮就拉著卓承淮離開，直接奔著後院去，終於找到一間沒人的屋子坐了下來。

兆志捶著腿道：「你這張臉喲，走到哪裡都能引起轟動嗎？」

卓承淮臉色僵硬得能直接去鋪地了，輕哼一聲沒開口。

此時玉芝終於找到他們，氣喘吁吁道：「你們跑得這麼快做什麼……大哥啊！我向你使眼色，是要你帶承淮哥去找娘，好讓她為你們找一間沒人的屋子……你往上房跑個什麼勁兒?!」

兆志無語了，自己與妹妹竟如此罕見地沒有默契……他剛想轉頭向卓承淮道歉，卻見他眉眼舒展、嘴角含笑，臉色也好了幾分，與方才的樣子大相逕庭。他不由得吃驚地問道：「你、你、你……怎麼變臉了？」

卓承淮睨了兆志一眼，決定不回答他的傻問題，而是對玉芝道：「叫承淮哥就對了，日後就要這麼叫。」

玉芝翻了個大大的白眼，決定不跟「小朋友」一般見識，「哼」了一聲沒理他，轉頭對兆志道：「大哥，吉時將到，要開始上梁了。我看承淮哥就別去了，等上了梁眾人散去、只剩咱們一家人的時候再碰面，待會兒大哥端些菜來給他吃吧！」

卓承淮自然同意，他可不想再去面對那些目光，從懷裡掏出一本隨身帶著的書放在桌上後，對他們說道：「去吧！我在這裡看一會兒書就好。」

兆志隨玉芝來到眾人面前，大家不自覺地往兆志身後看了看，發現沒有那個少年後，都忍不住失望地搖搖頭，看得兆志一陣好笑。

張瓦匠帶著一個木匠師傅來主持這次上梁，兩人指揮著一群漢子扛著一根大梁，梁上貼著紅紙，上書「上梁大吉」四個大字，再覆以紅布，繫上黃米糕，喻步步高陞，再來由木匠師傅大喊一些吉祥話，這就是發梁了。

梁發好後，就由張瓦匠和木匠師傅扛梁登梯上梁，陳忠繁在門口放了爆竹，在一陣「噼哩啪啦」的聲響中，木匠師傅朗聲唱誦自古傳下來的贊詞，大家不管聽不聽得懂都大聲叫好，老陳頭也一臉歡喜，好似是他自己蓋房子一般。

爆竹聲停下後，大梁已經安置好了，張瓦匠從後腰上拿下一個圓圓的大筐，裡面裝了糖果、紅棗、銅錢——這些物品是陳家準備的。他將東西掏出來就往院子裡撒去，底下的人叫著、搶著，熱鬧不已，撿到銅錢的人都覺得自己撞了大運，不忘朝老陳頭與陳忠繁作揖道謝。

院子裡亂糟糟的，上房的氣氛也很熱鬧，但原因卻是一群婆娘圍著孫氏盤問方才的「神仙小哥」是何人。

孫氏哪裡知道，但是她得強撐著面子。不得不說孫氏有幾分小聰明，聽到方才玉芝在院子裡說的話，她便故作高深道：「不過就是兆志的同窗，還是大戶人家的少爺呢！至於哪家少爺我就不能說了，那不是咱們這樣的人能攀上的！」

陳蘭梅今日帶著錢花兒過來了，她本想趁這個機會讓錢花兒在三房人面前好好露露臉，卻不知道錢花兒見了卓承淮一面以後魂都丟了。

錢花兒渾渾噩噩地看著眾人說話，心中只想著方才那驚鴻一瞥的少年，此時聽到孫氏說他是「大戶人家少爺」、「不是咱們這樣的人能攀上的」，剛剛才動的春心瞬間碎成了泡沫，眼淚忍不住流了出來。

孫氏看到錢花兒哭，一張臉頓時拉了下來，瞪了她一眼對陳蘭梅道：「孩子他大姑母，我三兒家大喜的日子，妳家這花兒是怎麼回事，不嫌晦氣？」

陳蘭梅也呆住了，她原本以為女兒的異樣是見了兆志以後感到羞澀，萬萬沒想到她竟哭了起來。她忙拉住她小聲勸解，可是錢花兒自小嬌生慣養，又正是感到傷心的時候，怎麼哄得住？反而越勸越委屈，甚至抽抽噎噎地哭出聲來。

眾人停止了談笑，表情不甚贊同地看著錢花兒，錢花兒哪裡禁得住這種目光，又羞又臊，差點要嚎啕大哭了。

正巧，老陳頭抽空進來喊孫氏去灶房開始上上梁宴的菜，結果他興沖沖地進來，卻看到錢花兒正在哭泣，他的臉一下子黑了，這不是觸霉頭嗎?!

老陳頭沈下聲音低吼道：「花兒！今日是什麼日子?!若是停不下來，就讓妳娘帶妳回錢家哭！」

陳蘭梅忙起身摀住錢花兒的嘴，見她眼淚停不下來，心道不好，馬上做出決定，抬頭對老陳頭道：「爹，今日花兒不舒服，我先帶她回去吧！」

老陳頭「哼」了一聲沒說話，陳蘭梅則帶著錢花兒起身去外面尋了錢大柱父子，小聲說完緣由，一家人飯也沒吃就匆匆回家了。

除了錢花兒這個意外，今天的上梁儀式還是很成功，駝山村的人盼袁誠盼了好久，終於又等到他來做一次席面。這次陳家早有準備，肉跟菜的採購量幾乎是上次的兩倍，不料最後還是被村裡的人乾吃乾拿、清了個空。

玉芝累得癱在椅子上一動也不想動，接著她忽然想起後邊還有個大活人，整個人一下子跳了起來。

李氏被她嚇了一跳，問道：「妳這是怎麼了？」

玉芝苦笑道：「太忙了，忘了後面的承淮哥……」

一家人大驚失色，現在都已經下半晌了，難道他還沒吃飯？老陳頭怕對客人失禮，親自帶著三房一家人去後院瞧瞧。

第四十二章　大單上門

本以為卓承淮會餓得肚子咕嚕叫，沒想到眾人一打開門，就看到他面前擺放著幾個空碟子跟空碗，他則坐在椅子上淡定地看著書。

所有人都滿腦袋問號，兆志忍不住問道：「承淮，你這飯菜是哪裡來的？」

卓承淮沒想到他會這麼問，有些莫名地說：「這不是你們讓人送過來的嗎？」

兆勇快嘴快舌地答道：「沒有啊！承淮哥，是誰送來給你的？我們還以為你餓到現在呢！」

卓承淮瞥了空碗碟一眼道：「是一個叫玉荷的姑娘送來的，她說是你們的堂姊妹，還說是嬸嬸囑咐她送來的，我以為……」

玉芝一聽，忍不住笑了出來，打趣道：「承淮哥，你倒是好人緣呀！」

卓承淮臉都黑了，老陳頭等三個大人則是滿臉尷尬，玉荷這真是太丟人了……

陳忠繁上前打圓場道：「承淮，玉荷這孩子怕是看沒人注意到你才端飯菜過來，都怪叔叔跟嬸嬸今日太忙了，沒好好招待你，你今晚就別走了，晚上讓袁師傅做幾道拿手菜給你吃！」

只見卓承淮揚起禮貌的笑容說道：「叔叔不必在意，今晚就打擾您了。」

得了這句話，陳家三個大人才鬆了口氣，火燒屁股一般說「有事要忙」就快步走出去了，留下幾個孩子在那邊偷笑。

卓承淮也不理他們，起身送走陳家大人後，坐下繼續看他的書，甚至連眼都沒抬。

沒多久三房幾個孩子就覺得無趣了，見卓承淮認真看書的模樣，也摸摸鼻子跑出去拿書進來，圍在他旁邊一起看。

慢慢地，房裡出現疑問聲與討論聲，偷偷躲在外面看的陳忠繁不禁露出了欣慰的笑容。

第二日送走兆志與卓承淮後，三房一家人也回到鎮上經營鋪子。新屋上梁之後還有一些掃尾的活計，張瓦匠說再過十來天立了門就能進去住了。

正當大夥兒忙碌的時候，小路突然上門了，說朱掌櫃有事請陳忠繁與玉芝去一趟。兩人丈二金剛——摸不著頭腦，只能一頭霧水地跟著小路往泰興樓去。

朱掌櫃在樓下迎接他們，他一看到陳忠繁就拉住他的手道：「大喜啊，陳老弟，快隨我上去說！」

雅間內，三人分別坐下，只見朱掌櫃神神秘秘地說道：「你們家這肉片和肉乾賣得可好了呢！不過小半個月就各賣了兩百多斤，總共有七十來兩銀子了。」

說完他嘿嘿一笑道：「而且，有個要往西域去的商隊看中了你們這兩樣東西，說要下大單子。那個商隊差不多有三十來號人，這個單子怕是要上千斤了，陳老弟可接得下來？」

這真是天上掉下大餡餅了，陳忠繁和玉芝都被砸得暈乎乎的。

朱掌櫃見他們傻住的樣子，又笑了起來，拍了拍陳忠繁的肩膀道：「陳老弟回神！」

還是玉芝先反應過來，問道：「朱伯伯說這商隊要一千斤的東西，那他們幾日要收到全部的貨呢？」

朱掌櫃道：「我記下了他們住的客棧，說今日會讓你們過去一趟，大家見面再詳談。」說著，朱掌櫃吩咐小路拿來這陣子寄賣吃食陳家應得的利潤，親自遞給陳忠繁，催促他們趕緊去客棧。

陳忠繁與玉芝連忙道謝，揣著這段時間寄賣肉乾跟肉片得來的五十幾兩銀子，馬不停蹄地奔著朱掌櫃給他們的地址去了。

進了客棧，向小二報上他們要找的人的名字，父女兩人就坐在一樓的長椅上等。沒多久，一個精瘦的男人從樓上走了下來，經過小二指點，他直接走到陳忠繁面前道：「是你要尋我？」

陳忠繁目瞪口呆，喃喃地問道：「你就是熊……熊大壯？」

玉芝也吃了一驚，這個名字和真人的形象也太不符合了吧?!

熊大壯早就見慣了一般人得知他名字時的表情，他絲毫不在意，隨意地坐在他們對面的長椅上問道：「尋我何事？」

陳忠繁覺得自己有些失禮，咳了咳後忙回答道：「是這樣的，我就是做肉乾跟肉片的商家，朱掌櫃今日對我說您想訂些吃食，讓我過來與您詳談。」

熊大壯這才來了興致，他跑了西域這麼些年，出了關基本上就是頓頓肉乾跟醃菜，卻從不知道肉乾能如此美味。

他咧開嘴對陳忠繁道：「我們弟兄總共三十二人，這趟來回要一年，但是馬匹有限，每人只能帶六十斤的肉。我琢磨著為每人各訂四十斤肉乾與二十斤肉片，你家能接下這個單子嗎？」

這可是將近兩千斤的大單子了！玉芝忙問道：「不知熊大叔打算多久要取貨？」

熊大壯沈吟片刻道：「我們是來這鎮上交付別人之前訂的西域布料，待不了幾日，不過我們會去附近的鎮和縣城轉轉，大約一個月以後還能再來一趟，然後就要往西邊去了。」

一個月，三十日左右，除了這批訂單，還有固定供給泰興樓的，這樣一天差不多要做一百斤肉乾跟肉片出來……玉芝想了想，自家咬咬牙還是能承受的。

她用手肘頂了頂陳忠繁，陳忠繁會意過來，答應道：「我們能做。」

熊大壯是個爽快人，聞言叫了聲「好」，直接喚小二拿紙筆過來，迅速寫好兩張契約，只留下價格未填。

陳忠繁從他手中接過契約，看都未看就遞給了玉芝。玉芝先是細細看了一遍，然後又一條、一條讀給陳忠繁聽，確定沒什麼問題之後，才開始談價格。

只見陳忠繁開口道：「咱們家與泰興樓簽的契約是一斤一百八十文錢，不知熊老闆想用多少錢收？」

熊大壯摸了摸下巴青青的鬍渣，說道：「你家與泰興樓是採用分成制吧？肯定沒拿這麼多。我說個價格，咱們都爽快些，別還價，早些決定、早些開始做如何？若是按一斤一百八十文錢的價格收，你家能收三百四十五兩，咱們湊個整，我給三百兩，你們給我兩千斤貨如何？」

玉芝飛快地在心裡算了起來，這價格比供給泰興樓還多掙了二十兩銀子！她朝陳忠繁點點頭，陳忠繁立刻答應下來。

熊大壯一直在觀察玉芝，他走南闖北這麼多年，見過奇人無數，玉芝與陳忠繁在一起，明顯是由她做主，看來這家真有點意思。

父女倆都點了頭，這事就好辦了，在方才的契約上填上價格，各自按了手印，這契約就算生效了。

熊大壯從懷裡掏出一百五十兩銀票扔給陳忠繁，道：「這是訂金，若是到時候做不完，你可要給我四百五十兩銀子，希望莫要有那麼一日！」

玉芝嚴肅地答道：「熊大叔放心，絕對不會的。」

熊大壯心滿意足地起身告辭，而陳忠繁與玉芝也急著回去準備，雙方都沒有客套，各自拿著契約離去。

出了客棧，玉芝的臉色有些陰沈，陳忠繁也忐忑不安。一天一百斤的貨，他們若要完成，一天起碼要做個七、八個時辰，可是鋪子裡還有事情，總覺得忙不過來。

玉芝讓陳忠繁先送她到平日買肉的壯屠夫那裡，又要他快去找造爐師傅再打五個爐子，還有鐵架也要再打五個，待一切事情都處理好了，再回來接她。

陳忠繁原本不放心，但是壯屠夫拍胸脯保證，除非陳忠繁來接玉芝，否則絕不讓她離開他的視線，陳忠繁心想事情的確很緊急，這才匆匆離去。

壯屠夫見陳忠繁走了，一把抱起玉芝放在攤子邊的椅子上，玉芝看著他問道：「我家剛接了筆大買賣，不知大叔有興趣否？」

壯屠夫知道她能做主，不由得認真問道：「是要多少肉的大買賣？」

玉芝回道：「每日怕是要三百斤上好梅頭肉呢！大叔行嗎？」

壯屠夫想了想，回道：「這還真夠嗆，梅頭肉每隻豬只有那麼些，我每日能幫妳攢個一百斤就了不得了，若是要三百斤，怕是要多找幾家了。走，大叔帶妳找梅頭肉去！」

說罷，他擦了擦手把玉芝抱了下來，帶著她往隔壁幾家鋪子走去。走了五家鋪子才湊齊了三百斤梅頭肉，玉芝剛想開口說簽個契約，就被壯屠夫攔住。

待回到壯屠夫的攤子上，玉芝不解地問道：「大叔為何不讓我與他們簽契約？若是他們突然不供貨了，那該如何是好？」

壯屠夫答道：「這是咱們屠夫買賣裡的俗約，我家吃不下的大單子若要與大家分享，那我就是領頭人了，妳與我簽契就成，若他們供不上，是我的責任。」

玉芝吐了吐舌頭，她差點犯了人家的行規。

與壯屠夫簽了契約之後，玉芝又思考了一下，接著比畫道：「若是大叔幫我們把其中一百斤的梅頭肉剁成餡，其餘兩百斤切成差不多這個大小、這樣厚薄的肉片，要加多少錢呢？」

壯屠夫第一次聽到這種要求，他讓玉芝坐在原地等待，自己出去與屠夫們商量，不一會兒就回來說道：「若剁成餡，一斤要一文錢的工錢，若是切片，兩斤一文錢，妳看如何？」

這價格可比她想像中低多了，玉芝自然答應。

雙方得償所願，都十分歡喜。壯屠夫心裡裝不了活，有點什麼就一定要做完，他拉著那幾個屠夫就剁起了梅頭肉餡。

玉芝坐在椅子上看著眼前的屠夫們手起刀落，沒幾分鐘就剁出一堆細細的肉餡，不禁感慨——怪不得一斤加工費只要一文錢，這對人家來說簡直就是順手的事嘛。

等到陳忠繁來接玉芝的時候，一百斤肉餡已經剁好了，還有兩百斤豬肉片。

陳忠繁看著堆成小山一般的肉傻了眼，壯屠夫覺得好笑，對他說道：「陳東家莫急，我用推車給您送到鋪子去。」

鋪子裡正熱火朝天地在建爐子，可爐子建完以後最快明日才能用，這麼多肉可怎麼辦……

三房一家人愁得臉色都變了，還是造爐師傅看不下去，說道：「陳東家若是不嫌棄，我家有一排爐子，都是徒弟們當學徒時做的，絕對好使，先湊合著用一天吧！」

陳忠繁連忙道謝，袁誠帶著李氏、劉嬸與小黑忙調味、醃肉，事情告一段落後，他又讓小黑在原本用的爐子裡烤肉片，自己則領著小馬和玉芝去造爐師傅那邊烤肉乾。

一家人忙了幾日，轉眼間就到了玉芳出嫁的時候。兆志向縣學請假回來送嫁，這次卓承淮沒與他一起來，陳家人還念叨了一會兒，囑咐兆志回去時帶些吃的給他。

趙氏與兆厲、玉芳、兆貞三個孩子前幾日就搬回鎮上了，畢竟玉芳要從那邊出嫁。

玉芳出嫁當天，三房一家人帶著一支超過三兩重的銀簪子作添妝，去了趙氏他們在鎮上的房子。

趙氏看到三房來了，親自迎了出去。玉芝進了廂房，看到玉芳上了妝的臉蛋，有些驚豔地說：「大堂姊，真是閉月羞花呀！」

這話成功地讓玉芳的臉又更紅了，忍不住瞋了玉芝一眼。

李氏在屋外向趙氏解釋他們最近實在忙得腳不落地，晚上睡覺的時間都不夠，這才沒早早來幫忙，又掏出銀簪子道：「我與她三叔叔都覺得有些對不起玉芳，就去鴻翠閣打了這支銀簪子，樣式是最新的。」

趙氏聽聞這不是從白玉樓買的，也鬆了口氣，真誠地謝過李氏，拉著她進屋看玉芳。

李氏上前將銀簪子插入玉芳的秀髮中，看著玉芳嬌羞的臉，她欣慰地笑道：「玉芳，日後若是有需要三叔叔跟三嬸嬸幫忙的地方，儘管說。」

玉芳鄭重地點了點頭。

迎親、哭嫁、送上花轎，不過短短幾個時辰的工夫，玉芳就從陳家姑娘變成了江家媳婦。趙氏看著花轎載玉芳遠去，差點沒哭癱了，還是韓三娘與李氏一邊安慰她、一邊陪她支撐著招呼客人。

陳忠富今日也來了，只不過他的破事基本上全鎮都知道了，陳家往來的人家都是平頭百姓，陳忠富還是獨一份有妾的。

女人們看不起他，日日在自家男人面前念叨，那些怕媳婦的男人都不自覺地離他遠遠地，偶有幾個不在乎媳婦想法的才與他招呼幾句，卻也不知道該說什麼，讓陳忠富尷尬不已。

待玉芳三朝回門後，趙氏見女兒一臉的嬌羞甜笑，總算放下心來，第二日就去了陳家食鋪。

李氏看到她來了，頗為吃驚地說：「大嫂來了？玉芳怎麼樣？」

趙氏笑道：「昨日回門看她挺好的，與丈夫之間也情意綿綿。我一個人在家覺得無趣，想到你們很忙，就過來搭把手了。」

陳忠繁從後廚出來正巧聽到這些話，連忙推辭道：「大嫂還得照顧兩個孩子，如何能讓妳來幫忙？」

趙氏回道：「這有什麼，白日家裡無人，我就當過來與三弟妹說說話了。」

玉芝也被說話聲給引了出來，聞言道：「大伯母能來真是太好了，我家正忙不過來呢！」

李氏瞪了玉芝一眼，剛想開口數落她幾句，卻被趙氏搶在前面抱起她道：「真是大伯母的乖乖，說吧，讓大伯母做點什麼？」

玉芝想了想，說道：「現在別的地方勉強忙得過來，唯一沒人固定做的就是最後的包裝。我們打算把這些成品一斤、一斤地裝起來，這活計大伯母能做不？」

趙氏一聽就知道這是最輕鬆的活了，她心裡領了玉芝的情，問清楚如何包之後就坐下來開始動手。

見趙氏真的忙了起來，李氏拉著玉芝躲到角落數落她。「如何能讓妳大伯母來做活?!」

玉芝反問道：「娘，若您是大伯母，願意日日自己一人待在那個家嗎？而且我看玉芳姊出嫁時帶了不少嫁妝，大伯母手邊怕是沒什麼銀子了，難道要讓她去外面做活？在咱們家忙活好歹能說是幫親戚，到時候也不用給錢，給大伯母買只銀鐲子就行了，這樣大家臉上都好看。」

李氏想了半天想通了，她欣慰地看了玉芝一眼，摸了摸她的腦袋道：「還是妳想得周到，妳大伯母沒白疼妳。」

趙氏加入之後，整體作業速度提升許多，起碼小馬跟小瑞能騰出手去做別的事了。每日一百斤的肉乾與肉片不過一個時辰就能包完，剩下的時間趙氏就在後廚打下手，每個人都輕鬆多了。

一家人忙碌了將近一個月，熊大壯如期而歸。

陳忠繁帶著熊大壯進入陳家的臨時儲藏間，裡面堆著肉乾、肉片和一些不容易壞的乾麵、煎餅之類的吃食。

熊大壯驗過自己的貨後，對放在旁邊的乾麵跟煎餅起了興趣，問道：「陳東家，這……麵和餅是不是也能放挺長一段時間的？」

陳忠繁撓撓頭道：「具體能放多久沒試過，不過我們最長放了一個來月，一點事都沒有。」

熊大壯驚喜道：「我能否嚐嚐這個麵和餅？」

跟在後面的玉芝早就機靈地跑去喚袁誠下一碗麵了，沒多久，小黑就將一碗麵遞給熊大壯。

熊大壯看到澆著肉醬的麵甚是歡喜，這麵竟然煮得這麼快?!

一口吃下去，熊大壯只覺得麵條爽滑微彈，讓人忍不住想吃第二口。兩、三口吃完了麵，他放下碗道：「陳東家有這好東西竟然不告訴我，咱們來談談這麵的生意吧！」

玉芝聞言笑道：「熊大叔，這麵不只能拌著吃，若是在荒郊野外，煮一鍋水將咱們的肉乾煮得軟爛，再加進這種麵，很快就能煮出一碗肉湯麵。還有這煎餅，比你們帶的那種餅軟，又有韌勁，包個肉啊、菜的吃，方便得很。況且你們往西域去，天氣越走越乾，怕是能保存上小半年不壞！」

熊大壯咧開嘴道：「小娘子這嘴真是厲害，說得我不買不行了。怪你們沒早點跟我說有這兩樣東西，馬車的空位留得不夠多，我只能先要一千斤麵與一千斤餅，你們家三口內能做好不？」

第四十三章 入住新屋

玉芝沈思道：「三日的話有些困難，怕是要多雇人了，這錢方面……」

熊大壯哈哈大笑道：「麵與餅的價格就由你們決定，當然了，若是價格太黑，我可不要！」

玉芝琢磨了半天後回道：「我們往外賣是一斤麵十五文錢，一斤餅七文錢。若是三日之內要做好，那就一斤麵十七文錢，一斤餅九文錢如何？」

熊大壯怎麼會在意這二、三十兩銀子？他甚至連契約都不立了，付了之前那批貨的一百五十兩尾款，就帶著一群壯漢把肉乾跟肉片拉走了。

陳忠繁馬上雇了輛馬車帶著玉芝去了井躍村，李家人正在做乾麵跟煎餅，得知他們兩人來訪都嚇了一跳，聽玉芝解釋過訂單的事之後，眾人陷入了沈默。

良久鄭氏才開口道：「餅倒是好做，不過家裡現在乾麵的存貨只有一百十來斤，要做這麵得掛一天，三日後要，就代表得在明日把所有的麵都做出來，家裡人不夠、材料也不足啊……」

李一土當機立斷道：「那就雇人！」說著他轉頭對陳忠繁道：「女婿家的白麵粉是從你大嫂娘家進的吧？帶著咱們也去進點可好？」

陳忠繁自然答應，於是李根發隨陳忠繁搭馬車回到鎮上進白麵粉，李家其他人則行動起來，有的去村裡收雞蛋，有的則去尋幾個親近人家的媳婦過來和麵、擀麵、切麵。

不過一個時辰，李根發就帶著滿滿一輛拉貨馬車的白麵粉回來了。一切準備就緒後，陳忠繁和玉芝想留在這裡幫忙，卻被李一土趕回去看鋪子。

玉芝看著滿院子來來回回忙碌的人，覺得他們定能忙開，也不添亂了，與陳忠繁一起回到鎮上。

眼看如今家裡手頭又寬裕起來，玉芝跟陳忠繁與李氏商議道：「大哥起碼要在縣學讀三年書，日後二哥跟三哥考上秀才也要去縣學，咱們家是不是該在縣城置辦點家業了？」

陳忠繁罕見地不同意。「光是鎮上的買賣咱們都忙成這樣了，哪裡有空去縣城？妳三個哥哥都在讀書，家裡說到底只有咱們三個頂用，難道真把妳這個小閨女放在縣城裡做買賣？」

玉芝感受到陳忠繁的一片愛女之心，雖然她十分感動，但是還是勸道：「爹、娘，你們先別急。咱們若是去縣城，就不開食鋪，先照樣盤一間有後院的鋪子，讓哥哥們有個落腳的地方，然後前面咱們就專賣肉乾、肉片、乾麵跟煎餅如何？這樣咱們只要派一、兩個人看著鋪子就行了，這些吃食也好存放，每旬往縣上送一次貨足矣。」

陳忠繁和李氏有些心動，但陳忠繁還是猶豫道：「等兆志放假回來，咱們一家人再商量、商量吧！」

玉芝雖然有些失望，卻沒說什麼，她也明白家裡有些忙不開了，但是錢是真的不夠用，日後哥哥們當官、爹娘養老，只靠現在的小鋪子絕不可能支撐起這個家。

這次熊大壯的到來啟發了她。如今國泰民安，朝廷鼓勵商隊四處交易、互通有無，所以縣城常有西域或關外的商隊過來做買賣，他們家就算只賣肉乾之類的食品給這些商隊，一年下來也能賺得不少。

不過既然自家爹爹都發話了，她還是靜心等待大哥返家再說吧！

三日後，李家推著幾輛借來的板車往鎮上送了兩千斤的貨，熊大壯早就等在那裡了，他大略點了點貨，裝好以後就急著出發。

熊大壯掏出三十兩銀子遞給陳忠繁道：「做這兩千斤的麵跟餅，你們這三日怕是都沒好好歇歇吧？多的那點銀子就讓大家吃個茶。」

這可真是意外之喜了，李一土忙上前道謝，熊大壯大手一揮，與眾人告別後，踏上了西行的路。

李家人與陳家人進了後院，待雙方都坐下之後，陳忠繁道：「按照當初契約上寫的收購價格，我們乾麵跟煎餅一斤都能賺三文錢，所以這三十兩當中我們拿六兩，爹那邊就拿二十四兩吧！」

聞言，李一土不贊同地說道：「這怎麼行，若是按照當初的契約，你們給的價格是乾麵一斤十二文錢，煎餅一斤四文錢，所以這三十兩當中我們拿十六兩就好了。」

玉芝笑著說道：「姥爺別推辭了，出力的人是你們，再說了，還有雇人的錢呢！日後說不定還有這種活，若是姥爺次次都這麼謙讓，那可麻煩了，就按我爹說的辦吧！」

聽到「日後說不定還有這種活」，李家人激動起來，這三日雖然忙了些，但掙來的錢怕是能頂上全家一、兩年辛苦勞作得來的錢了。

李一土抽了口煙袋鍋子，道：「行！咱們都別推來讓去的了，往後若是再有這種活，我們這邊還是按契約上的錢收。這次太突然了，雇人跟買材料的錢都沒來得及算，我先把這二十四兩拿回去吧！」

過了幾日，卓承淮又跟著兆志回來了，李氏開心得要命，一個勁地拉著他，說除了要幫兆志做新衣，回頭也要為他量量身形做一件。

玉芝在心底默默吐槽：娘啊！人家大戶人家的少爺難道缺這麼一件衣裳嗎？

其實玉芝不是沒勸過李氏，然而李氏才不管呢！她本來就喜歡孩子，自從知道卓承淮的身世，他在她心中就是一個沒娘的小可憐，而且長得特別好看、又會讀書，實在讓她忍不住想對他好。

玉芝抬頭看向卓承淮，想看看他是不是有些不耐煩，不料卻見他唇角含笑，一臉認真地附和著李氏，還與李氏討論起自己的衣裳要什麼顏色、這次走的時候要帶什麼菜回去吃。

這情景讓玉芝翻了個白眼，一個願打、一個願挨，她操什麼心呢……

一家人坐在廳房嘮嗑，玉芝又提起去縣城開鋪子的事，兆志專心聽完她的分析，覺得這的確是條好路。不過縣城的商場複雜許多，在鎮上有泰興樓與耿班頭在，他們家自是平安無事；若是去了縣城，不知道會遇上什麼麻煩。

玉芝有些失落，雖然她明白商場如戰場，但是她畢竟在法治社會生活了二十幾年，加上自家鋪子自開張以來一直很順利，所以沒深思過這方面的問題。她知道自家大哥說得對，於是愁眉苦臉地坐在那裡說不出話來。

坐在兆志身邊沒開口的卓承淮看到玉芝垮著一張小臉的模樣，覺得有些好笑又有點不捨，不由得說道：「若想去縣城，我倒是能幫上忙。」

玉芝眼睛一亮，滿懷希望地盯著他問道：「真的嗎？承淮哥，你在縣城有認識的人?!」

卓承淮看到玉芝恢復元氣，笑了起來，點點頭道：「泰興樓在縣城自然也有一席之地，而且我有個叔叔能在縣城商會裡說上話，黑、白兩道都有人脈。」

說到這裡，他想了想道：「他在這鎮上也有間鋪子，平日只有他兩個家奴在那邊當夥計看著鋪子，就是鴻翠閣。」

「鴻翠閣」這三個字是玉芝很長一段時間的噩夢，她不禁摸了摸自己的耳垂道：「承淮哥，你說的叔叔是不是姓馮？」

卓承淮有些驚訝地問道：「妳認識馮叔？」

玉芝咬牙切齒地說：「當然認得，過年送給我娘的頭面還是在鴻翠閣買的呢……」

李氏這才恍然大悟，怪不得玉芝會有這種反應，看來是覺得人家掌櫃的害她打耳洞，不由得失笑。

看到卓承淮疑惑的樣子，李氏解釋道：「她去買頭面的時候，馮掌櫃送了一對銀丁香給她，我知道以後覺得芝芝的確該打耳洞了，於是一過完年就動手，疼得她跟殺豬一般叫，所以……」

話還沒說完，李氏自己就笑了起來。

除了玉芝，整個屋子的人都被這件事逗笑了，沒想到她竟然這麼記仇。

輕輕笑了一會兒，卓承淮清了清嗓，問道：「既然馮叔得罪了芝芝，我還需要介紹你們認識嗎？」

一提到正事，玉芝顧不得思考為何卓承淮稱自己「芝芝」，忙道：「當然要！雖然馮掌櫃害我疼了那麼久，但是一碼歸一碼嘛。」

卓承淮欣賞了一陣玉芝的變臉絕技，看到她最後露出狗腿諂媚的樣子，忍不住笑了起來。玉芝碰巧看個正著，心中只有一句話不停重複——妖孽啊、妖孽！

事情既已說定，一家人就開始討論明日入住新屋的事情。上梁已經熱鬧過一回，入住的時候只要放些爆竹，再與老家的人吃一頓燎鍋底飯就行了。

卓承淮充滿歉意地對陳忠繁說道：「兆志兄未告知我明日是叔叔家入住新屋的日子，下次定補上一份禮來。」

陳忠繁擺擺手道：「不用，其實明日入住新屋這件事我們也沒告訴兆志，怕他惦記著會影響讀書，只是這回旬假碰巧是吉日，才定了明天。」

兆志無奈地朝卓承淮點點頭道：「確實如此，我還是剛進門時聽兆勇提起的。」

當天晚上大家就歇在鋪子裡，第二日天還沒亮，一行人就朝駝山村出發。

馬車到了新屋的時候，天剛濛濛亮，老陳頭帶著陳家一行人等在了門口。

看見從馬車上跳下來的卓承淮，玉荷眼睛都亮了。今日她原本不想來的，但是她抱著說不定能見到卓承淮的想法勉強出門，沒想到竟真的讓她遇到了！

玉荷擺出一個自認為最美的笑容，小碎步上前剛要開口，卻見卓承淮一轉身，朝馬車上伸出手，一隻潔白的小手搭上他的手背——玉芝從裡面探出頭來。

她對卓承淮抱怨道：「承淮哥怎麼不叫我起來，不是你說一定會叫我的嗎？」

李氏從背後往玉芝腦袋上一拍道：「全家就妳一個睡著了，還好意思說呢！快下去，承淮站在地上等著扶妳半天了。」

玉芝撇了撇嘴，輕哼一聲，藉著卓承淮的手跳下馬車。

卓承淮對著玉芝微微一笑，絲毫沒因為她的抱怨而生氣，接著就略過玉荷往前走去。

看見玉芝穿著粉嫩鵝黃色的細棉布新衣，玉荷一雙手不停地扭著裙子，彷彿要扯碎她身上這件最新、最好的粗布衣裳。

李氏下了車，笑著對著玉荷問道：「玉荷怎麼先過來了，妳爺爺跟奶奶呢？」

誰知玉荷「哼」了一聲拉下臉轉身就走，兆勇看不慣，跳下馬車就要上前理論，被李氏搖了搖頭攔住。想到今日是自家大喜的日子，兆勇咬牙忍下了這口氣。

趙氏在熊大壯離開以後就搬回駝山村了。她現在覺得在鎮上實在待不下去，不管走到哪裡，迎接她的都是同情、憐憫、嘲笑的目光，讓她無所適從。相比之下，還是在村子裡好些，多做一點活計，就沒心思想些亂七八糟的事了。

自從回來以後，趙氏就與孫氏、林氏為三房做新被褥，李氏買了一大車的棉花和棉布，說做好以後剩下的東西就讓她們均分。

其實原本不只她們三個要做，這麼大的便宜，范氏怎麼可能錯過，但是她的針線活實在拿不出手，孫氏怕她糟蹋東西，幾句話把她罵回去了。

今日她們提前把曬好的新被褥都拿過來放在廂房，舉行過簡單的入住儀式後，陳家三房的人就開始把新被褥搬到自己的房間裡。

兆亮、兆勇兩個還是孩子心性，聞著散發著太陽味道的新被褥，他們歡喜得不得了，迅速地各自抱著一套被褥跑走了，打算好好裝飾屬於自己的第一個房間。

李氏在背後看他們兩個跑得飛快，笑著大聲叮囑道：「慢著點，各有各的房間，別跑錯了！」

說完，她一轉頭就看到站在門外半低著頭、用羨慕的眼神看著兆亮與兆勇的卓承淮，晨光側照在他臉上，讓他的臉一半隱藏在黑暗中，散發出強烈的孤寂感。

李氏心裡一軟，回身抱起其中一套備用的被褥，塞進卓承淮懷裡道：「愣著做什麼？快去後面挑個離兆志近的房間，日後你來的時候也有地方住。」

卓承淮猛然抬起頭來，難以置信地問李氏。「我……我也有房間嗎？」

看到他這樣，李氏更是心疼，拍了拍他懷中的被褥道：「兆志的房間在後院呢！安靜又適合讀書，快去那邊挑一間吧！」

在屋子裡的兆志和玉芝看到這畫面，相視一笑。

兆志抱起自己的被褥走過去，伸出手拽了卓承淮一把道：「跟我走吧，我旁邊的房間正好空著呢！走走走。」

卓承淮像是沒反應過來一般，傻傻地抱著一床被褥跟著兆志往後院走去，玉芝隨即晃到李氏面前撒嬌道：「娘，就您心軟！」

李氏摸了摸她的腦袋道：「我瞧見他看兆亮跟兆勇那個眼神，不知怎的，就想起你們四個小時候日日盼著爹娘陪你們的樣子……」

玉芝用腦袋蹭了蹭李氏的手安慰她道：「娘，那些都過去了。」

李氏嘆了口氣道：「是呀！都過去了……」

因為考慮到兆志他們還要回縣學，上半晌一家人匆忙吃了頓飯就散了。陳忠繁與玉芝先去尋王德允，三人跟著兆志和卓承淮坐著馬車往縣城一路疾馳。

卓承淮看時辰還來得及，就先讓車伕駕車去了縣城裡的鴻翠閣。卓承淮一下車，馮掌櫃就迎了上來，當他看見車上一個接一個人下來時，不禁嚇了一跳，他還是第一次見卓承淮往他這邊領人呢！

陳忠繁見果然是馮掌櫃，上前笑道：「不知馮掌櫃可記得我？過年前我帶著孩子們來你們鋪子裡為孩子他娘買了套頭面呢！」

馮掌櫃瞇起眼睛仔細看了兩眼，說道：「記得、記得，這個小娘子還買了好幾對銀丁香！」

真是哪壺不開提哪壺，玉芝下意識地打了個冷顫，看得卓承淮悶笑。

他含笑上前對馮掌櫃說道：「馮叔，這位是我認識的陳三叔，我娘那塊地……就是陳三叔家買的。」

馮掌櫃一聽，臉色立刻變得嚴肅，上前對陳忠繁打揖道：「多謝陳東家了。」

陳忠繁有些不知所措，忙拉住馮掌櫃的手道：「謝什麼呢！咱們今日前來是有事相求，要麻煩馮掌櫃了。」

馮掌櫃笑道：「說什麼麻煩，只要我辦得到，定出十分力。」說罷就讓一行人進去。

眾人相攜走進鋪子裡，上了二樓尋了個房間坐下詳談。

得知陳家想在縣城開間乾貨小鋪子，馮掌櫃沈吟許久後道：「縣城裡還真沒有這種鋪子，每次有商隊來，都是隨意買些烤得乾硬的餅與餑餑帶走。若是陳東家想開鋪子做商隊的生意，那麼只要地點不是太偏僻都行，鋪子的價格也能降下來。放心，若是鋪子開了，我定提前跟各方打聲招呼，你們安心做買賣就好。」

陳忠繁一家人感激不盡，不停地道謝，馮掌櫃打住他們，問道：「不知陳東家可有熟悉的中人？」

陳忠繁忙道：「不用麻煩陳掌櫃了，咱們家在鎮上相熟的王中人今日也來了，他一個族裡的本家堂哥就是在縣城當中人呢！」

王德允微微向馮掌櫃點了個頭，馮掌櫃一眼就看出他是個實在的人，笑道：「巧了，我想介紹給你們的中人也姓王，怕不就是這位王中人的本家堂哥吧？」

王德允驚喜地問道：「難不成真是我那堂哥？我堂哥名喚王德久，在縣城有個諢名叫『王得利』，意思是請他做中人的買賣定然都得利。」

馮掌櫃撫掌笑道：「正是他！」

這真是巧上加巧，馮掌櫃派人去尋王得利過來，一行人則待在原地喝茶等候。

談話間，馮掌櫃看向玉芝，笑著問道：「小娘子的耳洞可是打了？」

玉芝反射性地摸了一下耳垂，不可思議地看著馮掌櫃道：「原來那日馮掌櫃竟真的是存心的！」

馮掌櫃哈哈大笑道：「我見小娘子歲數已到，怕是家裡人忙忘了，不過委婉地提醒一下而已。」

玉芝欲哭無淚道：「真是太『謝謝』馮掌櫃了！」

第四十四章　扎根縣城

透過這件小趣事，眾人放鬆許多，此時王得利也過來了，王德允迎上前，兩人敘了幾句舊，過來見陳家一行人。

聽完陳忠繁的要求之後，王得利笑道：「陳東家來得正巧！不是我自誇，您一說想要什麼樣的鋪子，我這腦袋瓜子裡就能為您找出八九不離十的。這不，有家雜貨鋪子正要往外盤呢！後面帶著一個有七、八個房間的院子。因為位置不在鬧市，價格便宜，用走的不用小半個時辰就能到鴻翠閣，我覺得這個地點再適合不過了。」

陳忠繁十分滿意，這就想去看看，馮掌櫃見他們告辭，便站起身來說道：「莫急，我與你們一同去看看。」

王得利心頭一驚，本以為不過是族弟介紹的一個鎮上普通買賣人，萬萬沒想到，他家竟能勞動馮掌櫃親自去幫忙看鋪子！

雖然心中訝異，王得利的臉上卻平靜無波，只道：「馮爺見多識廣，能幫陳東家看看自是極好。」

陳忠繁開心得不得了，他們在縣城人生地不熟的，馮掌櫃的熱心讓他很受感動，忍不住上前拉住他的手道：「多謝馮掌櫃了！」

馮掌櫃動了動嘴角，卻沒抽出手，只晃了兩下手催促道：「莫要客氣，孩子們下晌還要讀書呢，咱們趕緊去看看吧！」

走了兩刻鐘多一點，他們就到了那間鋪子門口，那東家一看到馮掌櫃，連忙諂笑地上前打招呼。「原來是馮爺的朋友要買鋪子，今日若是看好了儘管跟我說，一定給您最合適的價格。」說著又熱情地向眾人介紹起這間鋪子。

這間鋪子的門臉不大，玉芝覺得也就九坪左右，不過令人歡喜的是門臉後門的右邊就是一個倉庫。由於這裡原先是個雜貨鋪子，需要堆一些東西，所以倉庫修得比平常大了些，這對陳家來說真是再實用不過。後門左邊有一個約莫十來公尺長的過道，順著走過去就進了後院。

後院安靜舒適，東、西邊各有三間設有一大、一小兩個隔間的廂房，正對面坐北朝南的正房寬敞明亮，有兩間能睡覺的房間，中間還帶著一個待客的小廳。

大夥兒轉了一圈、聽完東家一番講解都很滿意，王德允見陳忠繁朝他點點頭，開口問道：「不知東家這鋪子賣多少銀子？」

那東家看了馮掌櫃一眼，笑道：「既然是馮爺的朋友，那價格自然是最低的了，鋪子加後院一百四十兩如何？」

這個回答讓王得利不由得側目，這東家之前給他的報價可是低於一百六十兩不賣的，他幾不可見地朝王德允點了點頭，比畫了一個六的手勢，暗示他底價原是一百六十兩。

王德允接收到來自族兄的訊號，微微笑道：「東家請稍等，我與陳東家和馮爺商議一下。」

說完，他領著陳家人湊到馮掌櫃面前，小聲說道：「這裡的底價是一百六十兩，現在開一百四十兩，我覺得可行，不知道陳東家有什麼想法？」

馮掌櫃也點點頭道：「我知道這個地方，沒什麼不乾淨的。」

陳忠繁還未從一百四十兩銀子的震驚中緩過來，哪怕知道縣城的鋪子不便宜，他也沒想到竟然這麼貴，這價格在鎮上都能買三、四家鋪子了。

還是兆志開口道：「爹，若是真的想買，我覺得這間不錯，王叔與馮叔都是可靠的人……」言下之意就是之後怕是挑不到這麼合適的了。

陳忠繁明白兒子的意思，咬牙低聲道：「買了！」

王德允定了心，回首向王得利點點頭。

由於雙方的中人彼此熟悉，加上馮掌櫃坐鎮，這樁交易很快就處理完畢，不過大半個時辰，大紅印契書就入了陳忠繁的手。

至此兆志與卓承淮放下心來，急忙趕回縣學，連午飯都沒吃，說是回去用肉乾墊一墊就行，讓陳忠繁和玉芝心疼得不得了。

事情辦完以後，陳忠繁迫不及待地想回鎮上，好生謝過馮掌櫃與王得利之後，他們帶著王德允租了一輛馬車返回鎮上。

到了鋪子的時候，門都已經上板了。三人餓得厲害，敲開門一進去，連忙要小馬跟小瑞拿幾個餑餑、舀幾勺菜，接著隨便找了張桌子坐下就開始吃，狼吞虎嚥一番才覺得緩了過來。

三人摸著肚皮坐在椅子上不想動，玉芝有氣無力地問道：「咱們既然買了鋪子，就得抓緊時間開張了，不知道派誰過去比較好？」

鋪子裡的人耳朵瞬間豎起，接著全靠了過來，袁誠率先表態。「既然那邊只是做乾貨的，我與小黑就不過去了，反正是從鎮上往縣城運貨，我們倆待在這裡就行。」

小馬和小瑞倒是想過去，畢竟獨立管理一家鋪子的機會可不多，可是兩人又有些捨不得跟大家一起待在這裡的歡快日子，都露出了糾結的表情。

玉芝道：「小馬哥和小瑞哥必須去一個，怎麼說都得有個自己人過去鎮場，再雇個小夥計去打下手。這間鋪子平日定是不忙，但是一定要能言善道，若是有商隊的大單子，咱們一定不能錯過！」

小瑞想了想，開口道：「若是要能言善道，必然是小馬哥了，雖然小的覺得自己還算機靈，但是小馬哥的嘴才是真的甜呢！」

小馬先是有些不好意思地低下頭，接著猛然抬頭對陳忠繁道：「東家若是信小的，就讓小的去吧，小的定能把縣城的鋪子打理好！」

玉芝本來就屬意小馬，聽他這麼說就笑了起來。

陳忠繁自然也曉得小馬比較會說話，於是他點點頭道：「既然如此，挑個最近的吉日就開張吧！這幾日先雇個小夥計，好給你……」

他話還沒說完，閔氏突然喊了一聲。「陳三哥，你看我家小莊如何？」陳忠繁被嚇得嗆到口水，咳了起來，李氏拍了他的背一會兒，好不容易讓他的咳嗽聲停下來，陳忠繁這才用有些嘶啞的聲音問閔氏。「小莊？」

劉老實與閔氏兩個人臉上寫滿了不好意思，閔氏定了定神，對陳忠繁道：「咱們家小莊十二歲，這個年紀做夥計不算小了。他沒讀過書，也不愛讀書，只喜歡做買賣，我和老實琢磨著若是陳三哥家要夥計，就讓小莊去做。他為人實在也能吃苦，定會好好努力的……」

玉芝對劉小莊的印象還停留在兩年多前那個送馬鈴薯來的小少年，記得他興奮又略顯羞澀的笑容，看著緊張得不停搓手的劉老實與緊握自己雙手的閔氏，玉芝不由得心一軟，說道：「小莊哥想去當然最好，畢竟知根知底呢！」

李氏也點點頭道：「就讓小莊去吧！」

妻女都同意了，陳忠繁也沒有異議，這件事就這麼決定了。

劉老實與閔氏差點要跪下了，嚇得陳家人忙扶起兩人，好一頓勸解才平復他們的心情。

挑了個最近的吉日，縣城的鋪子就這麼默默地開張了，開業當時只放了爆竹，附近的人搞不清楚這是賣什麼的，都圍過來看熱鬧。

此時一眾穿著儒服的縣學學子們穿越人群走上前去，引起了圍觀群眾的驚呼。

只見領頭的兆志對身後的學子們作揖道：「各位同窗，這就是我家新開的鋪子，我與承淮日日吃的乾麵、肉乾和肉片都是從這裡拿的。」

人群裡有人喊道：「縣學的秀才老爺們吃的這個麵，莫不是青山鎮出名的『廩生麵』？」

眾人對「廩生麵」是何物感到疑惑不已，結果立刻有人繪聲繪影地說起了兆志在院試時靠著這個麵考上廩生的故事，聽得大家陣陣驚嘆，交頭接耳地討論起來。

講完故事的幾人擠出人群，閃身進了鋪子後面的小巷裡，袁誠與玉芝早就等在那裡了，玉芝給他們一人十文錢，說道：「今日大家都做得不錯，日後多替我們宣傳、宣傳。」

幾人拿到錢笑得開心，點頭應下後各自散去。落在人群後面的卓承淮正巧看到這一幕，暗笑不已，心想玉芝的鬼點子可真多。

有了縣學學子們的加持，有書生的人家不時會來買一些廩生麵，慢慢地，縣城的人都感受到陳家這個小乾食鋪子的好，東西既方便又實惠，還能儲存許久。

這樣的評價一傳十、十傳百，隨著生意越來越好，陳家的乾食鋪子已經能維持收支平衡了，第三個月開始就有盈餘，特別是過年前賣的特殊造型年糕、過年期間不關鋪子的決定，更是讓他們狠賺了一筆。

二月中開春，正是乾食鋪子要掙錢的時候，大批商隊度過寒冷的冬季和與家人團聚的新年，都要準備出發去關外了。

熊大壯又去了青山鎮的陳家食鋪，一年未見，他一點變化都沒有，塞外凜冽的風霜彷彿沒在他身上留下任何痕跡。

玉芝在忙碌中抬頭看到笑咪咪的熊大壯，激動地喊道：「熊大叔，您來啦，快請進！」陳忠繁聽見閨女一聲「熊大叔」，也從後廚跑了出來，忙拉著熊大壯進了後院廳房。

雙方坐下喝過茶、敘完舊之後，熊大壯說起了正經事。「多虧了你家的乾貨，這回行商是這些年走得最順心的一次，只要有水就能吃上一碗熱呼呼的肉湯麵，這真是以前從不敢想的事，多少商隊路過的時候，都啃著硬餑餑羨慕地看我們。」

說完，熊大壯露出笑容道：「今日我是來再向你們訂些東西的，這次我特地空出一輛馬車，肉片跟肉乾每樣各要兩千斤，乾麵與煎餅各三千斤，我想在四月中出發，能成不？」

有兩個月的時間，自然做得起來，更何況陳家早有準備，縣城鋪子的倉庫裡堆著滿滿的乾麵和煎餅，至少有一樣有個兩千斤。壯屠夫那裡也早就打好招呼了，還是與去年一樣，送過來的梅頭肉都要處理過，最大限度節省了人力和時間。

雙方討論了一下細節，定好取貨的日子，簽訂了新的契約。

熊大壯拿著契約看了兩眼，笑道：「方才我說別家商隊羨慕我們，我就向他們推薦你們家，怕是這幾日就要有人來訂貨了，你們早點預備一下吧！」

陳家人大喜，玉芝不知道該怎麼表達自己的感激，於是豪氣地揮手道：「熊大叔大恩，我家也沒有別的東西，這樣吧！只要你的車裝得下，每樣東西我們多送你一百斤！」

這可真是投熊大壯所好了，若是給別的他還能拒絕，可這些吃食他真的捨不得說不要，半推半就地收下玉芝的謝禮後，熊大壯揣著一盒已經成為陳家食鋪招牌的燜肉，喜孜孜地離開了。

訂單來了以後，陳家這邊瞬間進入了忙碌模式，陳忠繁又派小瑞去了一趟井躍村，告訴李家這個好消息。

這些日子以來李家掙的錢不少，家裡已經在商議要蓋新房子了。這次接到陳家的消息，說去年的行商又訂了六千斤的餅和麵，而且後續可能還有行商要訂，他們頓時高興得不知如何是好。

去年那些幫過忙的井躍村村民都睜大眼盯著李家，他們認得小瑞是李家女婿鋪子裡的夥計，等他走了，眾人紛紛上門打探消息。確定又有活能做，他們一個個毛遂自薦，甚至還要來幫工，整個村子陷入一片狂喜之中。

趙家當然也很高興，韓三娘無比慶幸自己與陳家合作，不只是陳家鋪子需要食材，因為李家種的地有限，需要的白麵粉也大部分都從她家進。

今日李根發來說要五千斤白麵粉，後面怕是還要幾千斤，韓三娘欣喜之餘忍不住落下眼淚，若是自家早個幾年能有這麼大又穩定的買賣，當初又怎麼會委屈了自己的嬌娘呢……

熊大壯的到來像一滴落在油鍋裡的水珠，讓每個與陳家有聯繫的人都動了起來。

在熊大壯離開五日後，又來了一個行商，因為商隊人數較少，只訂了四種乾貨各一千斤，一樣約好四月中來取貨；過了三日又來了一家，也是四種各訂一千斤。

陳家的人手有些捉襟見肘，逼不得已把小馬召回來幫忙，只留下劉小莊一個人白日看著縣城鋪子的散賣。

眼見越來越忙，趁兆志與卓承淮休旬假的時候，玉芝把全家人聚在一起商議道：「咱家該多買幾個人了吧?!」

自從在陳家有了自己的房間，卓承淮幾乎每個旬假都會隨兆志回來，李氏也真心待他，兆志有的衣服、鞋子，卓承淮全都有，所有帶回縣學的東西也都是一式兩份。

玉芝有次私下偷偷問卓承淮。「卓大少爺每次旬假都來我家，你外祖父跟外祖母不會難過嗎？」

卓承淮似笑非笑地瞄了她一眼道：「芝芝真是孤陋寡聞，竟不知我外祖父已把所有生意都交給舅舅，帶著外祖母回縣城養老了？我雖住在縣學的監舍，卻幾乎日日回去與他們同吃午飯，他們怎麼會難過？還有，別『沒大沒小』的，叫我承淮哥！」

玉芝簡直要吐血了。

不難看出來，卓承淮完美地融入了陳家，不但旬假過來與三兄弟討論課業，又笑咪咪地配合著李氏的各種關心，甚至還能幫陳忠繁搭把手做點活。陳家人慢慢地把他當成自家人，連今日這種商討買人的私事都不避著他，這讓玉芝有種被打敗的感覺。

卓承淮率先開口道：「這次買人除了買能做工的，不妨添幾個能認字、年紀小些的，兆志兄身邊該放個書僮、小廝了，兆亮與兆勇日後也都用得到。這種小廝最好自小就跟主子一起生活，才能了解主子的喜好，早點買下也算是種準備。」

陳家自能數得清輩分的那一代開始，都是在土裡刨食的，哪裡有這種買書僮、小廝的概念？如今聽卓承淮一說，深覺有理。

下半晌陳忠繁就去尋王德允，王德允近兩年來是陳忠繁的得力助手，陸陸續續幫他買了五十畝上等田，那些地與之前那個莊子離得都很近，陳家現在有了上百畝良田，已經是個名副其實的小地主了。

王德允聽了陳忠繁的要求，隔天一大早就帶了十來個官奴讓他選，袁誠挑了五個十五、六歲、看起來老實、手腳勤快、能做活的人，卓承淮則幫忙挑了三個八、九歲的小書僮，立了契約以後，這八個人就是陳家的人了。

這些人一人得了一身換洗衣裳，歇息一日之後，第二日馬上就投入工作之中。

剛開始偶有出錯，但是不過兩、三日，在鋪子裡工作的五個人就慢慢上手，鋪子裡其他人頓時鬆快下來。

第四十五章　緊急購地

看著亂糟糟的後院，玉芝坐在一塊石頭上考慮是不是該買個專門的作坊。

又到了放旬假的時間，卻沒人去迎接兆志和卓承淮，他們兩個人一走進後院，就看到玉芝盯著來來往往的人群發呆。

兆志剛要上前就被李氏喊去盤帳，卓承淮獨自走到玉芝身邊的另一塊石頭坐下，開口問道：「妳在想什麼？」

玉芝猛然被驚擾，抬頭一看是卓承淮，鬆了口氣說：「我琢磨著這院子是因為安靜才買下來的，可是如今爐子跟人全擠在後院，我哥與你回來的時候都不能好好地複習課業，這樣買下這裡不就沒意義了？」

卓承淮心頭一動，在陳家人看來，他的到訪已經算是「回來」了嗎？想到這裡，他不禁泛起笑說道：「是呀！我們回來的時候已經沒人去門口接我們了呢！」

玉芝苦著臉道：「是吧！整日鬧烘烘的，都聽不到你們的馬車聲了。承淮哥，你說我們在鎮上買個作坊如何？」

卓承淮沈思片刻道：「要買的話不如往鎮外去，這樣收貨的人可以直接拉了東西就走，不用進鎮裡耽擱一回。而且鎮外的房子價格合適，哪怕自己買塊地蓋，也比直接在鎮裡買作坊便宜。」

玉芝恍然大悟，心想卓承淮不愧是自小在大商家長大的，總能注意到這些關鍵點。想通以後，她有些好奇地問道：「承淮哥，你過去為何不在府城讀書，我覺得在府城肯定比在縣城好……」

見卓承淮沈默了許久，玉芝覺得自己有些唐突了，剛想道歉，就聽卓承淮說道：「我家的事妳大概也知道一些吧？自小舅舅灌輸給我的信念就是為我娘報仇，迄今為止，我最想做的事就是讓我爹失去他最在乎的東西。

「若是想報仇，我就要讀書，要考秀才、舉人、進士，甚至考上三甲，才有希望碾碎他升官發財的夢……縣城就是我的起點，我要在他的家鄉揚名，讓所有認識他的人都知道他拋棄了一個十一歲就當上廩生的兒子！」

說到這裡，卓承淮似乎不想讓玉芝看到他的表情，低下頭道：「而且……若是我在縣城出了什麼事，那大家都會懷疑他與他的新夫人，他的族人們因為顧忌舅舅，還肯稍稍庇護我，我……我在縣城怕是最安全的了。」

玉芝看著這般英挺的少年低垂著頭，一顆心都痛了。她把手放在他的肩上，想說些安慰的話卻不知如何開口，只能一下、一下有節奏地拍著他的肩，給予無聲的支持。

卓承淮低著頭繼續道：「我跟你們說過我自幼在家苦讀，幾乎不怎麼出門，不光是因為舅舅要我讀書報仇，最大的原因在於我剛被舅舅接回來的時候，曾有兩次差點被山賊綁走，如今國泰民安，府城附近如何會有山賊？」

玉芝的手猛然頓住了，沒想到小小的卓承淮竟遭遇過這種事，她不禁對未曾謀面的卓連仁與他的新夫人充滿怒意。

感覺到玉芝的憤怒，卓承淮抬起頭深深地看著她道：「芝芝，妳知道嗎……」

玉芝被他深邃的眼神震住了，結結巴巴地問道：「知……知道什麼？」

卓承淮粲然一笑道：「妳方才拍我的時候，與記憶中我娘拍我背的節奏是一樣的。雖然妳年紀這麼小，可我總覺得妳有些成熟。」

玉芝愣住了，他說什麼？娘？自己現在還只是個蘿莉呀！有沒有天理了?!她狠狠地拍了他的肩膀一下，怒道：「對！我就是成熟，就是老！」

這個熊孩子！玉芝不再多說一句話，站起來氣呼呼地朝鋪子前方走去。

卓承淮揉著被拍疼的肩膀，笑著凝視玉芝彷彿在冒火的背影。其實他哪裡還記得他娘有沒有拍過他的背，那麼說不過是不想讓玉芝陪著他難過罷了。

不過話說回來，他真的一點都不覺得玉芝的言行符合這個年齡的小孩，正因如此，他才會不自覺地對她說出心裡話。

卓承淮搖搖頭，用開腦袋裡的疑問，跟著站起來往鋪子走去，他還是先哄好這個小妹妹吧！

待晚上一起吃飯的時候玉芝還噘著嘴，這一下晌李氏早就知道發生了什麼事，看著記仇的小女兒，她勸道：「好了、好了，承淮又不是故意的，哪有跟自家哥哥記仇的？快點笑一笑，看妳綳著小臉，我這當娘的心窩都疼了。」

玉芝輕哼一聲，鑽進李氏的懷裡。其實她也不是生氣，只是有些害怕，害怕卓承淮發現她的異樣，畢竟他是第一個這麼對自己說的人。

想到這裡，玉芝抬頭看了卓承淮一眼，察覺到她的目光，卓承淮馬上露出開心的笑容。

想到下午卓承淮說的那些話，玉芝心頭一軟，他還是個孩子呢……而且是個好看的孩子，於是她朝他一笑道：「我原諒你了！」

卓承淮連忙放下手中的筷子雙手鼓起掌來，逗得陳家一家人哈哈大笑。

吃飯間，陳家就決定了買作坊的事，兆亮笑道：「王叔每隔幾日就往這裡跑，可見咱們是真的發家了。」

兆勇接過話。「這還遠遠不夠呢！日後我定要做個大商人，讓王叔每日住在咱們家得了！」

這話引得眾人又是一陣大笑。

第二日王德允得知兆勇的玩笑話，與陳忠繁看完作坊之後，一直待在鋪子裡等孩子們下學堂。

兆亮跟兆勇進門以後，禮貌地向王德允打了招呼就準備去後院複習課業，沒想到王德允忽然說道：「兆勇啊！我可等著每日住在你家的時候了……」

一句話鬧得兆勇滿臉通紅。

不過兩、三日，王德允就拿著作坊的契約過來了，一個作坊占了將近兩畝地，竟然只要十五兩。

這作坊本來是用來染布的，玉芝看了之後大為滿意——前院夠大，後院有一排簡單的廂房，是給染布的夥計們住的，廂房左右有兩個用來堆放布疋的大倉庫；院子裡還有防雨的架子，若是下雨了，在架子上鋪上一層蓑棚就能大略防雨。

這簡直就是為了烤肉乾跟肉片量身訂做的作坊，連改都不用改，直接把爐子搬過來就能用，而且離鎮上近，走路不過兩刻鐘就能到。

陳家人歡喜地打理作坊，把新買的五個人全都放在作坊裡，每日讓小黑去巡視一圈，看看有沒有什麼問題。鎮上鋪子的後院終於恢復了安靜，口子也慢慢步上正軌。

四月中，熊大壯與其他兩個商隊的領頭人一起來到陳家食鋪，他們看到空空如也的後院都吃了一驚，熊大壯不禁問道：「陳東家，咱們的貨呢？」

陳忠繁也學會了賣關子，神秘地笑道：「我家買了新作坊，貨都在那裡，熊當家猜猜看作坊在哪兒呢？」

熊大壯看到老實人賣關子，忍不住覺得好笑，直接戳破他。「左右不過是鎮子附近罷了，我猜在鎮外。」

陳忠繁嚇呆了，他在三個商隊當家調侃的眼神中木木然地上了馬車，帶著幾人去作坊。

作坊裡忙碌異常，烘烤肉乾、肉片的煙冒得老高，明明只有幾個人，卻忙出了幾十個人的感覺。

這次他們喊了趙氏來幫忙摺油紙，閔氏與趙氏功夫已經很熟練了，摺得又快又好，裝貨也很迅速，不過因為量實在太大，她們每日都累得腰痠背痛。玉芝乾脆與兩人說好以件計價，每包好五斤就有一文錢。

有了動力，趙氏與閔氏日日起早貪黑，最後她們看到堆成山的肉乾與肉片時，簡直覺得不可思議，這真的是她們包的嗎……當李氏拿著兩小袋銀子分別遞給她們時，那種激動滿足的心情幾乎要化作眼淚衝出眼眶了。

去年趙氏做完活計後，三房買了一只三兩左右的銀鐲子給她，算下來比工錢還貴，讓趙氏愧疚許久；今年李氏又找上她，她索性說要收工錢了。

這算是趙氏自小到大第一筆正式掙到的工錢，她顫抖著雙手接下，收好以後握著李氏的手道：「三弟妹，多謝了……」

李氏拍拍她的手背道：「大嫂何必道謝，這都是妳應得的。」

趙氏用力點頭，卻說不出話來。

屋外正在熱火朝天地裝貨，三個商家都帶了馬車過來，一時之間馬的嘶鳴聲此起彼伏，一院子的男人忙到下半晌才裝完。

陳忠繁抹著額頭上的汗道：「三位當家與我回鋪子裡吃點飯吧！都過了午飯的時候了。」

熊大壯捏起一片肉片嚼著說道：「咱們都趕時間呢，就不回鎮上了！明年我還是會回來訂這些東西，我這兩個弟兄今年嚐過甜頭怕是也要訂，陳東家可要先幫我們準備好。」

陳忠繁急忙點頭道：「出發前兩個月三位派人過來說一聲就成，定為你們準備得妥妥的！」

熊大壯等人跟陳忠繁把錢算清楚、約好明年再見後，眾人就此別過。

陳忠繁揣著一小疊銀票，走起路來都有點抖。好不容易回到鋪子，他趕緊拉著李氏與玉芝進廳房，關起門上了鎖，偷偷摸摸地從懷裡掏出揣了一路的銀票，那模樣竟與從炕洞裡挖錢出來的孫氏像了個九成九。

這次的貨是按照肉乾與肉片一斤一百五十文錢、乾麵一斤十五文錢與煎餅一斤七文錢來算的，三人數了數，竟然收到了一千三百兩，這還是抹去了零頭的錢呢！

一下子得到一千多兩，除去成本，七、八百兩是掙到了！

玉芝努力壓抑住內心的激動，算了算帳後說道：「姥爺家應該能拿到八十兩，先把這筆錢給他們吧！他們的錢全拿去進白麵粉了，還拖著村裡人的工錢呢！」

陳忠繁反應過來，說道：「對，待會兒我親自送過去，不過這回咱們掙了這麼多錢，就直接給爹一百兩吧！」

玉芝阻攔道：「爹不清楚姥爺那個人嗎？若是真給一百兩，我怕姥爺會追著打您出門呢！就八十兩吧！把錢算清楚給姥爺聽，逢年過節再多給他們一些錢就行了。」

想起自己那老丈人的脾氣，陳忠繁不由得看向李氏，還好自家媳婦隨了丈母娘，不然這日子肯定過得不輕鬆。

果不其然，李一土拿到錢以後第一件事就是問工錢的明細，陳忠繁按照玉芝囑咐的一條、一條唸給他聽，每條都明明白白的。

李一土滿意地頷首道：「日後就這麼辦，莫再多給了，你可知道？」

陳忠繁苦笑著點頭，聽鄭氏囑咐完他一大堆注意身體的話，這才離去。

手中有了錢，怎麼花用變成一個大問題。按照陳忠繁的想法，自然是多買地，可是如今天下太平，賣地的人少之又少。就算有，不過是三、五畝地賣，買了也不好打理，真是讓人愁得頭都大了。

玉芝倒是想再買幾間鋪子，可是家裡這幾口人實在忙不過來，總不能不停地買人。正常的作法應該是雇人而非買人，可是玉芝家的情況特殊，她有她的考量。

雖說這些乾貨東西的作法並不難，然而到現在還沒有第二家做這個的。玉芝打算先用買的人來做活，等別人研究出來了、秘方也不算秘方了再雇人；既然不想繼續買人，那麼如今這個情況可說是進退兩難。

父女倆都陷入有錢沒處花的痛苦中，就這麼糾結了兩個月。

六月，王德允滿頭大汗、神色匆匆地帶來了一個不知道算好還是不好的消息。「陳老哥，卓家……又要賣單小姐的嫁妝莊子了！」

陳忠繁與玉芝嚇到了，單小姐的嫁妝為何頻頻被賣？難道卓連仁那裡出什麼問題了？

玉芝倒了一杯溫水遞給王德允道：「王叔，地多大？」

王德允接過水猛喝一口，長吁一口氣道：「這次的莊子大些，約莫一百五、六十畝，要價一千兩百兩，上次咱們交易得爽快，今日卓管家就直接來找我了。只是上次你們家買了那塊地，單家卻沒任何報復行為，所以我猜這回若是放出風聲，想買這塊地的人肯定不少，這不，我一知道消息就馬上來找你們了。怎麼樣？想買嗎？」

陳忠繁如今與卓承淮的關係已不像上次買地時那般生疏，他當機立斷道：「王老弟先幫我留著這塊地，我這就派人去縣城問問！」

玉芝一聽，馬上跑到鋪子裡摸出五兩銀子遞給王德允道：「王叔幫我們帶卓管家去吃個酒、穩住他可好？」

王德允自是應下，拿了銀子轉頭就出去尋卓管家了。陳忠繁則趕緊讓小瑞出去租一輛馬車，他要帶著玉芝趕去縣城。

馬車一路疾馳，玉芝在車裡顛得翻來覆去差點吐出來，陳忠繁只能盡力扶住她。

到了縣學門口，玉芝腿都軟了，陳忠繁將她抱下車、扶著她走到門房，敲敲門對探出頭的門房大爺說道：「大哥，我兒是這裡的學生，請問能尋他出來嗎？」

門房大爺上下打量了陳忠繁一番，見他神情端正、衣著整潔，眉宇間透露著幾分焦急，便問道：「你兒名喚何？我這就幫你尋去。」

陳忠繁長吁一口氣道：「我兒名喚陳兆志，若是他不在的話，喚卓承淮出來也可。」

門房大爺應了一聲轉頭進去尋人了，陳忠繁則扶著玉芝慢慢走到樹蔭底下站著，兩人盯著縣學大門不放。

不過一刻鐘左右，兆志與卓承淮就一起從大門出來了，他們一眼看到玉芝靠在陳忠繁身上，心裡打了個突，以為玉芝出了什麼事，不約而同地快步朝樹蔭底下跑去。

陳忠繁見他們過來了，連忙扶好玉芝，剛想說話卻被兆志搶先問道：「爹！芝芝怎麼了?!」

見兆志先一步開口，嘴巴已經半張的卓承淮把想說的話咽了下去，只焦急地看著玉芝。

玉芝正巧也看向卓承淮，她面色蒼白地朝他微微一笑，轉頭對兆志說道：「不過是馬車跑得太快，我有點顛著罷了，沒事。」

陳忠繁摸了摸她的頭，對他們兩人道：「今日這事太急了，馬車跑得快了些，晚上得好好歇歇了。」

語畢他看著面前的卓承淮，剩下的話怎麼也說不出口。

卓承淮見他們父女兩個看著自己欲言又止，心下了然，今日這事怕是與自己有關了。他定了定心，問道：「叔叔此番前來怕是有事尋承淮吧？請叔叔直言。」

陳忠繁聞言更猶豫了，思考了半天還是不知道該怎麼說。

玉芝知道此事宜早不宜遲，便道：「承淮哥，你家……你爹的那個管家又來尋王叔說要賣地了。」

卓承淮一聽就明白了，能讓陳家父女這麼糾結，那麼賣的地定然還是自己娘親的嫁妝了！

他的神情冷淡，但是緊握的雙手卻出賣了他此刻翻滾的心思。

玉芝上前一步伸出小手拉住卓承淮的袖子，小聲道：「我讓王叔帶著那管家吃酒去了，這次與上次不同，若是今日沒有消息，他們可能就要賣給別人了。」

卓承淮瞬間清醒過來，看著玉芝拉著他袖子的小手沈默許久，嘆了口氣道：「那便麻煩叔叔再買下這塊地吧！不知為何，這回舅舅竟沒聽到他們要賣地的消息，怕是上次賣得不順，這次防著我們了……」

陳忠繁得了準話，拉過玉芝說道：「那成，我們這就去跟王中人說，晚了怕會誤事！」

看到自己的衣袖一點、一點從玉芝白嫩嫩的小手中滑落，卓承淮心中不知為何有些惶恐，他伸手反拉住玉芝的衣袖，對陳忠繁道：「叔叔且慢，芝芝顛簸一趟就已經這樣，再折騰一回不知受不受得了？不如今晚就讓她留在縣城歇息，明日再回去吧！」

陳忠繁猶豫地看著臉色蒼白的小女兒，把她放在這裡，他怎麼能放心呢？

第四十六章 守口如瓶

此時兆志說道：「爹，您放心回去吧！待會兒我就與齋長請個晌假，去鋪子裡陪芝芝。我的書僮潤墨如今白日在鋪子裡幫忙，他與小馬跟小莊都靠得住，有他們在，您儘管放心。」

陳忠繁想了想，說道：「既然如此，今日我就自己回去，明日再來接芝芝。待會兒我先把她送到鋪子裡，你一請好假馬上回去看著你妹妹。」

卓承淮已經恢復了精神，開口道：「叔叔有急事不如先走，兆志兄順便去幫我請個假，我在這裡陪芝芝等著，待兆志兄回來了，咱們再一起送她回鋪子。現在芝芝怕是走不動了，回了鋪子先找個郎中幫她看看。」

陳家父子看到玉芝臉色發青，不禁有些著急，但也知道卓承淮說的是最省時的辦法了，於是強忍住內心的擔憂點點頭，一人搭上馬車回鎮上，一人進縣學尋人請假。

卓承淮掀起外袍，扯下一塊布鋪在石頭上，扶著玉芝讓她靠著樹邊坐下，自己則坐在她身邊看著她。

其實玉芝不過就是暈車，她在心底不停抱怨古代馬車的防震效果實在太差，跑得稍快一點就要把她的胃給顛出來了，過了半天還沒能緩過來。

她見卓承淮坐在她旁邊低著頭不出聲，強打起精神安慰他道：「承淮哥不要難過，看你爹吃相這麼難看，怕是出什麼大事，說不定不用你動手這仇就報了。」

卓承淮冷笑一聲，道：「他要錢，不過是想疏通一下好升官。但他還算是忌憚舅舅，所以這兩次賣地應該是那新夫人指使的，我那糊塗爹怕是不知道呢！」

玉芝驚訝不已，這麼說那新夫人還挺有能耐的嘛。管家姓卓，必定是卓連仁的親信，她若是能背著卓連仁指揮卓管家，可不是省油的燈！

她不由得擔心起卓承淮來。「她這麼厲害，你早晚要與她對上，那該如何是好……」

卓承淮笑道：「所以這麼多年來舅舅一直在準備，自從我被他帶回家，他就開始慢慢往京城打點了，只不過進展很慢，畢竟對有實權的京官來說，泰興樓不過就是鄉下的土財主罷了。」

玉芝大感好奇。「承淮哥，按理說卓縣令不過是個小官，以泰興樓的勢力，為何當初得放棄單伯母的嫁妝才能帶你回去？」

卓承淮嘆了口氣道：「他雖是小小縣令，可一他在河南道，舅舅鞭長莫及；二嗎，他的新岳父是汝州的通判，從五品的官。」

玉芝驚呼出聲，她隨即摀住嘴，吞下這聲驚呼後問道：「那新夫人竟有這等來歷?!那她為何當你爹的填房？」

卓承淮的薄唇微微揚起，勾出好看的弧度，黑珍珠般的眼睛閃爍著溫柔的光芒，他認真地看著玉芝，彷彿他的世界只有她一人一般，笑問道：「妳覺得我好看嗎？」

玉芝再見多識廣也承受不住這個，她一張小臉瞬間漲得通紅，愣愣地說：「好……好看……」

聽到她的回答，卓承淮放鬆表情笑道：「是呀！妳現在知道那新夫人為何要嫁給我爹了吧！」

玉芝緩了一陣子才反應過來，原來卓連仁是靠「美色」勾搭上通判的女兒呀……她不由得撐著下巴仔細端詳起卓承淮，「嘿嘿」兩聲壞笑。卓承淮看起來跟一朵花似的，以後不知道會被哪個大戶人家的小姐搶了去。

卓承淮被玉芝看得陣陣發毛，總覺得這小丫頭不懷好意。他彆扭地轉過頭去不看玉芝，沈了沈心，決定跟她透露一件事。「關於月蜺，妳有沒有發現鎮上的泰興樓沒賣？」

玉芝沒關注過這個，畢竟自己從不去泰興樓吃飯，她搖搖頭道：「我不知道。」

卓承淮咳了咳，說道：「除了第一批運過去試賣的那幾盆，自從舅舅跟妳家買了方子，月蜺一做出來晾乾之後就全運往京城了。」

說罷他抬起頭，看到玉芝寫滿了震驚與疑問的臉，使朝她眨眨眼道：「多餘的我不說了，只是芝芝妳要記住，月蜺日後與妳家再無關係，當日知道這件事的人都是舅舅的心腹，希望妳家那裡知道的人都能把嘴閉緊，否則怕是會給咱們兩家帶來大麻煩！」

玉芝不顧自己頭暈，坐直身子嚴肅地對卓承淮說道：「承淮哥，自從我家與單東家簽了契約，月蜺與我家就沒有絲毫關係了，這次回去我就讓我爹把那契約毀掉；若是單東家信得過我們，也請他毀了契約。我不知道你們要拿月蜺做什麼，但我知道不是壞事，相信那不過是為了單家跟你罷了。」

「你與我家往來將近兩年，我爹娘幾乎把你當另一個兒子看待，若能幫上你的忙，他們定無二話。只不過我希望這件事不要牽扯到我家，我們畢竟只是在土裡刨食的莊稼人，現在做點勉強能餬口的小買賣，我不要家人牽扯到什麼風波之中。」

卓承淮嘆了口氣，說他不感動是不可能的，這段時間以來，陳家人對他如何他都看在眼裡、記在心裡。憨厚的陳忠繁、溫柔的李氏、胸有乾坤的兆志、聰明懂事的兆亮、活潑機靈的兆勇，還有眼前這個嬌憨可愛的小姑娘，陳家一家人簡直就是他自幼幻想中的家人，有爹、有娘、有兄弟、有妹妹。

明知有些厚臉皮，可是每次旬假他都忍不住跟著兆志回陳家。李氏為他做的新衣裳、陳忠繁教他刻的小木鳥，他都喜歡；三兄弟與他討論學問時的認真，還有玉芝每次噘著嘴嘟囔著抱怨，手卻不停地為他準備各種吃食，也讓他感受到溫暖。陳家的一切那麼美好，他怎麼捨得讓他們陷入泥淖呢？

卓承淮看著玉芝，一字一句說道：「芝芝，妳信我，只要叔叔和嬸嬸那邊不露口風，這件事就不會有人知道，也與妳家無任何關係。」

玉芝鬆了口氣，點點頭道：「我信你。」

短短三個字讓卓承淮的眼淚差點掉下來，他也不知道自己為何變得如此多愁善感，他忍住淚水摸摸她的腦袋道：「那就好。」

此時兆志請好假從縣學裡匆匆出來，他第一眼瞧見玉芝臉色好了許多，放下心來。他快走兩步上前時，發覺樹底下這兩人之間的氣氛有些不對，他正要開口詢問，玉芝就嘟起嘴撒嬌道：「大哥，你怎麼現在才來，我好想回去睡覺啊……」

兆志一聽心疼得不得了，扶起她道：「我方才訂了縣學裡的馬車了，咱們這就去門口等著，馬上就有車伕過來。」

三人很快就到了縣城的鋪子前，潤墨迎了出來，看到跳下馬車的兆志，大吃一驚道：「大少爺，您回來了？」

馬車裡的玉芝聽了覺得好笑，小聲對旁邊的卓承淮道：「我大哥何時變成大少爺了？」

卓承淮無奈道：「不變不成，妳見過小廝直呼主子名字的嗎？妳家也買了幾個人了，日後這些稱呼上的規矩該立起來，否則在外面與人交往可是要被笑話的！」

玉芝聽了，若有所思地點了點頭。

兆志交代完潤墨去收拾被褥、請郎中後，轉身掀開馬車簾子，看到他們兩人又湊在一起說話，方才那種詭異的感覺又來了。他意味深長地看了玉芝一眼，扶著她下馬車，對裡面的卓承淮說道：「承淮今日是否要去外祖父母家？不如搭著這馬車去吧！」

卓承淮覺得自己的確該去，也沒客套，只囑咐玉芝好好休息，就讓車伕駕著馬車朝單家宅子去了。

潤墨收拾好被褥去請郎中了，兆志扶著玉芝進房，讓她上床躺著，為她蓋上被子後，直接問道：「妳與承淮何時變得如此親近了？他是不是對妳說了什麼不該說的話？」

玉芝見兆志活脫脫一個吃醋的傻哥哥模樣，邊笑邊咳道：「大哥，你在想什麼呢?!」

說完玉芝覺得不對，自己這年齡不應該懂兆志的言外之意，於是她趕緊轉移話題道：「承淮哥跟我說他爹與後娘的事呢！還有就是咱們家的月蛻……」

接著把與卓承淮之間的對話複述一遍給兆志聽。

兆志聽完後久久沒有說話，直到郎中來了他才反應過來，忙前忙後地招呼郎中。待郎中開了一帖理氣和中的藥之後，他又畢恭畢敬地送走郎中，要潤墨去煎藥。

當房間裡只剩兄妹兩人時，兆志沈沈開口道：「芝芝，這件事怕是沒這麼簡單，我猜單東家要麼把這月蛻的生意送給京城中有權有勢的人物，要麼是奔著貢品去。」

「貢品？」玉芝瞪大眼睛。這可不是鬧著玩的，若是真的成了貢品，卻被查出月蛻是他們家做的，而非泰興樓，那可是欺君之罪呀！

兆志身為這個時代的人，自是比玉芝了解得更多，他深知月蛻出自自家的事情必須嚴加保密，否則只怕哪天大難臨頭。

得知卓承淮與妹妹是討論正經事，兆志抹去了心底剛萌發的一點想法，但他還是囑咐道：「日後與承淮別那麼親近，要知道男女授受不親。」

玉芝苦笑道：「大哥你真是讀書讀成老古板了，承淮哥那是哥哥，我才幾歲啊……」

兆志輕哼一聲，心想：我才是妳哥哥呢！也沒見妳黏著我說話……

第二日下晌，陳忠繁過來接已經恢復的玉芝。一晚沒見到自己的寶貝閨女，陳忠繁的心一直懸在半空中，李氏也念叨了一晚上，埋怨他把玉芝扔在鎮上，念叨得他心慌。今日上午陳忠繁強忍著跑到縣城的衝動，與王德允、卓管家去莊子所在的鎮上過了戶，才匆匆與兩人告別直奔縣城。

看到活蹦亂跳的閨女，陳忠繁才放下心來，告訴玉芝莊子已經過戶的好消息。玉芝開心極了，忙上了馬車。

在返鎮的路上，玉芝道：「爹，您說咱家是不是該買輛馬車了？這日日租車，沒幾個月一輛馬車的錢都付完了。」

陳忠繁特別聽孩子們的話，只要有道理，他基本上沒有不答應的，聞言點頭道：「當然要買，自家的馬車能多墊個幾層，省得妳坐馬車的時候又要暈車。」

到了鎮上，李氏早就在鋪子後院來來回回轉圈等著了，看見玉芝探出頭來，她急忙上前幾步伸手抱起玉芝親了好一頓。

放下玉芝之後，李氏半天才直起身子，扶著腰道：「我們芝芝到底長大了，娘都快抱不動嘍。」

聞言，玉芝撲進李氏的懷裡一陣撒嬌，哄得她笑開了花。

接著玉芝拽著陳忠繁與李氏進了廳房，說出卓承淮的話與兆志的猜測，又道：「知道這件事的只有咱們家和爺爺家，爺爺跟奶奶定然不會往外說，卻怕叔叔跟嬸嬸……」

陳忠繁與李氏的臉色迅速轉黑。老四夫妻這兩年老實很多，可是一朝被蛇咬，三年怕井繩，陳忠華與林氏給三房的印象就是自私自利，若是有人去問的話，他們壓根兒瞞不住。

玉芝看著表情不太好的爹娘，安慰道：「爹娘莫急，拿捏住人左右不過四個字——威逼利誘。我看叔叔跟嬸嬸這麼識時務，要是告訴他們說出去會掉腦袋，相信他們絕不會洩漏半句。至於利誘嗎，兆雙也六歲了，家裡的男孩都是八歲開蒙，不如咱們出錢讓兆雙下個月提早開蒙，日後他讀書的束脩咱們全包就是了。我知道爹娘心裡有過不去的坎，但此一時、彼一時，兆雙年紀還小，若是早點讀書，應當能導正態度。」

要給陳忠華和林氏好處，李氏還真是打從心底感到不舒服，不過兆雙算是她看著長大的孩子，從小肥肥胖胖的像隻小鴨子一般喊著三伯母，等著她塞給他一小碗油渣，乖乖地坐在那裡吃完、道過謝後就回屋去，別提有多可愛了。

李氏緩緩點頭道：「那就這樣吧！總比他們說出去害全家送命來得好，今晚咱們就去老宅一趟。」

等兆亮跟兆勇放學，一家人提著四、五盒肉慢慢走回村裡。

老陳家一家人早就吃完飯在院子裡納涼了，看見三房進來都吃了一驚，老陳頭問道：「老三，你們怎麼來了？」

陳忠繁舉起手中的肉笑道：「拿點東西來孝敬爹啊！爹、娘，兒子有事尋你們，咱們進屋說吧！老四和弟妹也一塊兒進去。」

范氏說道：「老三，何事要避開我和大嫂？你是看我們倆的男人不在家，就不把兩個嫂子當一回事了？」

趙氏覺得自己很是無辜，竟無緣無故被范氏拖下水，於是她站起身道：「二弟妹說的是什麼話，我要忙著送點心給兆厲跟兆貞呢！」說罷也不看她，轉身進了灶房。

范氏見趙氏扔下自己走開，心中恨恨道：這什麼性子，怪不得男人找了小媳婦！

她剛想開口賴進上房，李氏就說道：「二嫂，這些肉麻煩妳幫忙綁一下吊到井裡吧！不然明日都餿了。」

一聽到是肉，范氏才懶得理他們要說什麼，也不管身後的玉荷直掐她的腰，開心地說道：「哎喲，妳放心，二嫂保證裝得好好的！」說罷，上前一把搶過幾盒肉，高高興興地進了灶房。

孫氏在她後面吼道：「老二媳婦！妳要是敢偷吃，我就撕了妳那臭嘴！」

看到范氏彷彿沒聽見一般，孫氏哼了一聲，轉身跟著前面幾人進了上房，門簾一甩，院子不過片刻就沒了人。

待眾人都坐好了，陳忠繁讓兆勇坐在門口半掀開門簾看有沒有人偷聽，自己則琢磨了一會兒才道：「今日在這屋裡的都是自家人，我就不拐彎抹角了。爹娘記得之前小路來咱家拉過一次月蜆吧？我跟你們說那是要賣給泰興樓的，現在泰興樓把月蜆供給京城的大人物，若是被人知道這個與咱們家有關係，怕是全家人的命都保不住了！」

老陳頭倒抽一口氣，把剛點上的煙吸進肺裡，嗆得咳個不停；孫氏聽到可能保不住命，直接癱在炕上，發出粗重的喘氣聲。

林氏不自覺地抓緊了陳忠華的胳膊，指甲都要掐進去了，陳忠華卻渾然不覺，豆大的汗珠不停地冒出額頭。

玉芝很滿意自家爹爹這番話的效果，她朝兆亮使了使眼色，兆亮心領神會，說道：「爺爺、奶奶、叔叔、嬸嬸莫慌，如今不是還沒透露出去嗎？只要咱們家死死封住這件事，任誰都不會知道。」

陳忠華一直對自家三哥不服氣，聽了兆亮的話，緩過神道：「這月蜺與我們自然沒關係，就算透露出去了，不過是三哥家的事吧！」

第四十七章　私藏荷包

玉芝「噗嗤」一聲笑出來，看了面色僵硬的陳忠華一眼，說道：「可惜啊！當日賣月蛻的時候咱們還沒搬走呢！爺爺、奶奶、叔叔、嬸嬸當日可是在家，全村看熱鬧的人都能作證，若我爹說是叔叔一起做、幫忙賣的，您又能如何？叔叔怕不是以為滿天下都是青天大老爺，還去細細調查了再給您定罪吧？」

幾句話說得陳忠華矮了半截，老陳頭看著低著頭的陳忠華，嘆了口氣道：「老四，你三哥遭殃你又能得到什麼好處？」

陳忠華一語不發，李氏知道該換她說話了，於是輕聲道：「爹，小叔不過是一時沒反應過來罷了。說到底，還是咱們有求於小叔一家，不如讓三郎跑一趟喬夫子那裡，早早送兆雙去學堂吧！」

林氏一下坐直了身子，眼睛緊緊盯著李氏，認真地問道：「三嫂說的可是真心的？」

李氏笑著點點頭道：「當然，兆雙是我看著長大的，若是早早進學，怕是比他幾個堂哥都有出息。我與你們三哥商議好了，兆雙的束脩由我們出，他日日晌午都能像兆亮跟兆勇一樣吃袁師傅做的飯菜。」

這讓林氏激動得不知如何是好，自家兒子每次看到兆厲讀書，都站在東廂門口掀起門簾偷看。兆厲雖說也教兆雙識字，可他自己畢竟忙著準備院試，哪有那麼多閒工夫。看到兒子一日比一日期盼的眼神，她經常睡不著覺。
林氏剛要開口，眼淚就瞬間流了下來，嗓子彷彿被堵住一般，什麼聲音都發不出來。她使勁推了推身邊的陳忠華，示意他說話。
陳忠華也震驚於三房提出的條件，他自認把三房得罪個透了，沒想到他們竟願意這麼做。他愣在那裡，直到林氏推他才反應過來。
看著陳忠繁憨厚的臉，陳忠華壓下心中的萬千思緒，定了定神舉起手道：「既然三嫂這麼說，那月蛻的事就爛在我們心裡了，若是我們往外說一句，就天打雷劈不得好死！」
玉芝知道古人對誓言的重視，輕輕點了點頭。
林氏也跟著舉起一隻手道：「若是我把月蛻的事說出去，就讓我穿腸爛肚，下輩子投胎做畜生！」
孫氏連忙開口。「我若把……」
玉芝趕緊阻止她道：「我們小輩怎麼能逼爺爺跟奶奶發誓呢！你們只要答應不說，我們必定深信不疑！」
老陳頭和孫氏心頭一暖，神色也緩了過來，老陳頭摸了摸玉芝的頭道：「芝芝信我們，我們自然要對得起你們。爺爺、奶奶若是說出去，日後就讓我們無人養老、自生自滅可好？」
孫氏一聽打了個哆嗦，她最怕的可不就是無人養老！
既然全家都發過了誓，陳忠繁與陳忠華商議好明日一早過來接兆雙去喬夫子那裡。

玉芝偷偷往孫氏的手心塞了一兩銀子，孫氏馬上忘了方才的驚嚇，笑得見鼻子不見眼的，還慈愛地摸了摸玉芝的小臉。

老陳頭瞥了一眼假裝沒看見，把頭轉到一邊去吐槽：死老婆子，越老越愛錢！

日子像指縫裡的沙，不經意間就悄悄溜走。很快就到了下一年的二月，兆亮和兆勇要考童生了，喬夫子對他們寄予厚望，每日都指派大量的課業要兩人消化，兄弟倆也不叫苦，日日看書到深夜。

傳來兄弟倆都中了童生的好消息之後，還沈浸在歡喜中的陳家迎來了熊大壯與另外兩個商隊的當家。

幾個人又分別訂了一批乾貨，結果許多小商隊得到風聲，都過來訂一些貨試試，陳家這些乾貨的銷量一下子翻了好幾倍。

幸好陳家早有準備，早早與各方面都打了招呼，待四月分幾個當家的付了尾款離開，玉芝算了算，淨利竟有兩千四百八十兩銀子，陳忠繁激動得差點跳起舞來。

玉芝有些無語地看著略顯癲狂的陳忠繁，忍不住說道：「爹，您每年都要來這麼一回嗎？」

陳忠繁猛然停住動作，撓撓頭，不好意思地說：「這不是沒想到掙這麼多嘛，妳還笑話起妳爹了！」

玉芝吐吐舌頭道：「其實這不難猜測，明年的單子肯定比今年更多。不過爹，前兩年咱們家低調也就罷了，但是今年不一樣，這麼多商隊的當家進出咱們鋪子，有心人怕是早就看出來了，明年應該還能仗著今年這些人再做一年，後年生意就要被搶了。」

這話讓陳忠繁和李氏大驚失色，陳忠繁急道：「這可如何是好？」

玉芝安撫道：「做生意總有競爭，況且咱們是頭一家做這些東西的，商隊的圈子若是討論起來，最先提到的也會是陳家食鋪，既已搶了先機，只要價格合適、品質好，就不怕沒人買。再說了，咱們家如今這兩間鋪子也掙錢，再加上兩個莊子，每年交的租子夠我們吃的了。」

一番話說得陳忠繁和李氏放下心來，心道自己還沒孩子們想得透澈，索性不去深思，反正只要安安分分做好現在的活計，總餓不死他們這些勤勤懇懇的人。

這次交貨之後有了一大筆收入，陳忠繁盤算著這錢怎麼花，李氏也在思考一件事，她說道：「芝芝，妳總是與袁師傅窩在一起，廚藝學得也不差，不過妳今年已經九歲，是不是該學點針線了？」

玉芝倒是不反對，既然來到古代，自然要入境隨俗，哪怕刺繡的功力高深不起來，起碼也要學會做衣裳。

她點點頭對李氏道：「那就學吧！娘要教我嗎？」

李氏笑著搖頭道：「娘哪裡教得了妳，娘的手都粗了！妳大伯母自小學針線，由她教妳沒問題。」

玉芝心疼地握著李氏的手道：「娘，現在家裡條件夠好，您就別做活了，明日找王叔買幾個婆子做這些吧！」

李氏點了一下她的眉心道：「娘哪裡這麼嬌貴了，不讓我做活我還覺得無趣呢！小小年紀的，操心的事情可真不少。」

玉芝噘起嘴不說話，心道得早早買幾個人來代替李氏做活才好。

可憐的玉芝就這樣展開了學針線的生涯，不過兩天就把十根指頭全扎滿了洞。

玉芝看著露出「巫婆笑容」的趙氏瑟瑟發抖，趙氏則哄她道：「芝芝已經很好了，當年大伯母學針線的時候一天就把手全扎傷了，妳竟是用了兩天呢！」

這……這話說的，玉芝覺得自己一點都沒被安慰到……

兆志與卓承淮回來的時候，玉芝沒出來迎接。兩人覺得奇怪，在鋪子尋了一圈都沒找到人後，兆志跑到後廚問李氏。「娘，芝芝呢？」

李氏笑盈盈地說：「前幾日我就讓芝芝回村裡，跟你大伯母學針線了！」

此時又黑又壯的袁誠回頭露出一個哀怨的表情，看得兆志和身後的卓承淮渾身起了雞皮疙瘩。

兩人趕忙退出後廚，對視一眼後，兆志開口道：「回村裡看看不？」

卓承淮怎麼會不答應，兩個好兄弟一起上了馬車朝駝山村飛奔而去。

當兆志與卓承淮出現在老陳家東廂門口的時候，對玉芝來說「天人下凡」也不過如此了。

她激動地扔下手中的針線，張開手想撲到兆志懷裡訴苦，萬萬沒想到離自家大哥還有一步之遙的時候，突然被快步走上前的卓承淮伸手拉住了頭上的小髮髻。

玉芝痛得「嘶」了一聲，摸著頭髮抱怨道：「承淮哥，這樣很疼耶！」

卓承淮面無表情道：「妳都九歲了，不知道這樣不妥當嗎？傳出去名聲還要不要了？」

玉芝翻了翻白眼道：「這是我大哥、是我家，我大伯母肯定向著我，咱們三個都不說，誰會知道？」

卓承淮露出一絲壞笑，上下打量了玉芝一番，突然側過身子，對著西廂房挑了下眉，用只有三個人能聽到的音量說道：「妳那玉荷堂姊可是一直看著呢！妳說她會不會出去亂說？」

玉芝聽了卓承淮的話，不自覺地往西廂房望去，只見西廂房的窗戶飛快地落下，發出「咚」的一聲，一個淺色衣角就這樣被壓住了。

眾人能明顯感覺到屋子裡的人想將衣角抽進去，卻又不敢打開窗戶，那衣角不停地抖動，過了好一會兒才「咻」的一下沒入屋裡。

西廂房的人怕是沒料到會被發現吧？玉芝不由得用曖昧的眼神看著卓承淮，卓承淮被她看得心裡發毛，小聲斥道：「為何用這種眼神看我？」

玉芝與兆志互相看了一眼，一起發出「嘿嘿」的猥瑣笑聲，兆志更伸手攬住卓承淮的脖子笑道：「這麼久了，我那堂妹竟還惦記著你，我看日後你還是別來我家『招蜂引蝶』了。」

卓承淮甩開兆志的胳膊道：「我如何『招蜂引蝶』了？這可是我第一回上東廂來！」

玉芝摸摸下巴道：「確實。但是你休旬假的時候，我那玉荷堂姊都會去我家門口的樹底下等著，見到你就上前打個招呼；若是你們不回村裡歇在鎮上，她就會失魂落魄地回去。你說說，這還不叫『招蜂引蝶』嗎？」

卓承淮只覺得無語，自己這張臉走到哪裡都會遇到這種事，他又能如何？難道要把臉劃花了才行？

他輕哼一聲轉頭就走，背後的兆志和玉芝面面相覷——他這是生氣了？之前開過更嚴重的玩笑，卓承淮也一直笑嘻嘻的，今日這是怎麼了？

玉芝急忙去找趙氏，說要出門。她拿起自己的針線簍子和兆志跑了出去，看到馬車還在，兩人鬆了口氣，轉身往自家跑。

果不其然，在陳家的卓承淮房間裡，兄妹兩人發現了坐在書桌前的卓承淮，他似乎變回初見時的那個高冷少年，漠然地坐在那裡看書。

兆志上前把他拉起來道：「承淮，今日這玩笑是開得過分了，你就大人有大量，原諒我們吧……」

卓承淮一言不發，又坐回桌前拿起書。

玉芝索性把他手中的書抽走，對著他不停地作揖道：「承淮哥……承淮哥，我真的知道錯了，你就看在你剛才揪過髮髻的分上，饒了我與我大哥吧！」

說罷，她將把腦袋湊到卓承淮面前，低下頭使勁搖晃著頭頂的髮髻。

卓承淮看到她這傻樣，忍不住笑了出來。他伸手敲了敲她的腦袋道：「日後不可再開這種玩笑，妳那堂姊還嫁不嫁人了？」

玉芝被敲得嘟起嘴道：「知道了！」

兆志也鬆了口氣，拍了拍卓承淮的肩膀道：「在縣學裡咱們開這種玩笑你都一笑置之，今日反應真是大。」

卓承淮正了正神色道：「那玉荷好歹是你們堂姊妹，如何能在家裡說這種話呢？」

兆志本想說在兆毅害玉芝摔傷、范氏大鬧一場之後，他們幾個孩子就再也不把二房當親人了。不過這些事算是家醜，雖說他們與卓承淮處得好，但這種話到底說不出口。

看到兆志和玉芝有口難言的表情，卓承淮知道其中必有隱情，然而他們兩人不願意說，他也不會糾纏。

卓承淮低下頭，順手拿起玉芝放在書桌上的針線簍子起來翻看，結果翻出一個巴掌大的藏青色……荷包？

玉芝尖叫一聲衝上去想要奪下來，卓承淮忙抬高手，讓玉芝只能在他身前像隻小猴子一般跳來跳去，怎麼樣都搆不著他的手。最後玉芝放棄了，瞪了卓承淮一眼後，一屁股坐在椅子上生悶氣。

兆志看到妹妹的模樣，笑著上前從卓承淮手中拿下那荷包，從裡到外翻了個遍，一邊翻、一邊嘖嘖道：「喲，芝芝，妳這荷包出門定能招一堆人，這上頭有個洞，我看人家都會跟在妳後面撿錢吧？」

玉芝翻了個白眼，她起身上前一把抽出兆志手裡的荷包道：「哼，嫌棄不好就別看！我才學了幾日針線，這可是我做的第一個荷包，大伯母都說我做得不錯呢！你們還嫌棄……日後我不做荷包給你們了！」

卓承淮瞇起眼睛，把荷包從她手中拿過來，仔細端詳著說道：「看起來還行嘛，起碼有個荷包的樣子，沒縫成布袋子，嗯……顏色也好看……」

接下來卓承淮實在誇不出來了，只能拿著荷包僵在那裡。

兆志抱著肚子退後幾步笑倒在椅子上，玉芝狠狠地瞪了他們一人一眼，轉身跑出門。兆志見妹妹生氣了，連忙追出去。

他們兩人都沒看見卓承淮偷偷把那個醜荷包塞進懷裡，嘴角微微翹起——這可是妹妹做的第一個荷包呢！

三人笑鬧了一會兒，陳忠繁跟李氏就帶著兩個兒子回來了，一家人湊在一起更加熱鬧。吃過飯後陳忠繁說道：「今日大家都在，我與你們娘商量了一下，如今家裡有些銀子，咱們去府城開個小食鋪如何？」

幾個孩子大感驚訝，陳忠繁與李氏行事向來保守，竟然想去府城開鋪子？到底出了何事？

兆志提出疑問，陳忠繁不禁露出了靦覥的笑容。他也知道自己這個想法有些突然，但他是真的想多掙些錢，既然沒其他本事，就只能開食鋪了。

收起笑容，陳忠繁認真回答道：「明年你就要去府城考舉人了，這回可不能讓你自己去，爹定要陪你，日後兆勇跟兆亮都得經歷這麼一回，所以咱們家不妨在府城也弄個落腳處。還有，袁師傅說小黑已經學得不少了，鎮上的鋪子他撐得起來，若是我們去府城，袁師傅就跟著過去。」

萬萬沒想到，兆志聽完以後第一句話卻是。「爹，明年我沒打算去考舉人。」

一石激起千層浪，兆志這話驚得所有人都無法反應，他看著眾人呆住的樣子，笑道：「不過是晚三年再考罷了，這次我很難考得上，就算中了，也不過是倒數，若是三年後再上場，我的學問跟心境都會踏實一些，到時再力求一舉中榜！」

此時卓承淮笑著對陳忠繁與李氏道：「這次我也不考，待下回與兆志兄一同應試。」

李氏回過神來，說道：「你們不想考就別考，不勉強。」

陳忠繁雖然覺得有些可惜，但是又認為兆志說得有道理，於是點了點頭。

兆志接著說：「雖說不考，但是我認為在府城開鋪子的事可行，不如咱們問問王叔？」

卓承淮道：「王中人哪裡有我舅舅熟悉府城？回頭我問問舅舅有沒有熟識的中人介紹給你們吧！」

沒幾日朱掌櫃就找上門來，陳忠繁嚇了一跳，說道：「朱掌櫃怎麼親自過來了？若是有事，讓小路找我們過去就行。」

朱掌櫃抹著額頭的汗道：「大事！走走走，進去說。」

一家人坐在後院的廳房裡，朱掌櫃連喝了兩杯水才緩過來，說道：「之前卓少爺飛鴿傳書給東家，說你家想在府城開鋪子，讓東家介紹個中人。今日我收到東家傳書，說是在府城看好了幾間鋪子，要我說給你聽呢！」

想了想，朱掌櫃擔心自己轉述時出了差錯，就把飛鴿送來的小紙條展開，遞給他們道：「都在這兒了，我怕有錯，你們自己看吧！」

玉芝拿過來看了一眼，差點沒暈倒。這到底是誰寫的呀？密密麻麻的小字，看著就眼花，怪不得朱掌櫃怕出錯！

第四十八章　一門英才

強打起精神，玉芝一字一句唸給陳忠繁與李氏聽，大意就是有四家鋪子，最貴的四百兩，最便宜的兩百三十兩。幾間鋪子各有各的好，單辰推薦兩百三十兩與三百五十兩的兩間鋪子，直言若是銀錢湊手乾脆都買了，日後怎麼也虧不了。

玉芝還是很相信單辰這隻老狐狸的眼光。謝過朱掌櫃後送走他，她回頭對陳忠繁道：「既然大哥已經決定先不考舉人，不如讓大哥陪爹去府城看看鋪子如何？」

陳忠繁自然同意，兆亮與兆勇從學堂回來聽到消息後吵著要跟，陳忠繁索性說孩子們全都一道去，好去開開眼界。

玉芝卻拒絕道：「這次我就不去了，坐那麼久的馬車，我怕我會暈過去。再說三個哥哥各有各的見地，買個鋪子不成問題。」

自從有家業起，陳家大部分決定都是玉芝做的，她冷不防不去，一家人都有些不適應。但是想到上次去縣城時玉芝蒼白的臉，陳忠繁說道：「那我帶著妳哥哥們去，芝芝在家好好歇歇吧！」

等到第二日他們幾個離開以後，李氏就抱著玉芝道：「芝芝這次為何不去？若是馬車慢一點，妳定然不會暈吧！」

玉芝像小時候一樣趴在李氏懷裡道：「娘，大哥都十七歲了，其他兩個哥哥也不小，是時候接觸家裡的買賣了。若是一味死讀書，日後哪怕做了官，也會被人騙，另外……」

她伸出十隻手指道：「我的手都這樣了，大伯母竟然還要我繡出個荷包來！之前剛縫好的那個不知道丟哪兒去了，我得從頭縫。大伯母說若是五日後縫不好就再也不教我了，一副對我失望透頂的樣子，我能拋棄大伯母去府城嗎？」

李氏抱著玉芝一陣失笑，這個女兒真是小鬼靈精、小人精！

陳忠繁等人從府城回來後，玉芝也趕在時間截止前縫好了荷包的最後一針，這荷包上繡了一朵簡單版的小花，圓圓的一個圈代表花，一根豎線是花莖，旁邊兩個橢圓形代表葉子。

趙氏把玉芝誇了又誇，說她繡得好，誇得玉芝懷疑人生。難道自己真的是刺繡的奇才？怎麼看、怎麼不像啊！

當玉芝拿著這個荷包展示給兆志和卓承淮看，順便說出趙氏對她的評價時，他們兩個人發出了驚天動地的笑聲，引得鋪子裡的人紛紛往後院探頭，想知道到底發生了什麼事。

這次卓承淮也一起去府城買鋪子了，陳家幾人與他商量了一下，最後買下單辰推薦的兩間鋪子。

兆志捏著那個小花荷包，笑得話都說不清了。「真是奇才……才能繡出來的荷包！」

卓承淮比兆志好不到哪裡去，兩個人對著荷包看一陣、笑一陣，笑過了再湊在一起看，又接著笑！

玉芝生無可戀，乾脆不理他倆了，讓他們笑個夠去。

鋪子既然已經買了，就得早點開張。袁誠這邊都交代好了，小黑已經主勺四、五天，沒有任何問題。

袁誠對陳忠繁道：「既然要去府城，就再買個小的由我帶著，王中人手頭的人都可靠，不如讓他再來一趟？」

陳忠繁點點頭，忙派小瑞去請王德允，待聽了袁誠的要求之後，王德允拱手恭喜道：「陳老哥發家的速度真是鎮上首屈一指的，如今府城都買上鋪子了。別急，我這就回去找，待會兒把人送來，讓袁師傅選選。」

陳忠繁與袁誠作揖謝過，不過一個時辰，王德允就帶著四個十四、五歲的少年過來，說道：「這些孩子都是之前在主家灶房裡幫過忙、打過雜的，您兩位看看。」

袁誠要他們一個個伸出手來，又看了看舌苔、耳後，最後選出一個瘦弱少年，對陳忠繁道：「就他吧！」

玉芝覺得頗為神奇，這位少年不知哪裡與小黑有幾分相似，但是光看臉又完全不像，看著袁誠滿意的眼光，她心想，大概就是氣場的問題吧……

因為小瑞要去府城，鎮上的鋪子缺人手，而新鋪子也需要小二，所以幾人討論一番後，買了剩下的三個人。他們原本打算去府城再雇人，不過既然人都來了，就順道買下。

陳忠繁帶著袁誠、小瑞與三個新人一起去了府城，收拾了半個月以後，陳家食鋪府城店開張了。小瑞這次過去是頂半個掌櫃用的，新買的留下一個人代替他在鎮上做小二，不過府城那邊還是得雇用一個正式的掌櫃。

單辰出面介紹了一個曾在泰興樓任職、目前在家無事的柯姓老掌櫃，柯老掌櫃鬚髮銀白，已經六十有三，嚇得陳忠繁生怕自己一句話不對就把老爺子氣得暈過去。

幸好柯老掌櫃只是看起來老，他腿腳靈便、腦筋清楚，雖說管理泰興樓那種大酒樓有些力不從心了，但是掌管陳家這個小食鋪還綽綽有餘。

府城的鋪子七月十三開張，生意很快就步上正軌，不過一個多月就開始有盈餘了。慢慢地，甜沫與豆腐腦在府城流行起來，陳家鋪子剛開兩個月，就有別的鋪子開始賣這兩樣東西了。

玉芝得知以後不由得感嘆：真不愧是府城，連山寨的速度都這麼快……

待過完年，陳家全家都忙碌起來，因為今年家裡有三個孩子要去考院試。

兆厲這回志在必得，他已經二十二歲了，趙氏原本打算在他考上秀才後為他說親，誰知竟然落了榜。

說起兆厲，他用功的程度相當驚人，甚至搬著小木凳坐在茅房門口讀書，就怕運道不好又分到臭號，所以提前適應。一開始真的是臭不可忍，兆厲幾次差點吐出來，但是漸漸地，他竟然能專心地讀下書了，甚至連臭味都聞不到。

玉芝知道這件事以後，真的對兆厲佩服得不得了，衝著兆厲對待自己的這股狠勁，早晚會有出息！

兆亮與兆勇這回本來只打算去試試水溫，不過看到兆厲如此用功，兩人不由得跟著努力起來，日日宵衣旰食，看得陳忠繁等人心疼不已。

出了正月，商隊的當家們又陸陸續續過來訂乾貨了，此時縣城已經零星出現販售乾麵和煎餅的店家，一斤的價格都比陳家便宜個一、兩文錢。不過能成為當家的人都比較謹慎，他們今年主要還是從陳家進貨，但是也從其他家鋪子進了一些，看看有沒有比陳家的好，若是好，自然哪間便宜要哪間了。

這日玉芝蹲在後廚與小黑研究做簡易版的泡麵。這東西比乾麵好的地方在於它做出來就是熟的，只要將麵蒸熟後油炸一下，這樣做出來的麵餅用滾開水泡軟就能吃，比煮乾麵省事多了，在分秒必爭的考場上吃正合適。

玉芝等兩個哥哥放學回來後，趕緊將放著泡麵的碗端出去獻寶，兆勇看著那塊麵餅半天，才吞吞吐吐地說道：「這不就是普通的乾麵嗎……」

玉芝翻了個白眼道：「哼，讓你見識、見識！」

說完她拿起一壺滾燙的開水倒了進去，隨便找了個東西蓋上，不過一炷香的時間就打開，拿筷子攪開麵條遞給兆勇道：「三哥嚐嚐這麵是不是普通的乾麵。」

這套行雲流水般的動作早就讓陳家人張大了嘴巴，兆勇顧不得燙，挾了一筷子麵塞進嘴裡，一邊吸氣、一邊嚷道：「竟然熟了，還有油香！」

陳忠繁和李氏都不相信用滾開水就能在這麼短的時間內泡熟麵，兩人抽出筷子挾了幾根麵品嚐，都讚這麵味道好。

玉芝把水倒掉，舀了一勺高湯加了些許鹽澆進泡麵裡，攪拌均勻後遞給他們道：「你們再嚐一口。」

這次不用她說，四人就飛速地把麵吃完了，陳忠繁喝完碗裡的最後一口湯，說道：「這麵真不錯，既方便又美味，芝芝是想在鋪子裡賣嗎？」

玉芝點點頭道：「乾麵現在已經有人能做了，咱們這麵本身就是熟的，沒滾開水的時候直接吃都行，我想熊大叔定然感興趣。不過現在做是為了哥哥們的院試，我今日與小黑哥再做一些放進油紙包裡包好，若是十天內沒壞，那哥哥們就能帶著去考試啦！」

兆亮跟兆勇感動得要命，決心好好考出個功名來，才不辜負家人這一番忙碌與用心。

李氏與趙氏照例準備了四個考試包裹，三個孩子與玉芳的丈夫一人一個，這次多帶了一樣泡麵。出發這日，幾人拒絕家人相送，早早吃了飯就去學堂集合，等著讓夫子帶著去縣城。

雖然經過了兆志考院試的洗禮，陳忠繁和李氏還是失魂落魄了好幾天，幸虧家裡忙得很，他們倆暫且將院試拋到腦後了。

當熊大壯來拉貨的時候，玉芝偷偷地弄了一碗泡麵給他，見他吃了一口，就問道：「熊大叔覺得這麵味道如何？與乾麵相比呢？」

熊大壯幾口就吃完了麵，他咂著嘴回味了一下，說道：「這麵味道不錯，與乾麵完全不一樣，說不出哪個好、哪個不好。」

玉芝笑道：「若是這麵不須生火煮，只要有滾開水，泡上一盞茶的工夫就直接能入口，您覺得如何？」
熊大壯咧嘴笑道：「這話說得好笑，不生火哪來的滾開水？」
玉芝也不惱，回道：「熊大叔倒是說說，若是真要生火，燒水快還是煮麵快？如在路上遇見散居的人，要跟他們討滾開水方便，還是討個灶房煮麵方便？最重要的是，這麵本就是熟的，若是實在沒有滾開水，那麼直接吃也行。熊大叔怕是調查過我家吧！我家是做什麼起家的？就是秘製的調味料！倘若麵上撒上一些料拌著吃，肯定香得很。」
熊大壯是個精明人，玉芝前面說些煮熱水、煮麵什麼的，對他來說誘惑不是特別大，但是一聽到「這是熟的」、「可以直接吃」瞬間來了興趣，眼睛都發亮了。
玉芝見狀笑道：「這是我家的新貨，尚不知能保存多久，如今最長的已經放一個多月了，還像剛出鍋那時一樣。今日我送給熊大叔二十斤，您帶著出去，明年回來的時候給我帶個信就成，您看如何？」
熊大壯哪有不答應的，見玉芝進屋搬出好大一包泡麵，把她整個腦袋都擋住了，熊大壯急忙快走兩步上前接住道：「不過區區二十斤，竟然這麼多？」
玉芝拍了拍手道：「這東西最是輕便，二十斤有兩百塊麵餅，一、兩塊麵餅就能吃一頓。熊大叔，到時候記得一定要幫我留一塊，看看什麼時候會壞。」
熊大壯點點頭，回身把這一大包麵餅放在馬背上，又回來向陳家人告辭，再次朝西域出發。

報喜的差役在陳家眾人望眼欲穿的期盼中如期而來，一大早就敲響了老陳家的門，老陳頭到底有經驗了，強忍激動把差役們請進上房奉茶款待。

三房的人推測差不多這兩日會有消息，已經三日沒去鎮上了，今日他們一聽到報喜的差役進村，馬上奔著老宅而去。

他們抵達以後，正趕上差役向老陳頭報喜。「老爺子大喜啊！三個孫兒都中秀才了！」

被圍觀人群堵在門口的李氏一聽到兩個兒子都中了，腿一軟就要跪下，陳忠繁下意識地扶住她，可是自己一雙腿也在抖。

玉芝見爹娘又傻了，狠下心一手各掐他們一把，夫妻倆頓時清醒過來，忙擠上前與老陳頭一起招呼差役。

領頭的差役見陳忠繁夫妻上前，站起來拱手問道：「兩位可是陳兆亮與陳兆勇兩位秀才老爺的父母？我記得三年前我來報過您家長子的喜，如今又來報二子、三子的喜，您家可是一門三秀才了！」

陳忠繁歡喜得快要瘋了，卻還是保持理智問道：「多謝差爺又跑這一趟，不知我這兩個兒子是何名次？」

差役的臉瞬間有些糾結，他咳了咳，略微尷尬地說：「陳兆亮學子高中第五十七名，陳兆勇學子嘛，高中九十九名……」

九十九？聽起來還挺吉利的嘛，玉芝邊想邊問道：「請問差爺，秀才一共錄取幾名？」

差役強扯出一抹笑說道：「一個縣共錄取……一百名……」

現場的氣氛頓時凝結，所有人都愣住了。

差役看了覺得不妙，忙大聲道：「陳兆厲學子高中院試第三名！」

「哇……」圍觀的村民們都驚呼起來，第三名的秀才，怕是鎮上也從未有人考過這麼好的名次呢！

一直在旁邊沒說話的趙氏聽到這句話，悶不吭聲，眼白一翻直接暈了過去，陳家人趕忙上前扶她，四周一片混亂。

這種情況兩個差役見得多了，他們坐回椅子上，喝著尚有餘溫的茶，慢慢等周圍安靜下來。

李氏與孫氏一道把趙氏扶到東廂炕上，用了狠勁地掐她的人中，直到掐出一片紅印子，趙氏才悠悠轉醒。

看到站在炕頭的李氏，趙氏迷迷糊糊地笑著說道：「三弟妹，我這是怎麼了？方才我做了個夢，夢見兆厲考上秀才，名次可好了呢！」

說完自己嗤嗤笑了起來，喃喃道：「真希望這個夢是真的……」

李氏的眼淚止不住地溢了出來，她握緊趙氏的手道：「大嫂，是真的，是真的！兆厲考了秀才第三名，大嫂，妳熬出頭了！」

趙氏彷彿沒反應過來，愣愣地看著她道：「是……是真的？」

李氏握著她的手拚命點頭。

趙氏眨了兩下眼睛，突然「啊」的一聲大哭起來，李氏聽著不忍，上前抱住她跟著哭，就連平日冷心冷情的孫氏都撩起衣角抹淚。

哭了好一陣子，妯娌倆才慢慢止住了眼淚，李氏扶起趙氏道：「大嫂，如今送喜報的差爺還在上房呢！咱們趕緊過去，妳得親手接過兆厲的喜報才成！」

趙氏咬牙站了起來，點頭道：「對，咱們趕緊走！」

等到眾人在上房聚齊的時候，已經是大半個時辰以後了，兩個報喜的差役又灌了一肚子的茶水。

看到被攙扶著站好的趙氏，領頭的不敢讀喜報了，生怕她再暈過去。他把喜報遞給趙氏，小聲道：「這位夫人就自個兒看吧！或者找個小輩唸一下也成，我們兩人今日還要去別家送喜報，耽擱不起，就此告辭。」

說著他把兆亮跟兆勇的喜報遞給趙氏身邊的李氏道：「這是您家兩位的喜報。」

李氏激動得手直發抖，哪怕上面的字認不全，她還是接過來打開看了一遍又一遍，只要看到上面那兩個熟悉的名字，她就開心。

在玉芝提醒下，陳忠繁適時上前塞了兩個紅包到差役們手中，憨厚地笑道：「辛苦兩位差爺跑一趟了，既然你們還有事，那咱們就不耽誤了！」

兩個差役沒有推辭，拿著紅包走出陳家，其中一個摸出方才陳忠繁塞的紅包，打開一看竟然是一個二兩的銀錠子，把他激動得夠嗆，戳了另一個人的胳膊道：「哥，這麼多喜錢！」

領頭的差役懶洋洋地看了他一眼道：「你覺得今日為何我早早就來陳家？上回他家也給

了二兩銀子，只不過是兩個人二兩，現下咱們一人二兩，看來這陳家更發達了。若下次他家又有人中了秀才，咱們再來！」

另一個差役認真地點了點頭。

第四十九章　心理障礙

幾日後三人的歸來在駝山村造成了莫大的轟動，不管是村子裡的人，還是其他村沾親帶故的人，都要來看看這一門同科三秀才的奇事。

陳家連擺了三日流水席，往來的人摩肩接踵，許多不認識的人都上門賀喜，兆志與卓承淮自然也回來了，開心地替兆亮跟兆勇招待賓客。

兆亮還好，可是兆勇自從回來以後就不肯出門，因為太丟人了……考了個倒數第二！這種感覺就像突然有人給了你一個大餡餅，結果裡面卻是自己最討厭的餡，那說不清、道不明的情緒不知如何宣洩。

陳家人看在眼裡、急在心裡，陳忠繁和李氏只能拚命為他弄些好吃的、做新衣裳，卻不曉得怎麼安慰他。兆志倒是找他談了一次，兆勇雖說好了些，但是臉上卻還是帶著鬱色。

玉芝趁無人的時候，把兆勇拉到後院問道：「三哥既然這麼看不上這個秀才，何不上書讓縣太爺奪了你的功名？你看看大堂姊夫，這次依然未中，可人家上門賀完喜，回家就拿起書本準備下回再戰，你卻如此頹唐。」

兆勇摸著她的頭笑道：「說什麼呢！功名說奪就能奪嗎？再說我也沒看不上這個秀才，只是……唉……」

玉芝一臉嚴肅地對兆勇說：「三哥有沒有想過日後要做什麼？」

兆勇收起笑容認真道：「自小我的心願就是做大商人，掙很多很多的錢。不過讀了這麼多年書，我才知大商人不是那麼好當的，所以我要更努力讀書才成，日後妳三哥定會名揚天下！」

玉芝看到說起自己夢想就生氣勃勃的兆勇，笑著說道：「既然三哥日後想做大商人，為何如此在意這次院試的成績？難不成你以為日後遇到的事情都比這次簡單不成？」

兆勇嘆了口氣道：「是，我心知自己這次中秀才是走了大運，喬夫子知曉以後都驚著了，他本來只是打算讓我去試試而已。我也知道自己鑽牛角尖，可……芝芝妳別說了，給我幾日時間，我定會好的！」

玉芝鎩羽而歸，垂頭喪氣地回到自己家裡，坐在後院的石桌前唉聲嘆氣。

正巧卓承淮也從老宅回來，正緩緩地走向後院。

他提早離開老宅是有原因的，因為他一出現，整個駝山村的人都成了陪襯。兆亮跟兆勇還好，他們與卓承淮夠熟悉，不會計較，可是兆厲這麼坎坷才考上秀才，自然該是這場流水席的絕對主角。兆志看著引人注目的卓承淮，無奈地塞給他一塊煎餅就要他回來，別在那裡搶了兆厲的風頭。

卓承淮一進後院就看到托著臉坐在石桌前的玉芝，他走上前笑道：「芝芝在這裡做什麼？怎麼不去老宅那邊吃飯？」

玉芝心裡正憋得慌，逮著卓承淮就一陣傾訴，最後還氣呼呼地說：「三哥真是的，明明考上秀才還不高興，讓那些落榜的人看見了，非要打爆他的腦袋不可！看看，大堂姊夫這次又落榜了，人家還不是強打起精神來吃流水席，多瀟脫啊！」

卓承淮失笑道：「妳那大堂姊夫多大了，兆勇才多大？他正是胡思亂想的年紀，待我晚上與他說一說吧！」

玉芝「哼」了一聲，心想：你說也沒用，我這三哥倔著呢！

萬萬沒想到，第二日一早，兆勇一掃之前的低迷，活蹦亂跳地在院子裡鬧著又要掃地、又要劈柴。陳家人驚訝得下巴都要掉下來了，全圍在院子裡像看到什麼奇景一樣盯著他。

玉芝戳了戳身旁的卓承淮道：「你跟我三哥說什麼了?!」

卓承淮神秘一笑道：「佛曰：『不可說』。」

這讓玉芝急得不得了，好奇心旺盛的人問不出一個八卦，實在太痛苦了。

正當玉芝想著如何搞清楚這件事情的時候，老宅傳來了一個驚人的消息……兆厲要訂親了！

李氏一聽來傳話的兆貞說完，問也來不及問就要往老宅去。玉芝追出來拉住李氏的手要與她一道前往，開玩笑，若是再錯過這個八卦，她都要憋屈死了。

母女兩人進了老宅，去上房向老陳頭和孫氏打聲招呼後就直奔東廂，正巧在東廂門口與要出門的兆厲碰個正著。

兆厲一見兩人的樣子就知道她們為何而來，本來就泛著紅暈的臉瞬間更紅了，他向李氏與玉芝拱了拱手就快步離去，頗有落荒而逃的意思。

此時趙氏從屋裡追了出來，她看到李氏母女，止住了腳步，瞪了兆厲的背影一眼，領著她們倆進了東廂。

三人在炕上坐好，李氏忙開口問道：「大嫂，聽兆貞說兆厲要訂親？何時的事？為何之前一點消息都沒有？」

趙氏嘆了口氣道：「不怕三弟妹笑話，我比妳早知道這件事不到一個時辰，聽兆厲說完，我就馬上讓兆貞去尋妳了。」

李氏大驚道：「這麼說這門親事是兆厲自己決定的？誰家的閨女？」

趙氏緩緩解釋道：「她是縣學裡羅教諭的女兒，今年一十有七，聽聞也是挑挑撿撿想找個讀書人，才到了這個年紀還沒訂親。」

李氏拉住她的手道：「兆厲這孩子年紀也不小了，他是怎麼說的？他與羅教諭又是怎麼認識的？怎麼就說到親事了？」

趙氏簡直要掉眼淚了，她無奈地說：「兩年多前，他有個策論題如何都破不開，自己租了輛馬車去縣學尋兆志，可巧了，羅家閨女送湯去給羅教諭。兆厲匆匆去尋兆志，未仔細看路，走到了偏僻的地方，偏偏遇上了避開人群的羅家閨女，差點把人家的湯撞翻了。

「兩人客套了幾句話，咱們家這傻小子就這麼上了心！他說原本回來想了幾日，就要跟羅家提親的，但是人家是教諭的閨女，他只是個童生，覺得就算提了也定然不成。」

玉芝暗嘆，自己這個大堂哥還挺癡情的嘛，都兩年多了，竟然能瞞過所有人。現在看來他為了考上秀才吃的那些苦，大半是為了這個羅小姐吧！

趙氏的情緒緩過來以後，就要李氏幫忙打聽羅家姑娘如何，於是李氏把這個任務交給了兆志與卓承淮。

單家在縣城是地頭蛇一般的人物，卓承淮的書僮硯池要探聽一個舉人的女兒可說是手到擒來，不過兩日，就把羅家閨女的優點與缺點都寫在一張紙上送到陳家來。

羅盈娘真的是個好姑娘，自小識文斷字，小小年紀就出口成章，羅教諭一度惋惜她不是個男孩，若是的話，定能在科舉上大有一番作為。羅教諭的小兒子幾乎是她一手教出來的，今年已經中了童生，日後怕是又一個少年秀才。

光是這一點趙氏就滿意極了，家有賢妻，三代受益，況且硯池送來的信上說羅盈娘眉目清秀、斯斯文文、笑不露齒，一眼就讓人覺得這姑娘看起來很舒服。趙氏笑得眉眼彎彎，這真是天上掉下來一個好媳婦，遂與李氏商量，明日就去縣裡相看一番。

第二日老陳頭跟趙氏、李氏從鎮上雇了輛馬車，帶著剛買的厚禮，打著替兆厲感激羅教諭指導的名號去了羅家。

半日下來雙方相談甚歡，羞答答的羅盈娘一張小臉紅通通地出來見了陳家人一面，就躲到了後面去。

只一眼，陳家人就想把她娶回去了，這濃濃的書卷氣可不是一般姑娘身上有的，說是大家閨秀都不為過。

趙氏隱晦地表示過幾日會帶媒人來提親，羅夫人笑得合不攏嘴地答應了，雙方定好日子後，陳家人才告辭。

兆厲與羅盈娘在這個時代年紀都不小了，雙方家長有些著急，所以這件事進行得飛快，不過十日工夫就換了庚帖。合了八字之後過了三日，雙方都家宅平安，陳家人派媒人送了過書，羅家人則送回帖認可這門親事，接著陳家與媒人就帶著老陳頭親手雕刻的、栩栩如生的大雁與幾樣禮物上門，這親事就算徹底定下來了。

李氏看了很是眼熱，瞧著自家已經十八歲的長子，真是恨不得把他綁著去成親，每回看到他時眼神都流露出一股哀怨，嚇得兆志三、四個旬假不敢回家。兆亮與兆勇生怕自家娘親轉移目標，也跟著躲在縣學不返家。

眨眼間，快到九月十二日了，這是玉芝十歲的整生日。自從五歲生日時出了那檔事之後，她就再也不過生日了，每年九月十二日這天玉芝總是特別沈默，經常面無表情地自己一個人坐著。

家裡的人都以為她是嚇著了，每年這天大家都裝作沒事，想把日子混過去，生怕勾起玉芝的傷心事。可是玉芝自己知道，她心底有個角落一直記著小小的玉芝，那個五歲的小女孩在生日那天，拋下她的家人去了另一個世界。

可是今年是玉芝第一個大生日，按照習俗是一定要慶賀一下的，起碼一家人要好好吃一頓飯，可是大家都覺得這是玉芝最疼的傷口，不禁感到糾結。

兆志在躲了李氏一個多月之後試探性地回家一趟，發現李氏慢慢恢復正常，忍不住鬆了口氣，恢復每逢旬假就回家的習慣，卓承淮自然也跟著回來「享受」被李氏嘮叨的生活。

這次四人一回來就覺得整間鋪子氣氛都怪怪的，兆志直接去後廚尋小黑問道：「家裡出了何事？」

小黑撓撓頭，不太明白發生了什麼事，只把自己聽到的告訴兆志。「我聽東家與夫人說玉芝生日什麼的，說著、說著兩人就嘆氣，也不知為何如此。」

兆志一聽就明白了，爹娘這是感到為難，不知道該怎麼為玉芝過這個大生日。他也覺得棘手，五年了，那已經成了全家人不願碰觸的傷痛……

看見兆志低著頭從後廚走出來，其他三人急忙圍上去，卓承淮問道：「到底是何事？」

兆志苦笑一下後答道：「九月十二日是芝芝的十歲大生日。」

他這一說，兆亮與兆勇都懂了，臉色也跟著不好看起來。卓承淮看到他們兄弟三人的樣子，知道其中必有隱情，不由得問道：「芝芝大生日是喜事，為何你們如此垂頭喪氣，不是擺一桌吃個飯就成嗎？難道怕沒有客人來？其實只要自家人在就成了。」

見卓承淮不知內情，兆志嘆了口氣，拉著他坐在石凳上，把玉芝五歲那年發生的事情從頭到尾講了一遍。「……自那以後，咱們家就再也沒為芝芝過過生日了，然而今年大生日必須要過，所以不知如何對她說呢！」

卓承淮聽完以後一拳捶在石桌上，咬牙切齒地擠出三個字。「陳兆毅！」

兆志拍拍他的手道：「兆毅那時不過是個懵懂孩童，所以我們沒對他做什麼，但是之後二房與我家的關係就很差，如果不是我爺爺跟奶奶在，我們兩家怕是早就形同陌路了。之前你說我們開玉荷的玩笑、不重視兄弟姊妹的情義，那時我與玉芝都不知如何回答，這樣的家醜，我自己說出來都覺得丟人。」

卓承淮沒回他的話，只站起來道：「既然你們不曉得怎麼開口，那我去跟芝芝說。」

說著他轉過身背對三兄弟，伸出右手摸了摸自己的胸口，不明白這個地方為何會如此疼痛。聽到玉芝小時候差點送命，還因此失憶，再想到自己與她第一次見面她那狡黠可愛的樣子，壓根兒想不到那時她不過才經歷那種噩夢不到一年！

卓承淮握緊了右手，大步走向鋪子去尋正在收拾桌子的玉芝。

玉芝看到卓承淮從後院進了鋪子，不禁有些頭疼。我的承淮哥啊！你真不知道自己現在多引人注目嗎？出來得瑟什麼喲！

卓承淮不顧周圍人的吸氣聲，緊緊盯著玉芝，一步步朝她走去。他想拉住她的手，卻猶豫了一下，轉而扯住她的袖子道：「我有事要說，跟我去後院。」

玉芝無奈地放下抹布，招呼人過來接過她擦了一半的桌子，才對他道：「那先讓我洗個手，你去後院等我，我馬上過去。」

卓承淮深深地看了她一眼，點了點頭，轉身又回了後院，這一來一回不過兩、三下，整間鋪子裡的人都還沒反應過來，他就已經離開了。

直到看不到他的身影，眾人才爆發出討論聲。幾家有適婚女兒的嬸子盯上了玉芝，玉芝一看不好，轉頭撒腿就跑，嬸子們在後面叫了幾聲，她也假裝沒聽見，反而加快了腳步。

玉芝心想卓承淮找她必定是大事，匆匆洗了手就去他的房間尋他，本以為哥哥們都在，沒想到打開門後卻只看到他坐在椅子上。

從一進門，卓承淮的目光就一直盯著她，把玉芝看得渾身起了雞皮疙瘩，她低頭看了看自己，沒什麼不妥啊！於是小聲開口試探道：「承淮哥……」

這聲稱呼打斷了卓承淮的目光，他移開視線，低頭道：「快到九月十二日了，今年是妳的大生日，家裡必定要辦，妳看看怎麼辦比較好？」

玉芝的臉一下子白了。九月十二日，除了是小玉芝離開人世的日子，何嘗不是她離開自己父母與男友的日子？

前幾年，每到那一天，家裡的人都小心翼翼，玉芝想告訴他們她沒事，要幫她過生日就過，可是她真的開不了口。她一點也不想慶祝所謂的生日，她那天只想自己一個人待著，紀念離開人世的小玉芝跟被她拋下的人們。

玉芝艱澀地開口道：「必須要過嗎？」

卓承淮已經抬起頭看著玉芝了，瞧見她眼中的哀傷，不由得一震，這哪裡像個十歲孩子的眼神?!

他搖了搖頭，把這莫名其妙的想法扔到腦後，說道：「必須過。芝芝，我今日才知五年前妳受了多少苦，可是過了這麼久，若是妳一直走不出來，叔叔、嬸嬸、兆志三兄弟，甚至我……都要陪著妳一起痛苦啊！」

玉芝的眼淚流了下來，顫抖著問道：「是我爹娘與哥哥們讓你來問我的嗎？」

卓承淮不明所以，回道：「叔叔跟嬸嬸這幾日都為了這件事煩惱，今日我們回來了，妳三個哥哥也不知該怎麼跟妳說，是我自己主動說要來找妳談的。」

不知為何，玉芝只想放聲大哭，這個世界沒人懂她，沒人知道她到底有多害怕！爹、娘、哥哥都不是自己的，所有的關係對她來說都像建立在泡沫上，與他們的感情越深，她越擔憂，生怕哪天她「回去了」或者……直接魂飛魄散！與其說她在紀念，不如說她在逃避，逃避可能發生的一切，逃避九月十二日！

她看著卓承淮，好似他是一個陌生人一般，眼神冷漠得令他心慌。

只見玉芝木木然地說道：「好，那就過吧！」說完她轉身就走，只想找一個沒人的地方好好整理自己的心情。

卓承淮下意識地站起來拉住她的手，玉芝甩了兩下沒能甩開，回頭狠狠瞪著他。

兩個人就這麼一個發狠、一個心慌地對視了許久。

忽然間，卓承淮抿了抿唇，彎起嘴角低低地笑了起來，他那微微瞇起的眼睛就像琥珀一般閃爍著光芒。

那一瞬間玉芝好似聽到了花兒綻放、清泉淙淙的聲音，她不禁愣住了，眼中的狠意慢慢散去，露出了迷茫的表情。

卓承淮鬆了口氣，第一次慶幸自己的皮囊這麼好用，他緩緩開口道：「芝芝，我不知妳為何如此抗拒，但我總覺得妳有自己的想法。若妳實在不願意，那我就去跟叔叔、嬸嬸還有兆志他們說，咱們就不過了。」

第五十章　大打出手

玉芝一個激靈回過神來，低頭看了看卓承淮拉著自己小手的大手，又抬頭看了看他那「美麗」的臉龐，歪了歪頭，彷彿在思考他話裡的意思。

想著、想著，玉芝低下了頭，很快地，一滴滴淚水往地上落，不一會兒就聚集成了一個小小淺淺的水窪。

看到那些淚珠，卓承淮就知道玉芝哭得多傷心，他想上前抱住她安慰一番，又覺得妹妹大了，到底不能隨心所欲，只能把她的手握得更緊。

玉芝低著頭默默哭了一會兒，想擦眼淚的時候才發覺自己還被卓承淮拉著手，於是她抬頭瞪了他一眼，軟軟地說：「給我帕子！」

卓承淮被玉芝用淚水沖洗過的明亮眸子一瞪，頓時手忙腳亂地用另一隻手從懷裡掏出一條帕子遞給她，但他還是沒放開她的手，生怕她就這樣跑了。

玉芝擦了擦眼淚，哭了一場讓她的心情好了很多，就是覺得有點疲累。她剛想坐在椅子上歇一會兒，卓承淮卻以為她又要跑，不由得大力一拉。玉芝正無力呢！一下子被他拉了回去，「咚」的一下撞進他懷裡，鼻子一酸，眼淚又不自覺地流了出來。

這個意外讓卓承淮急忙鬆開玉芝的手捧起她的臉，只見白白圓圓的臉上那小巧的鼻子被撞得通紅，搭配方才哭紅的大眼睛和微張的殷紅小嘴，整個人活像嵌了幾個大紅棗的大棗餑餑一般。

卓承淮捧著玉芝的臉左右晃了兩下，見她沒受傷才放心，關注起這個大棗餑餑的表情來。

玉芝被這突如其來的捧臉舉動驚呆了，眼淚都忘了擦，緩緩地在她臉上流動著，看起來說有多傻就有多傻。

卓承淮掐著自己的大腿忍了又忍，還是沒能憋住，笑出了聲，結果他一邊笑、還一邊抽出玉芝手裡的帕子幫她擦臉，最後甚至為她擤了擤鼻涕。

玉芝滿頭黑線——這算什麼啊！自己正在難過、傷心、生氣，這樣太丟人了好嗎？哪怕她現在還是個孩子，也是個姑娘呀！

她一巴掌打開他的手道：「男女授受不親，承淮哥，你書讀到狗肚子裡去了！」

卓承淮看著玉芝氣呼呼的樣子，不禁又想笑，這次他真的是要把大腿掐青了才沒笑得更大聲，他邊忍笑、邊道：「妳不是我妹妹嗎？為妳擦擦眼淚有什麼。別哭啦，我去與兆志說咱們不過了，反正不過是個形式而已，就算妳一輩子不過生日，有我們幾個哥哥在，妳也必定能萬事順遂！」

玉芝心中五味雜陳，卓承淮方才對她說的話此時浮上了心頭。父母與兄長糾結著要不要幫她過大生日，也是怕若是不按照習俗來，日後她有可能過得不順遂。

家人這般對待她，她又怎麼能讓他們失望呢？玉芝想著、想著又想哭了，都怪卓承淮！她哽咽著說：「不用，不過是個生日罷了，既然大家都想過，那就過，反正只不過是一家人聚聚。」

卓承淮仔細觀察玉芝的表情，發現她說的是真心話，不禁摸了摸她的腦袋道：「比起過生日，妳才是他們心中最重要的，若是妳不開心，過這個生日又有什麼意義呢？既然妳想通了，那我們就去跟他們說吧！」

玉芝不記得自己是怎麼被卓承淮拉去陳忠繁、李氏和哥哥們面前的，看著他們興奮驚喜的笑臉，她突然覺得自己的擔憂彷彿是個笑話，何必為了未知的恐懼來折磨自己與家人呢……

九月十二日那天，兆志兄弟三人與卓承淮請假回村。小黑是這次生日宴的主廚，他打算使出十二分的功夫，把這頓飯料理得色香味俱全。

一大早老陳頭就帶著老宅的人來了，眾人很有默契地沒帶兆毅。

李氏看到范氏那張喪臉就來氣，索性不去看她，只與孫氏、趙氏、林氏說話，這讓范氏更是憋屈，袖子一甩就要走。

玉荷看情況不對，急忙拉住范氏，朝她使眼色使得眼睛都要抽筋了，范氏才勉強忍住，氣呼呼地坐下。

大家都一頭霧水，玉荷這是轉了性了？李氏心想，到底是該說親的大姑娘了，多了些分寸。

其實這兩年陳家本要為玉荷說親，但是她有個腦子不清楚的娘跟八棍子打不出一個屁的爹，在外的風評實在不太好。唯一有出息的親戚就是玉芝家，可是兆毅害玉芝摔成重傷的事不知為何傳了出去，全村都知道陳家三房與二房不可能有什麼交集，因此家裡有適齡兒子的人家不願意沾上玉荷，一拖二拖的，導致她十六歲了還沒訂親。

范氏覺得自家閨女是天仙，早晚會嫁進有錢人家當少奶奶，陳忠貴則是萬事不管。至於玉荷，她心中有了卓承淮，對村裡那些黑驢蛋子似的男人們更是看不上眼。

二房一家不知天高地厚，愁壞了老陳頭。他背地裡到處打聽適合的對象，誰知人家一聽是二房，大部分都不樂意，急得他頭髮白了好幾根。

這次陳蘭梅也帶著家人來了，這幾年隨著陳家三房越過越好，陳蘭梅的態度也一變再變，現在大老遠地見到李氏，陳蘭梅的臉上就掛起笑容朝她走去。

錢花兒兩年前已經嫁了人，今日與爹娘一道來，身邊卻不見她的丈夫。李氏覺得有些奇怪，不過想到反正不關自家的事，也就沒管那麼多。

半晌的時候，兆志三兄弟與兆厲、卓承淮坐的馬車出現在門口，幾人從馬車上跳下來，意氣風發的少年們臉上掛著爽朗的笑容，一時間吸引了院子裡所有人的注意。

玉荷的眼睛一下子就黏在卓承淮身上，別說他的一顰一笑了，就是那被風微微吹亂的髮尾都撥動著她的心弦。

關注點同樣在卓承淮身上的還有錢花兒，那日她無意間聽到自家娘親說玉芝今日過大生日，她知道卓承淮必定會來，特地撒了個謊回娘家，與他們一起過來陳家。

正當錢花兒癡癡地望著卓承淮時，突然感覺到身邊有人也在看卓承淮，女人的第六感說起來真是可怕，下意識的，她覺得那人就是玉荷。

錢花兒猛然一轉頭，正好看到玉荷那來不及收回的目光，她的眼神瞬間變得銳利無比。

感受到錢花兒的視線，玉荷慌忙將眼睛從卓承淮身上移開，低下頭看著自己的新布鞋。

錢花兒內心無比憤恨，自己是沒指望嫁給卓承淮了，可是陳玉荷是什麼東西？不過是個自小就被她嫌棄的人！就憑她那些家人，竟然敢肖想卓承淮？錢花兒恨恨地瞪著玉荷，恨不得現在就把她趕走。

沒人發現她們兩人之間的詭異氣氛，今日陳家人都開開心心地幫玉芝過生日，幾個男孩子送的各種賀禮逗得大人們哈哈大笑。

兆志送了一本自己親自抄寫的書，裡面是他翻閱縣城所有他能找到的藏書中沒見過的食譜；兆亮送了一把親手雕刻的木梳，上面刻著玉芝的名字，雖然刀法有些稚嫩，但是一看就是用了十二分真心的；兆勇送了一件銷金花間羅裙，剛拿出來就吸引住在場所有女性的眼光，只見陽光底下的銷金就像跳舞的小精靈一般上下閃動。

李氏喜歡極了，忙催著玉芝快去換來看看，玉芝苦笑道：「娘，還有大堂哥與承淮哥呢！」

兆厲上前笑道：「大堂哥可沒有妳三哥那種生意頭腦，為了攢錢買這條裙子給妳，他可是把我們的肉乾與肉片全都高價賣了出去呢！來，這是大堂哥送妳的禮物。」說罷，遞出一個木製梳妝盒，邊角用雕花銅片包好，看起來十分精美。

玉芝接過來左看右看，抱在懷裡對兆厲道：「多謝大堂哥，我真的很喜歡！」

卓承淮笑道：「看妳這麼喜歡這個梳妝盒，怎麼能讓它空著呢？這是我送給芝芝的禮物。」

他從懷裡掏出一個小錦盒，打開之後玉芝的呼吸都屏住了。

只見雪白的緞子內襯上擺著一對金鑲玉的耳墜，閃爍著燦燦金光的耳環下面綴著兩、三朵半開的白玉蘭花，潔白的玉上泛著絲絲粉色，到花蕊處成了渾然天成的一朵朵小花，看著就讓人心生歡喜，而圍繞著幾朵蘭花的金絲就像調皮的葉梢一般，為這優雅的蘭花平添了幾分俏皮可愛。

大夥兒都被這精巧的耳墜震懾住了，這一看就值不少銀子！

玉芝下意識地推拒道：「這……這我不能要……太貴重了……」

卓承淮的表情僵住了，他收起笑對她說：「這是我要馮叔找大師傅特地為妳訂做的，若是妳不要那就只好扔了，因為這東西失去了存在的意義。」

玉芝嚇了一跳，她從不覺得卓承淮是個這麼強硬的人，怎麼今天會這樣？她頓時愣在原地，不知該說些什麼。

錢花兒與玉荷嫉妒得眼珠子都快掉出來了，見玉芝左右為難的樣子，錢花兒笑道：「小表妹若是喜歡就拿著唄，何必裝模作樣的。」說完還誇張地笑了笑，假裝自己在開玩笑。

兆志皺眉轉頭瞪了她一眼，錢花兒心頭一驚，止住了笑。一時之間屋裡沒人說話，而卓承淮還固執地伸著手，讓小錦盒停留在玉芝面前。

玉芝猶豫了一會兒，看到卓承淮認真的模樣，怕他真的會扔掉那耳墜，於是接過來道：

「謝謝承淮哥。」

卓承淮見玉芝接受才又笑著說：「謝什麼，在我心裡妳與我妹妹是一樣的。」

李氏見氣氛緩和下來，忙對玉芝道：「芝芝，既然妳三哥和承淮送的東西都這麼好看，妳不如去換上，讓娘瞧瞧！」

在李氏的攛掇和哥哥們的起鬨下，玉芝羞澀地回房間裝扮去了。接著陳忠繁宣布開席，一盤盤老陳家人基本上沒見過的菜端了上來，讓一群人看得眼都直了。

當玉芝換上羅裙、戴著耳墜出來的時候，連埋頭苦吃的范氏都不自覺地停下了筷子。十歲的姑娘已經有了幾分少女的風姿，這幾年日子過得好，玉芝身高竄了一大截，束腰的羅裙越發顯得她腰肢纖細；圓圓的臉上一雙靈動的大眼睛顧盼生輝，似是含著笑容在說話一般；耳畔的金鑲玉耳墜隨著玉芝行走的動作微微晃動，映著耀眼的陽光，好似一抹碎金。

小少女玉芝獲得全家人的驚豔與誇讚，羞紅的臉蛋掛著靦覥的笑容，越發有幾分大姑娘的樣子。

玉荷則是死命地咬緊唇、掐住手，才忍住上前把那耳墜拽下來的衝動。

一頓飯吃完，卓承淮因方才敬了陳家人好幾杯酒，覺得頭有些暈，遂告知長輩一聲出了廳堂，站在前、後院交接處一棵無人的樹下醒酒。

他閉著眼睛微揚著頭靠在樹幹上，呼吸間散發著陣陣酒氣。

藉口跟出來的錢花兒看到這一幕，一顆心差點蹦了出來，她撫著自己的胸口，讓心慢慢平靜下來，輕步走近卓承淮問道：「卓少爺可是喝多了？」

被驚擾的卓承淮嚇了一跳，他站直身子肅著臉道：「已經好多了，若是沒事，我先回房歇息了。」說罷也不管錢花兒，轉身就要進後院。

錢花兒心裡一急，拉住卓承淮的袖子道：「卓少爺不好奇為何玉芝這麼多年不過生日嗎？」

卓承淮用力抽出自己的衣袖，皺著眉道：「不好奇，告辭。」接著邁開步子就要進後院。

錢花兒慌忙朝著他的背影喊道：「是二房的兆毅推了玉芝，讓她摔得滿頭血失憶了，玉荷和二舅母還與三舅母大鬧一場，氣得三舅母差點與二房斷了親！」

卓承淮愣在原地，他都知道了，她跑來對他說這些做什麼？難道還有什麼他不知道的事？

見卓承淮停下腳步，錢花兒欣喜若狂，剛要張嘴卻突然聽到一聲號叫，接著一個人影衝過來直接撞倒她，伸手就要抓她的臉。

錢花兒下意識地護住臉，結果手背上瞬間出現一道道的血痕，錢花兒疼得倒抽一口氣，用力甩開那個人的手，看到了玉荷幾近癲狂的臉！

真是新仇舊恨湧上心頭，錢花兒看了看自己受傷的手與明顯被嚇到的卓承淮，內心的怨氣與怒氣再也壓抑不住，一把推開玉荷，翻身坐到她身上，左右開弓對她甩起了耳光。

玉荷自小沒做過什麼活，力氣也不如錢花兒大，被搧了幾巴掌後頭都暈了，只能胡亂揮舞著雙手，卻恰好打到錢花兒的眼睛。

這下讓錢花兒的眼淚不自覺地流了下來，她下手越發狠毒，專往玉荷的軟肉上掐，弄得玉荷大聲亂叫。

吵鬧聲與尖叫聲驚動了廳房裡的眾人，一家人慌忙跑出來看看到底發生了什麼事，發現玉荷與錢花兒在地上打滾，全都呆住了。

第一個反應過來的人是范氏，她看到玉荷被錢花兒壓在地上掐，不管不顧地衝上去把錢花兒推倒。

錢花兒冷不防被推到了地上，她剛爬起來要反擊，就聽見陳忠繁暴喝一句。「誰敢再動就滾出去！」

一句話讓三個女人定在原地，玉荷此時才從被打的噩夢中緩過來，她見自己今日特地穿的新衣裳、新鞋子已經不成樣子，又看了面無表情的卓承淮一眼，忍不住悲從中來，爬起來哭著往自家跑去。

范氏急忙去追玉荷，陳蘭梅和錢大柱也趕緊上前扶起錢花兒，看到女兒全是血痕的手背，他們心疼得直吸氣。

三房一家的神色難看得很，老陳頭掏出煙袋鍋子吞雲吐霧起來，煙霧模糊了他與孫氏的表情，不知兩人在想些什麼。

陳蘭梅見無人上前關心錢花兒，不禁一陣惱怒，強忍著脾氣對李氏道：「三弟妹幫忙找件衣裳給花兒換上吧！這個樣子走回家怕是不太好。」

李氏一張臉黑得像墨汁，她在心底不停責罵自己，為何要聽陳忠繁的話請這些糊塗人來?!

她忍不住開口道：「大姊莫急，我先問問花兒，為何在玉芝大喜的日子與玉荷在我家鬧成這樣？新屋上梁她哭，玉芝生日她鬧，這是跟我家八字不合還是怎的?!」

陳忠繁也十分自責，媳婦本來就說自家人帶著卓承淮一起吃頓飯就行，是他想藉著玉芝大生日請全家人來聚一聚，也為玉芝多攢點福氣，萬萬沒想到這兩個姑娘癩狗扶不上牆，竟然在自家打了起來！

只見他哭喪著臉低著嗓子道：「孩子他娘，妳去為花兒找件衣裳吧！大姊，日後妳若是想來我家，就別再帶著花兒，否則就別來了！」

李氏雖然一肚子火，但是她在眾人面前還是顧全了陳忠繁的面子，「哼」了一聲轉頭進屋去拿衣裳了。

陳蘭梅被陳忠繁突如其來的斥責嚇到了，一時之間竟不知該說什麼，還是錢大柱上前拉了拉她的袖子，她才反應過來。

她心慌意亂，若是就這麼離開了，日後還怎麼登三房的門？她猛然一屁股坐到地上哭喊道：「我苦命的娘啊！您怎麼走得這麼早？我帶大了幾個兄弟，萬萬沒想到現在人家連門都不讓我進了！娘啊！若是您還活著，我哪裡會受這種苦啊？我的娘！」

孫氏的臉色迅速轉黑，當著她的面哭娘，是覺得她好欺負？

她甩開想拉住她的老陳頭，衝到陳蘭梅面前罵道：「一家子倒楣蛋天天來我三兒子家觸霉頭！若是大姊看見了，還能讓妳這遭瘟的閨女來哭自家兒子跟孫女的喪？帶著妳這倒楣閨女一起滾，以後老宅也別上了！老娘養了妳幾年把妳嫁出去，還做不得這個主了?!」

老陳頭放下煙袋鍋子嘆了口氣，看著還坐在地上張大著嘴的陳蘭梅，又看了站在錢大柱旁邊哭哭啼啼的錢花兒一眼，說道：「蘭梅，今日妳帶著他們回去吧！日後……若是有事再說吧！」

第五十一章　炙手可熱

孫氏十分不滿，回頭直瞪老陳頭，老陳頭卻視而不見，畢竟陳蘭梅是自己唯一的親閨女，難道還真的不讓她上門了？只盼著鬧了這一齣以後她能看明白點，日後少出些狀況吧！

李氏拿了衣裳出來發現院子裡安靜得詭異，她也不管他們說了什麼，直接把衣裳扔到錢花兒身上。

陳忠繁開口道：「花兒，換上衣服就趕緊走吧！妳今日做得實在太過，我家玉芝的大生日都被你們毀了！」

錢花兒聞言又哭了起來，陳忠繁看也不看她，拉著李氏就往廳房去，陳忠華與林氏對視一眼，也帶著孩子們跟著陳忠繁走了。

老陳頭轉身剛想離開，就聽到錢花兒千迴百轉地叫了一聲。「卓少爺……」那語氣彷彿摻了蜜糖一般，又委屈、又黏糊。

一聽這三個字，老陳頭就想通這兩個孫女到底為何打起來了。他轉過身用犀利的眼神瞪著錢花兒與陳蘭梅，不容置疑地說道：「日後若是沒事，你們就別來了。」

陳蘭梅剛站起來，又被老陳頭來了這麼一句，一頭霧水，不由得高聲叫道：「爹！」

老陳頭沒搭理她，死死盯著錢花兒道：「別再來妳三舅家了。」

錢花兒被看得一哆嗦，往錢大柱與陳蘭梅身後躲了躲，卻怎麼樣也避不開老陳頭的目光。

見錢花兒不吭聲，老陳頭看了看身邊的幾個孫子道：「兆志、兆亮、兆勇，把你們娘的衣裳拿回來，趕他們一家三口出去，我看她也不要臉了，咱們何苦替她遮掩！」

兆亮跟兆勇早就忍不住了，聽老陳頭一聲令下，兆亮忙上前道：「大姑母，走吧！莫要我們動手，那就難看了。」

陳蘭梅和錢大柱完全不知道發生了什麼事，見兩個半大小子就這麼走上前來，不禁有些緊張，錢大柱道：「岳父，有什麼事咱們慢慢說，都是自家人，何必弄得這麼……」

老陳頭嗤笑一聲道：「我也不想弄得這麼難看，回頭你們問問自家的好閨女吧！好了，快把他們趕走！」

兆志也動了起來，他緩步走到錢家人面前，笑了笑道：「大姑母、大姑父，兩位表弟今日是去學堂唸書了吧……」

錢大柱一凜，用審視的目光看了兆志一眼，看見他眉目含笑卻表情清冷，不由得一顫，拉了陳蘭梅一把，低聲道：「我們走。」

李氏在廳堂見他們出了大門才又來到出事的地方，看著被錢花兒撇在地上的衣裳，嘆口氣道：「這衣裳不要了，兆勇，待會兒替娘扔得遠遠地去！」

老陳頭見今日這事鬧成這樣也有些頭疼，唉聲嘆氣地帶著孫氏與四房回了老宅。

玉芝兩隻手各挽著陳忠繁與李氏的胳膊道：「現在總算只剩咱們一家人了，走吧！給我過生日去！」

李氏看著懂事的女兒，差點流下眼淚，她強忍著情緒說道：「對，方才不算，現下咱們一家人一塊兒過生日才算！」

幾個男人都附和著，氣氛瞬間好了許多，一家人開開心心地回了廳堂。

小黑適時端上了幾樣冷盤與點心，還溫了一壺黃酒。幾個孩子使出渾身解數哄李氏，好不容易讓她展開了笑臉。

又熱鬧了一陣子之後，李氏突然問道：「方才承淮也在旁邊？她倆到底是怎麼回事？」

卓承淮自己也不清楚，於是他把他在樹下散酒氣到陳家人趕來這段過程仔細描述了一遍，說道：「其實我現在還有點暈……」

三房一家人的眼神都有些意味深長，左右上下打量著卓承淮，玉芝更是笑了出來——這呆子！

卓承淮被陳家人看得手足無措，加上酒氣未散，他的臉龐泛出了一抹潮紅。

玉芝嘖嘖道：「真美，怪不得……嘿嘿……」

兆亮與兆勇也跟著「嘿嘿」兩聲表達附和之意。

李氏瞪了她一眼道：「怎麼這樣說話呢！」說著轉頭看了卓承淮兩眼，浮現出曖昧的笑容道：「承淮，你舅舅沒跟你提起親事？」

卓承淮真的要被陳家人嚇壞了，方才不還氣得很嗎？怎麼突然一個個變得這麼的……嚇人啊……

他吞了吞口水答道：「沒……我舅舅說要等我考上舉人再談親事……」

李氏拖著嗓子「哦」了一聲，卓承淮更是坐立難安了，猛然站起來拱手道：「我尚有些酒意，就不在這兒坐著，先回屋歇息了！」

說罷也不待陳家人答應就轉身快步離去，片刻工夫就不見了人影。陳家人看著他落荒而逃的背影哈哈大笑，一掃之前的鬱悶。

玉芝突然想起另一件事，轉頭對兆志道：「大哥，方才你說錢家兩個表哥在上學堂是什麼意思？難道你已經厲害到能威脅到別人的功名了？」

兆志無辜地眨眨眼道：「我只是提醒大姑母和大姑父兩個表弟去上學堂，還等著他們回家吃飯，讓他們早些走而已。也不知道大姑父為何大驚失色，趕緊帶著妻女回去了，可能是擔心兩位表弟餓著吧？」

玉芝看著他一臉認真地胡說八道，笑得差點滑到地上，自家的哥哥真不是個好人！

陳忠繁和李氏也笑得快喘不過氣，只能伸出手指點了點滿臉「純真」的兆志，又點了點玉芝，心道自己這兩個老實人是怎麼生出這麼些小狼崽子的。

玉芝對自己的生日宴總體還算滿意，雖說有些插曲，但是瑕不掩瑜，幾個哥哥送的禮物她都十分喜歡，一一放進陳忠繁專門為她打的小炕櫃中。待看到自己耳朵上搖晃的耳墜時，她不由得嘆了口氣，小心地摘下來，放進兆厲送的梳妝盒裡。

過了十歲的玉芝慢慢抽個兒，晚上經常腿抽筋到疼醒，李氏開始日日為她燉骨頭湯，甚至託熊大壯走商的時候，從海港帶乾蝦米和魚乾回來好燉豆腐給玉芝吃。

玉芝的胸口也開始隱隱作痛，雖說上輩子也有過這一遭，但是那已經離她很遙遠了。玉芝看著胸前的小核桃忍不住苦笑，日日駝著背，生怕不小心碰到哪裡就鑽心地疼。

陳家的乾貨生意漸漸打響名號，越來越多跑商當家採買陳家的肉乾、肉片與乾麵、泡麵、煎餅，雖說有別家做這些東西，但是陳家的味道最好，麵類的保存時間也最長。

最重要的是陳家與泰興樓合作了！他們把這些乾食運到泰興樓各個分店，只要在山東道，基本上都能買得到，提前去泰興樓訂好貨，過兩個月再去取就好，大大提升了當家們囤貨的速度。對當家們來說，多省一天就能多跑一個地方、多掙一份錢，自然倚重這個機制。

三年之間，陳忠繁家徹底改頭換面，再也不是那個守著小鋪子過活的小東家。王德允幾乎一年到頭忙著為他們買鋪子、買地、買房子，範圍遍布鎮上、縣城、府城，他們可算是小有產業的地主階級了。

趙家如今專門提供陳家米糧，逐漸成為鎮上第一大糧油鋪子，完全擺脫了于掌櫃的控制。韓三娘帶著兒媳婦們找到陳忠富與于三娘的家，狠狠地搧了于三娘一巴掌，出了一口憋在心底多年的惡氣，氣得于掌櫃與于夫人摔了一套茶具，卻對韓三娘無可奈何。

十三歲的玉芝已經是個嬌俏少女，晶瑩如玉的肌膚上幾乎看不到任何毛孔，粉嫩的臉上嵌著的一雙美目猶如一泓清水，顧盼之間惹人憐愛，微嘟的紅唇透出幾分稚氣，說不盡的溫柔可人。

鋪子裡的熟客都知道陳家有個美嬌娘長大成人了，不少人想要求親，但是還在觀望，畢竟今年陳家有一大批男孩要去府城考鄉試了。

兆厲、兆志和卓承淮是奔著舉人去的，兆亮跟兆勇則是去湊熱鬧的，畢竟跟著哥哥們一起上場考試是種特別的回憶。

兩年前兆厲就與羅盈娘成了親，羅盈娘對兆厲學問上的幫助可謂不小，小倆口吟詩作對、談論時事，趙氏雖然聽不懂但是看著就歡喜，每日為他們做宵夜進補。這次兆厲提前出門準備考試，已懷孕將近四個月的羅盈娘就在家等他，趙氏拍胸脯保證會照顧好羅盈娘，讓兆厲放心應考。

李氏看到羅盈娘還不顯懷的肚子，眼睛都發光了，暗暗下了決心，這次不管兆志考得如何，都得給他說門親事。她那幾個兒子年紀都到了，卻死拖著不成親，可把她愁壞了！

意氣風發的書生們踏上了追求前程的道路，這一去就是一個月，雖說府城有單家接應，他們什麼也不用擔心，但是趙氏和李氏還是相攜去上了好幾次香，求菩薩保佑孩子們一切順利。

八月初八，幾個人進了貢院做準備，初九就要開始為期九天的秋闈。李氏不出意料地開始摔碗了，玉芝無奈地拉著她道：「娘何必擔心，咱們這麼多哥哥去考呢！混也能混上幾個嘛。」

李氏白眼都要翻上天了，在她心裡，哪怕玉芝外表再清麗，說起話來還是那個不可靠的小女孩，她斥道：「什麼叫混?!妳幾個哥哥苦讀多年才去鄉試，卻被妳說得像是去碰運氣般。」

玉芝吐吐舌頭，撒嬌道：「我這不是擔心娘嗎，娘也說哥哥們苦讀多年，付出總有回報，娘要相信他們呀！」

看著女兒嬌俏可愛的臉龐，李氏真是生不了氣，她拍拍她的肩膀嘆道：「罷了，我還是找妳大伯母去向菩薩上香吧！」

玉芝心想：這三年也不見妳們去上香，快考試了就日日去，這不是典型的臨時抱佛腳嗎？

不過玉芝不敢當面對李氏這麼說，只在背後說給陳忠繁聽，沒想到陳忠繁卻認真道：「芝芝不能這麼說，被菩薩知道了可是要怪罪的，快呸呸，童言無忌！」

玉芝被迫「呸」了幾下，對這群走火入魔的家長們是不抱任何希望了。

一家人心裡七上八下、忐忑不安的，終於等到了放榜的時候，來報喜的是上次那兩個差役，兩人這回熟門熟路地先去鎮上陳家食鋪門口喊道：「陳東家有喜，趕緊回村等我兄弟兩人讀喜報吧！」

說罷也不管身後的人有什麼反應，駕著馬就一路往駝山村疾馳。

正在鋪子裡吃飯的人們一陣譁然，陳忠繁聽到聲音跑出來的時候正巧看到了馬尾巴最後一絲殘影，他忙拽住代替小瑞留在鋪子裡的小木問：「方才是誰來了？出了何事？」

小木沒來得及回答，一群吃飯的客人們就你一句、我一句地嚷了起來。

「陳東家快回村吧！你家秀才老爺考上舉人了！」

「是呀！趕快回去吧！」

陳忠繁歡喜得快要瘋了，站在那裡直喘粗氣，好半天才轉頭往後院跑，對在後廚幫忙的李氏和玉芝大叫。「孩子們中了！快回村！」

李氏連圍裙都來不及脫，猛然站起來道：「中了？誰中了？」

陳忠繁也一頭霧水，只回道：「反正有孩子中了，趕緊回去，報喜的差爺已經去村子裡了！」

玉芝也催促道：「對對對，快回去看看！」

此時小木已經套好馬車，陳家三口上了馬車就往駝山村趕。

老陳家已經被擠得水洩不通了，按理說，三房的喜報應該送去他們那邊，可是三房的人常年白日不在家，去了也進不了門，只能先來老陳家等著。

直到三房人擠進院子之後，兩個差役才清了清嗓子開始宣讀喜報。領頭的差役讀之前還看了趙氏一眼，見一個婦人扶著她，而且趙氏的神情比上次放鬆多了，這才放心地大聲讀了起來。「青山鎮駝山村陳兆厲，宣政四年高中鄉試第三十七名！」

趙氏這次差點又要暈倒，可是想到身邊的兒媳婦身懷六甲，她才咬牙站在那裡，只是眼淚不受控制地流了下來。羅盈娘也微微發抖，為了肚子裡的孩子，她強忍住眼淚，卻是一句話也說不出來。

差役見兩人沒有暈過去，不由得鬆了口氣，他上前把喜報遞給趙氏，然後回到原地又掏出一份喜報唸道：「青山鎮駝山村陳兆志，宣政四年高中鄉試第四十三名！」

這下子村裡的人真的是深受震撼，一門雙舉人，陳家日後是真的要做耕讀世家了。

李氏到底是經歷過兒子們秀才喜報洗禮的人，在得知這麼一個大喜訊以後，還有心思問差役。「煩問差爺，我家還有別的孩子中嗎？卓承淮呢？」

這差役也是個精明人，早早就把陳家孩子們的名字打探好了，見李氏發問，他回答道：「兩位小公子並未高中舉人，但是陳兆勇公子考了第一百零一名，與桂榜相差一名，陳兆亮公子則考了一百七十八名。此次赴考秀才共八百三十人，兩位公子再苦讀三年，定會高中。至於卓公子，此次高中桂榜第二十六名！」

玉芝知道二哥與三哥的名次時竟然有種想笑的衝動，誰讓自家三哥這麼逗，上次吊車尾，這次卻是擦肩而過。幸好他們只是上場體驗，若是真心去考試，只怕會感到鬱悶。

陳忠繁和李氏知道卓承淮也考中了，放下心來。駝山村自然又是一番歡騰，陳忠繁塞給報喜的差役喜錢後，就把他們送出駝山村。

兩人一出村，馬上就從懷裡掏出荷包，年輕差役道：「哥，我掂量著怎麼才二兩銀子左右呢？」

那領頭的差役也在嘀咕，誰知打開荷包拿出來一看，裡面竟然是個二兩的小金元寶，這可是二十兩銀子呀！

他們嚇得話都說不出來，飛快地把荷包塞進懷裡，對視好幾眼，一切盡在不言中。

兆厲和兆志高中舉人的事，當日下晌就傳遍了青山鎮，甚至連兆亮與兆勇下回必中的話也傳了開來，一時之間陳家鋪子裡萬頭攢動……都是媒人。陳家現在可是鎮上最香的香餑餑了，家裡三個兒子與一個女兒全都是結親的好年紀！

陳忠繁與李氏疲於應付，乾脆躲到村裡。誰知在村裡也不得安寧，這日趙氏就上了三房的門。

李氏迎接趙氏進來時不禁有些納悶，現在家裡都在為孩子們回來做準備，正是忙碌的時候，為何自家大嫂此刻來了？

雙方坐下之後，趙氏咳了咳，有些不好意思地說道：「三弟妹，玉芝今年十三歲了，妳有沒有早點為她說親的打算？」

李氏猶豫道：「我就這麼一個閨女，不想讓她太早出嫁，可是十三歲相看起來也行，可不能讓這個閨女像她哥哥們一般，隨隨便便就拖到現在！」

趙氏鬆了口氣，說道：「實不相瞞，今日我來，是因為有人託我來為玉芝說親。」

李氏好奇地問道：「是誰家？孩子怎麼樣？」

趙氏娓娓道來。「是我娘家的遠親，家裡有百畝良田，在縣城開了一間小酒樓，生意雖說沒泰興樓那麼好，但人氣也是挺旺的，這些年攢下了幾分家底。他們有兩個女兒跟一個兒子，兩個女兒早已出嫁，一個兒子今年十五歲，自小讀書，今年剛中了秀才。這孩子十二、三歲時我見過一面，看起來眉清目秀、斯文秀氣。

「如今十五歲中了秀才，也是前途無量，他家琢磨著為他說親，就惦記上了咱們家玉芝。玉芝精明能幹、人美嘴甜，現在又有哥哥中了舉，他們也知道自家有些高攀了，讓我來探探口風。他們是說，若是能求到玉芝，他們定把她當成親女兒看待，這點請三弟妹放心，我娘家這親戚能做這麼多年買賣，也是靠著心善才堅持下來的。」

李氏想了想，覺得這個孩子條件還真是不錯，與玉芝年齡相仿又中秀才的人本來就不多，沒訂親的更少了，若是這家人真的像趙氏說的那樣，那相看、相看也成。

於是李氏對趙氏道：「大嫂也知道玉芝是我家唯一的女兒，這件事我自己做不了主，還得與她爹和她哥哥們商量一下，待咱們忙完這段再議。」

第五十二章　表明心跡

當陳家幾兄弟參加完鹿鳴宴從府城回來後，陳家在駝山村擺了十日流水席，熱鬧程度震驚了青山鎮。一時之間陳家來來往往的人絡繹不絕，李氏忙得根本沒時間提起趙氏說的事。

忙完這陣子，兆志閉門謝客幾日，說是要好好歇歇，大夥兒都很體貼，這兩日都很有自覺地不上門。卓承淮在單家應酬得臉都要僵了，終於能抽空跑到陳家來喘口氣。

這日夜裡，趁玉芝準備去睡覺，李氏把家裡的男人們都叫到廳堂來，悄悄說起了趙氏說親的事情。

「……我琢磨著這孩子聽起來條件還不錯，家裡離得近也不怕芝芝受欺負，若是還成，咱們就讓兆志和承淮託人在縣城打聽、打聽？」

此時卓承淮剛端起茶杯的手一抖，整杯熱茶灑了出來，燙得他一哆嗦。

李氏急忙上前掏出帕子為他擦拭，一邊擦、一邊念叨。「你這孩子多大了，喝個茶還能灑出來，快去後面換件衣裳。」

卓承淮木木然地站了起來，不知道自己在想些什麼，只憑著本能道：「怕是這幾日太累了，我先去歇歇吧！」

李氏一陣心疼，拍拍他的肩膀道：「快去，乾脆洗個澡歇下吧！咱們明日再好好說話。」

說著，她又轉頭對著三個兒子說道：「是娘不好，你們回來忙了這麼久，剛停下來娘就馬上尋你們說事，都去歇著吧！咱們再找時間商量。」

兆志幾人看到李氏嚴肅的臉龐，一句拒絕的話也說不出口，只能結伴離開廳堂。

路上兄弟幾個小聲議論著玉芝的親事可不可行，兆志注意到卓承淮不同以往的沈默，納悶地問道：「承淮，你是太累了嗎？」

卓承淮胡亂點頭道：「是，太累了，我現在就想著趕緊去睡一覺，其他事我們明日再說吧！」

陳家三兄弟見狀點了點頭，各自回房歇息。

卓承淮一進房間就反手關上門站在原地，不去點燈也不梳洗，月光透過窗紙模糊地投射進來，讓他的臉在黑暗中若隱若現，透著一股說不出的頹廢與迷茫。

他不知道為何自己方才聽到李氏要為玉芝說親就心亂如麻，也根本不想聽那個少年有多好、多適合玉芝。

當時他的腦海裡全是玉芝的笑臉，溫柔的、俏皮的、狡黠的、害羞的……一張張笑臉在他的腦子裡亂飛，他突然覺得自己有些認不出這個他認識了七年的女孩的臉。

沈靜的黑夜中，卓承淮待在原地小半個時辰，思考了許久，最終長嘆一口氣。

自己是什麼時候喜歡上玉芝的，是她在人群中解救他的時候？是她一邊嘮叨、一邊為他準備帶回縣學的東西時？是她認真咬著下唇，在他的指導下練字的時候？還是這些點點滴滴匯集在一起，在他心裡凝聚成一個會笑、會哭、會鬧、會抱怨、會安慰人的玉芝時？

邁開站得僵硬的腿，卓承淮緩緩走到桌前點上油燈，舞動的火苗彷彿他的心一般上下跳動。他盯著火苗看了一會兒，神色越發堅定，既然知道了自己的心意——玉芝，他是絕不會放手的！

他不願讓玉芝背負私相授受的名聲，決定先向陳忠繁和李氏說清楚，得到他們的許可再去詢問玉芝。

卓承淮的臉上揚起了肆意的笑容，竟然有些期待起明日來。

第二日所有人都窩在家歇息，卓承淮抓準玉芝在灶房忙碌的時候進了廳堂，陳忠繁和李氏與兆志三兄弟都在，兆志見他進來了，笑著問道：「好些了沒？睡了一覺沒那麼累了吧？」

卓承淮看起來精神抖擻的樣子，他沒回答兆志，而是上前對陳忠繁和李氏行了個標準的九十度大禮，這可把夫妻倆嚇了一跳，陳忠繁道：「承淮，你這是怎麼了？」

只見卓承淮有些羞澀地開口道：「昨日嬸嬸說要為芝芝說親，我……回去想了一夜，我想求娶芝芝！」

這句話不啻在陳家人面前放了一千響爆竹，幾人被炸得愣在當場——卓承淮與玉芝？

一片鴉雀無聲之中，兆志先回過神來道：「你不是總說把芝芝當親妹妹嗎？」

卓承淮轉身認真地對兆志道：「在我不明白自己的心意之前，我一直以為自己對芝芝不過是兄妹之情。曾經我也想像哥哥一樣好好保護她，讓她一生無憂無慮，但是我從來沒想過芝芝會嫁人，會有另一個男人取代我，成為除了家人之外她最親近的男人。

「直到昨日嬸嬸說要為芝芝說親，我才發現我竟無法接受有這麼一個男人。若是芝芝帶著她的丈夫出現在我面前笑著叫我哥哥，我無法想像自己會做出什麼事，哪怕只是描繪那個畫面，我都覺得自己的心就要不受控制了……」

說到這裡，卓承淮眼眶微微泛紅，哽咽道：「我知道今日這番話說得唐突了，本該回去找舅舅來向你們提親的，但是我怕……我怕我若是不先說，待我回來的時候芝芝已經訂親了！」

李氏本就喜歡卓承淮，見他這樣有些不忍，柔柔開口道：「在你說之前，咱們確實沒想過你與芝芝……既然你說了，縣城那邊就緩一緩。承淮，你先讓我們好好商量一下好嗎？」

見陳忠繁和兆志三兄弟的眼神浮現出些許不善，卓承淮苦笑了一下，拱手道：「這是自然，今日我就不來廳堂吃晌飯了，讓芝芝……」

陳家幾個男人一起道：「嗯？」

卓承淮小吸一口氣，改口道：「……我自己去灶房拿？」

陳家幾個男人齊齊翻了白眼，只要玉芝在家，灶房就是她的天下，他現在還想去灶房？想得美！

第二條路失敗了，卓承淮只得低頭道：「……隨便讓誰幫我送去房間裡吧！」

他們這才稍稍滿意地冷哼了一聲，引得卓承淮暗暗感嘆岳父與大、小舅子都不是省油的燈，若是想娶玉芝，這條路可真是道阻且艱呀……

待卓承淮回到後院，李氏率先開口道：「承淮這孩子也算是我們看著長大的，雖說大了玉芝四歲，但是年紀大一點知道怎麼疼人，其他方面也沒什麼可挑剔的。唯一不好的就是他那個爹和後娘，日後芝芝嫁過去會不會受委屈？」

陳忠繁罕見地喝斥李氏道：「怎麼就說到嫁過去了?!咱們還沒同意呢！」

李氏想了想，也覺得自己這樣說不適合，瞅了陳忠繁一眼沒說話。

五個人真的不知道該說什麼，自己當兒子、當兄弟的人竟然想娶自己的女兒、妹妹，這……還是得緩緩……

玉芝做好了飯菜，開心地跑到廳堂道：「都做好啦，今日咱們吃清燉獅子頭，昨日我就一小碗、一小碗地燜上了，都快十二個時辰了，香得不得了！」

陳忠繁看了玉芝一眼，覺得從小寶貝到大的女兒就要被卓承淮那個臭小子搶走了……他忍住想哭的衝動，說道：「這幾日太累了，妳哥哥們在商量待會兒吃了飯就去休息呢！」

玉芝贊同地點點頭道：「的確，這幾日哥哥們真的很累，那咱們早點吃午飯吧！」

環顧四周一圈後，玉芝沒看到卓承淮，順口問道：「承淮哥呢？他怎麼沒出來吃飯？」

兆亮咬牙切齒道：「他太累了，今日就不出來吃午飯了！」

玉芝一聽卓承淮累到無法吃飯的地步了，擔心地說道：「會不會是生病了？我去看看，順便送飯給他。」說罷，轉身就要去灶房端飯菜。

兆志急忙站起來攔住她道：「承淮正在睡覺，等我們吃完回房的時候帶給他就好了，省得妳跑一趟。」

玉芝見自家大哥這麼說也不堅持，喊上兆勇一起去灶房端菜，一臉不痛快的兆勇不得不擠出笑來，陪著妹妹離開廳堂。

一家人面無表情、味同嚼蠟地吃著香噴噴的獅子頭，看得玉芝直皺眉，到底發生什麼她不知道的事情了？她決定待會兒堵住幾個哥哥好好問問！

誰知剛吃完飯，李氏就拉著她一起收拾碗筷，兆志三兄弟乘機去灶房裝了卓承淮的飯，飛快地溜回後院，待玉芝把碗筷都拿到灶房的時候，早就不見他們的人影了。

玉芝不由得對李氏說道：「娘，我怎麼覺得今日家裡的人都怪怪的，到底出了什麼事？」

看著懵懂的玉芝，李氏的眼眶熱了起來，她伸手緩緩撫摸了玉芝的頭頂道：「娘的芝芝長大了，到了該說親的時候了……」

玉芝萬萬沒想到李氏會說這個，她一張臉羞得通紅，強裝鎮定道：「我還小呢！娘這麼早就想把我趕出去嗎？」

李氏差點被女兒嬌嗔的語氣逗得流下眼淚，摸著她頭頂的手順勢滑下來拍了她的肩膀一下，說道：「淨說胡話！十三、四歲為妳相看，十五、六歲訂親，十六、七歲嫁人，這不是剛剛好嗎？不早早選定，到時候適合的對象都被別的閨女挑走了，看妳哭不哭！」

玉芝到底多活一世，不似這個年紀的少女那般不敢開口，她說道：「我不管，反正若是真要我成親，必定要選個我喜歡的，娘可別擅自替我訂親，若是我沒見過、不喜歡的，我可不嫁！」

李氏點點頭道：「這是自然，若是妳不喜歡，妳爹娘與三個哥哥也不會讓妳嫁，妳就安心等著相看吧！」

不管玉芝的內心再怎麼成熟，說起這個話題還是有點受不了，她「哼」了一聲就跑回自己的房間。

看著女兒跑遠的背影，李氏低頭抹了抹眼角的淚水。

玉芝回到房裡關上門，臉上的羞色瞬間褪得乾乾淨淨。剛開始李氏說這件事的時候，她確實有些驚慌害羞，但是後面她就想通了。看來自己在這個世界勢必要嫁人，如此一來嫁個什麼樣的人就很重要，若對方是個處處管著自己、抱持古代大男人主義的人，她怕是會發瘋吧?!

此時玉芝想起前世的男朋友，卻怎麼也記不起他的臉了。曾經以為會一輩子相伴到老的人卻抵不過韶光荏苒，從何時起，午夜夢迴中想起的只有自己的父母，而他的身影卻漸漸變淡了呢？

玉芝苦笑，難道自己就是這麼冷心冷情的人？

她來到這個世界已經八年了，他怕是早就已經娶妻生子了吧？其實自己早就明白回不去了，是時候放下那一絲執念，安安心心陪在爹娘與哥哥們身邊好好過日子了。

想通了的玉芝揉了揉臉，吐出一口濁氣，緩緩躺在床上，不知不覺睡了過去。

此時的卓承淮正食不下咽地面對盯著他吃飯的兆志三兄弟。

他剛想放下筷子，兆勇就「嗯」了一聲道：「這可是芝芝燉了十二個時辰的獅子頭，怎麼，你覺得不好吃？」

卓承淮愣了一下，還是放下了筷子，抽出帕子擦擦嘴，笑著對兆勇道：「既然是芝芝精心準備的，自然是最好的，我要留著慢慢品嚐，總不能讓芝芝每日都這麼勞累吧？」

兆志三兄弟齊齊翻白眼道：「油嘴滑舌！」

見卓承淮笑得雲淡風輕，兆志有些不高興了，憑什麼他一番話把家裡攪得天翻地覆的，自己卻還這麼淡定！

看著他，兆志開口道：「若是我們拒絕你，想必你也知道原因，我只想問問你有沒有解決的辦法？」

卓承淮止住笑容，認真道：「說實話，如果我說什麼『沒報完仇不娶玉芝』，你們怕是不會相信。我與舅舅本就打算等我考上進士之後再報仇，至於其他的……有些話我想在叔叔與嬸嬸在場時說清楚。」

兆志瞥了他一眼，要兆勇去尋陳忠繁與李氏過來，待人到齊了，卓承淮起身站在中央，對陳忠繁與李氏行禮道：「這麼多年來，我從未對你們提過自家的事，怕是叔叔跟嬸嬸心中多有思量，今日既然我有意求娶玉芝，當然要向你們說清楚。」

卓承淮微低頭，看著一步之外的地磚娓娓道來。「你們家的月蛻……舅舅花了大筆金錢攀上了禮部右侍郎，怕是最遲明年就要成為貢品了，一旦成為貢品，舅舅就會躍升為皇商，地位不可同日而語。我自幼讀書，只要中了二甲，舅舅就會費盡心力讓我留京，只有做京官，才有快速往上爬的希望。

「我父親那續弦夫人的父親是汝州通判，只有我做了京官，才能暗地調查他們的罪名。幸而這些年他做了不少糊塗事，哪怕上下打點了也未能升官，只是保住原職罷了。我那個爹……現在怕是後悔著呢！岳父不動他自然也動不起來，過了這麼多年了，還坐在他郟縣縣令的位置上。」

陳忠繁與李氏哪裡分得清這州那縣的，只聽到了滿耳的右侍郎、通判、縣令等一系列官名，那個世界離他們實在太過遙遠。

沈思過後，陳忠繁開口道：「承淮，你是個好孩子，但是家裡……我們只想為芝芝找個安安穩穩的婆家，不求大富大貴，只要夫妻恩愛、公婆和睦就成了。」

卓承淮當然聽懂了陳忠繁話裡的未竟之意，他抬起頭看著他與李氏道：「我知道叔叔、嬸嬸的擔憂，本來我打算三年後再去參加會試，這樣把握會來得大一些，如今……我準備明年三月就去參加這一科會試，只求叔叔、嬸嬸這一年莫要為芝芝說親可好？」

兆志最是明白他這個決定有多麼突然跟難以置信，聞言忍不住猛然站起來對他大聲喝斥道：「你瘋了！」

陳忠繁和李氏跟兆亮、兆勇也大驚失色，死死盯著站在原地的卓承淮。

卓承淮沒被陳家眾人的目光嚇到，反而泛起一絲笑道：「若我想娶芝芝，必定要給她一個安穩的環境，三年後芝芝十六歲，假若我那時才考上進士，根本沒時間做任何準備；若是我明年進京科舉，那麼三年的時間足夠我做好準備，定能給她一個安穩的生活。」

陳家幾人沈默許久，兆志走到卓承淮身邊開口道：「既然如此，那我捨命陪君子，明年陪你走上一場！」

說罷，他轉頭朝父母與兄弟道：「三月春闈，距離現在尚有半年餘，我們就拚一次命，若是我運道好能考上，那日後……也能幫承淮一把。」

卓承淮鼻子一酸，強忍住眼淚，握著兆志的手道：「兆志兄……」

兆志受不了他這麼肉麻，笑道：「我決定與你一起拚一次，可不代表我同意把芝芝嫁給你，而且我早就打算去府城的灤源書院進學，咱們一起去也好。」

李氏被一個接著一個的消息砸得有點懵，為何三言兩語兒子就決定去府城讀書，而且明年還要參加春闈？這……這不是在說承淮和芝芝的事情嗎？

她站起身來吶吶開口道：「那……你們是準備去府城了？」

兆志掙脫卓承淮的手，快走兩步上前扶住李氏道：「娘，其實我本打算過幾日再告訴你們，我們現在不太適合繼續待在鎮上了。一來……說句厚臉皮的話，咱們家名氣越來越大，在鎮上有些太扎眼了，水滿則虧，不知是福是禍。若是去府城就不一樣了，我們就像大海中的小魚兒，沒有任何人會注意我們。

「再來，我與二弟跟三弟在縣學已經學不到什麼特別有用的東西了，早晚要去府城進學。灤源書院雖說才辦沒幾年，但山長乃是皇上當太子時的太傅，他在皇上登基兩年後告老還鄉，開辦了這家書院。聽聞山長現在還不時會接到京城的賞賜，況且他幾個學生都在書院裡當夫子，其中不少人有進士功名，此去進學一定大有裨益。

「三則……其實我私心不希望芝芝低嫁，我與二弟、三弟會繼續考科舉，日後幾乎不可能回到鎮上，若芝芝嫁到縣城，日後兄妹再見怕是困難。咱們去府城的話，不知有多少少年才俊能挑選，慢慢地找，總能尋到一個更好的！」

第五十三章　察覺異狀

卓承淮暗暗咬牙，最大的少年才俊就在你旁邊站著呢！還慢慢尋什麼尋！

兆志懶得看在他身後磨牙的卓承淮，只望著陳忠繁與李氏。

陳忠繁沈吟片刻後問幾個孩子。「你們都想去府城？」

兆勇率先回話。「爹，大哥只是說了想去府城的理由，若是你們不願意去，那我們兄弟幾個自己去求學也無妨，反正在縣學的時候也是這樣……」

李氏打斷他。「怎麼會一樣？縣學每旬還能回家一趟呢！你們去了府城，娘怕是一年到頭都見不到你們了，更何況這半年正是兆志與承淮拚命的時候，不管你爹去不去，娘去，一定把你們幾個都養得白白胖胖的！」

放完狠話後李氏還瞪了陳忠繁一眼，著實令他有些無奈。雖說他捨不得村裡、鎮上，可是孩子們到底最重要，而且他也沒說不去啊！

被瞪的陳忠繁苦笑道：「成成成，你們有心進學，爹娘怎麼能做你們的絆腳石？只是現在咱們家在府城只有幾家鋪子，還得買間宅子才成，日後芝芝若是真在府城出嫁，也有個好看的娘家。」

陳家幾人聞言都點起頭來。

李氏看到卓承淮的神色焦急，不禁在心底暗笑，對眾人說道：「既然咱們已經定下來了，那我去跟芝芝說，你們爺們幾個就去琢磨宅子吧！」

說罷，李氏推開扶著她的兆志，轉頭出了房門去尋玉芝，剩下幾個男人面面相覷，怎麼一向猶豫不決的李氏今日如此乾脆俐落、說一不二？

其實他們哪懂一個當娘的心，自從卓承淮說要為了玉芝參加來年的春闈以後，李氏的心就完全偏向了他。他對玉芝一片真心，為了她能安穩生活，願意提前自己的計畫，這樣的孩子可不多見！

她看著卓承淮長大，信得過他的人品、才學，他又與自家三個兒子交好，日後四個人互相扶持也是一樁美事。況且卓承淮與他們夫妻倆的關係彷彿親生，將來玉芝說要回娘家，不就是一句話的事？想到女兒出嫁後還能常回娘家，這個誘惑對疼愛孩子的她來說真是太大了！唯一不好的就是他那張臉太引人注目了，日後怕是有什麼麻煩……

李氏一則以喜、一則以憂地往玉芝房間走去，思考著如何向閨女說家裡要搬去府城的事。

此時玉芝早就醒了，她正納悶著李氏為何突然過來，就聽李氏問道：「芝芝，妳哥哥們說想去府城進學，妳說咱們搬去府城好嗎？」

沒想到李氏剛開了個頭，玉芝就興奮地跳起來道：「真的嗎，娘？咱們要搬去府城了？太好了！」

李氏看著閨女皮猴一般的樣子，忍不住翻了個白眼道：「妳多大了？停下！」

接著又有些酸溜溜地說道：「鎮上就這麼不好？一說去府城，每個都這麼高興，唉……」

玉芝忙黏到李氏身上撒嬌道：「娘誤會我啦，咱們一直待在鎮上，府城的生意只能交給柯掌櫃和袁叔、小瑞哥……雖說都是信得過的人，可是很多決定都需要我們做才行，一來一回一旬的工夫，這樣就錯過了好幾筆買賣呢！況且哥哥們早就該去府城讀書了，往後他們若是都做官，銀錢一定要夠上下打點，咱們家現在這點銀子還不夠看，我這不是著急嗎……」

李氏嘆了口氣，果然孩子們早就有自己的想法了，都是顧及她與陳忠繁才一直沒說出口。既然如此，他們還有什麼好猶豫的？就去府城吧！

決定去府城對陳家來說是件大事，雜七雜八的事都要一一理清楚，陳忠繁先跑了一趟老宅告知老陳頭，老陳頭卻是抽了半天的煙沒說話。

抬頭看著陳忠繁，老陳頭心想，這個兒子過兩年只怕也是做爺爺的人了，今日特地來跟他說這些，算是孝順了，只是……

老陳頭艱澀開口道：「若是你們都去府城，能不能……帶上兆厲？」

原本陳忠繁對老陳頭的態度有些忐忑，一聽他說完，鬆口氣笑道：「這是當然的，今日我過來也想問問兆厲的意思，若是他願意與我們一起去，那定然要帶他，到時候他與兆志幾個一起去參加灤源書院的考試，考進去又能當同窗了。」

老陳頭聞言歡喜，忙下地去要去喊趙氏與兆厲小倆口過來，陳忠繁攔住他，自己轉身出去，不一會兒就與另外三人一道進來了。

聽完陳忠繁的話，趙氏激動不已，忙用手肘頂兆厲催他答應，可是兆厲卻沒說話，低著頭不知道在想什麼。

趙氏急得腦袋都要冒火了，忍不住小聲喝道：「你拖拖拉拉什麼呢？這麼好的機會，快點答應你三叔叔啊！」

兆厲依然沒說話，旁邊的羅盈娘柔柔道：「相公可是擔心我肚子裡的孩子？」

聞言兆厲抬頭看了她一眼，羅盈娘笑道：「相公可想參加明年春闈？」

兆厲點點頭，羅盈娘道：「我肚子裡的孩子如今還不到五個月，應當是來年正月落地。咱們這兒離京城有半個月的路程，春闈在三月，正月底或二月初出發就行，到那時孩子已經出生了，相公出發之前回家一趟看一眼不就成了嗎？」

想了半天，兆厲最終明白身為一個要撐起家業的男人，前程還是最重要。他緩緩地點了點頭，對陳忠繁道：「既然如此，就麻煩三叔叔跟三嬸嬸了，我願意與你們一同去府城。」

老陳頭與趙氏都鬆了一口氣，抓著陳忠繁千恩萬謝的，陳忠繁招架不住，忙對兆厲說道：「這幾日兆志他們都在家，兆厲有空就去尋他們吧！事情實在太多，今日我就先走了，待我們打理完畢，再來告訴你何時出發。」

此時兆志與卓承淮下棋，兩人廝殺正酣之時，兆志突然問了一句。「當年你娘那兩塊嫁妝田賣與我們，是否存著到時候讓我們出頭的意思？」

卓承淮手一頓，放下手中的棋子，看著棋盤嘆道：「心亂了，這局下不下去了，可惜、可惜。」

說著他抬起頭，看著目光炯炯的兆志道：「的確如此。當年我舅舅用我娘所有的嫁妝換回我，還得到日後我爹與那新夫人不能插手我的事的承諾。可我舅舅畢竟是商人，怎麼會吃這麼大的虧？因此當時立了契約，這些年嫁妝的利息都是他們的，但是嫁妝到最後還是要留給我，若是他們不答應，他拚著去京城告狀，也要讓我爹與新夫人的爹做不了官。我爹把官位看得比什麼都重，自然忍痛答應了。

「可不過幾年，他們就賣了我娘的嫁妝，日後掀出來又是一樁坐實的罪名。當時舅舅與我的確存了到時讓你家出頭作證的意思，只不過此一時，彼一時，如今我絕不會讓你家陷入這種境地。既然他們能賣掉那兩塊田，那這些年下來必定也賣了其他東西，我們再去找別的證據就好。」

說著、說著他搖搖頭笑了起來。「說起來也是一種緣分，若是芝芝嫁給了我，那我娘的嫁妝豈不是到了她兒媳婦的手裡？」

兆志聞言往棋盤上一拍，棋子頓時飛得遍地都是，他惡狠狠道：「誰說芝芝要嫁給你了？莫要敗壞我妹妹的名聲！」

卓承淮淡定地拾起落在他面前的一顆棋子，放回棋笥之中，淡淡地說道：「我說芝芝要嫁給我，就必定會嫁給我，也只會嫁給我。」

這話氣得兆志袖子一甩轉頭就走，只想去叮囑妹妹別被卓承淮這隻大灰狼給騙了。

可當兆志氣沖沖地走到半路時，他突然反應過來自己中了卓承淮的計了！

如今全家只有玉芝不知道卓承淮的心思，這兩日家裡的人都有意無意地隔開他們兩個，卓承淮今日這麼激他，他若是真去尋芝芝說了，豈不是捅破了這層紙？這實在太狡猾……太奸詐了！

兆志轉身回去卓承淮的房間，一屁股坐在椅子上不說話。卓承淮見他回來了，在心底嘆氣：唉……與玉芝搭話的計策又沒成功。

他收拾好現場凌亂的物品，才走到兆志面前拍著他的肩膀道：「好吧！是我太想與芝芝見面了。」

說著又嘆口氣道：「待你有了意中人，就能體會我的心情了。」

兆志抖了抖肩膀，甩落卓承淮的「爪子」道：「別，日後我有了意中人，也不會在人家哥哥面前直言要娶人家妹妹！」

卓承淮似笑非笑道：「你不提我還沒想起來，你這麼爽快答應與我一同去春闈，是否在逃避嬸嬸催你成親？」

兆志的臉色瞬間像便秘一般難看，雖然不甘心，他還是點點頭道：「我娘怕是瘋了，我們回來這短短十來日，我已經聽她念叨了二、三十個姑娘，巴不得我現在馬上成親！」

卓承淮同情地看著他道：「咱倆也算同病相憐了，我是想娶親娶不上，你是不想娶親被催著娶。想不到咱們兄弟多年，在親事上竟皆是如此多災多難。」

兆志對他「無恥」的話感到震驚，這個世上怎麼有這麼不要臉的人啊？他抬起頭瞪著卓承淮，出自內心地發出了一聲。「呸！」

說實在的，李氏最近沒空搭理兆志，她翻來覆去地琢磨卓承淮的事，一時覺得他樣樣都好，一時又認為他長相太出色，日後若是與他爹一樣該怎麼辦？

這幾日李氏晚上都睡不著，看見在旁邊呼呼大睡還打呼嚕的陳忠繁就生氣，把他抓起來一頓分析，搞得陳忠繁這幾日一聽「承淮」這兩個字頭就發暈。

不得不說李氏的洗腦還是有用的，起碼陳忠繁一想到女兒若是嫁了他，與娘家還能非常親近，就同意了一大半。至於李氏怕他日後變心之類的，陳忠繁根本不放在心上，若是真有那麼一日，他這個做爹的和那三個做哥哥的能白白看著不成？大不了教訓卓承淮一番以後，接玉芝回來養她一輩子！

聽到陳忠繁的話，李氏差點沒氣死，男人真是想得太簡單了，誰不願意女兒和和美美地跟另一半過一輩子，他竟然想接女兒回來?!

陳忠繁欲哭無淚，這不是順著李氏的話說的嗎？他突然深深地同情起被逼婚的兆志來，下定決心日後再也不跟在李氏後面催孩子了。

在陳忠繁受了好幾日的「摧殘」之後，王德允終於到駝山村尋陳忠繁。陳忠繁見他面露喜色就知道事情差不多成了，忙喊上全家人一起到廳堂等著聽王德允說宅子的事。

過了這麼些天，卓承淮終於能和玉芝說上話了，他趁著人未來齊的時候湊到玉芝前面小聲道：「芝芝這幾日過得可好？」

玉芝聽了以後有些不明所以，卓承淮這幾日都住在家裡，為何會問她這個問題？她一頭霧水地答道：「自然與之前一樣，承淮哥為何這麼問？」

卓承淮也覺得自己問得有點傻，他低頭笑了兩聲，又抬頭說道：「芝芝，妳說咱們去府城……」

豈料卓承淮話還沒說完，正好被進門的兆亮一眼看到，他高聲招呼道：「承淮！」聲音大得讓原本有些吵雜的廳堂瞬間安靜下來。

專心與王德允交談的陳忠繁察覺卓承淮蹭到閨女身邊，不禁咬咬牙，招呼卓承淮道：「承淮啊，你來叔叔身邊吧！咱們對府城不熟，你幫忙聽聽如何？」

卓承淮還能說「不」嗎？他勾起嘴角擠出一絲笑，緩步走到陳忠繁身邊坐下。

兆亮這才鬆了口氣，湊到玉芝面前問她。「承淮對妳說什麼了？」

玉芝皺著眉道：「他問我這幾日過得如何……你們是不是瞞著我什麼事？」

兆亮一聽，跳得老遠，一邊搖頭、一邊擺手，看得玉芝只想打他。

等人到齊了，王德允清了清嗓說道：「這幾年府城的宅子貴了許多，根據府城謝中人給我的消息，有一座五進大宅，要一千六百兩左右。這宅子離灤源書院近，是一個商人在府城置辦的宅院，最近他生意出了點問題，想賣一間宅子補本。」

陳家眾人聽了以後很滿意，如今隨著家裡產業越來越多，一千六百兩銀子對他們來說不是一個無法接受的價格。

兆志想了想，對王德允說：「既然如此，麻煩王叔陪咱們明日出發去府城看宅子，行的話就定下來吧！」

陳忠繁點點頭接話道：「王老弟，明日我帶著四個孩子一起隨你去府城，若是合適就定下來，孩子們也能順道去灤源書院看看。」

王德允自然稱是，雙方約好明日辰時在鎮口碰面後，王德允就告辭離去。

此時卓承淮還在琢磨陳忠繁說的帶「四個」孩子，難道玉芝也要去？他急忙道：「叔叔，馬車一快芝芝就會暈，這次去府城必定要趕時間，何必帶上她呢？」

陳忠繁露齒一笑道：「我說的四個孩子可不包括芝芝，而是你呢！怎麼，難道你想等我們離開之後還待在咱們家？」

卓承淮一噎，發現自己未來的老丈人在面對自家閨女的事情時竟是罕見的精明，無奈之下只能笑著說道：「就算叔叔不說，我也會跟著去，到時咱們還得尋個人幫忙看看風水如何。」

陳忠繁這才滿意地頷首，拍拍他的肩膀道：「走吧！咱們去兆志房裡商議一下這宅子到底怎麼買。」

說罷也不管卓承淮樂不樂意，拉著他帶著三個兒子就走出了廳堂。

玉芝這幾日常覺得莫名其妙，自家爹爹與哥哥們看著自己時的表情有種說不出的怪異，李氏也經常盯著她唉聲嘆氣的，今日這詭異的感覺更加強烈了。若是以往，陳忠繁必定會在廳堂與大家一起商量，現在卻帶著男孩們走開，好似有什麼事避著她一般。

她上前抱住李氏的胳膊說出自己的感覺，說完之後發現李氏神情為難，更確定他們有事瞞著她，於是她故意說道：「爹不會是不想讓我參與家裡的買賣了吧？這是防著我呢！」

李氏委屈得要命，眼淚一下子就掉了下來，她使勁拍了玉芝的背兩下，恨恨道：「妳覺得爹娘是那種忘本的人嗎？這話說了是戳娘的心窩子呢！」

玉芝一看惹哭了李氏，連忙上前說了一籮筐好話，才哄得李氏止住淚水。

看著明眸皓齒的閨女，李氏想到了卓承淮那個「臭小子」，心中一陣不捨，但她怕閨女繼續誤會自己與丈夫、還有三個兒子防著她，只得嘆道：「這幾日家裡人都避著妳，其實是與妳的親事有關……」

玉芝再怎麼樣都沒想到這方面去，自己才十三歲，難道真要被逼著嫁人了？她的眼眶一下子紅了起來，卻強裝鎮定地問道：「爹娘是相看好了？」

李氏看女兒紅了眼眶，剛止住的淚又落了下來，哽咽道：「哪裡是我們相看好了？是……是承淮他向我們求親了！」

玉芝驚呼一聲道：「承淮哥？」

李氏把卓承淮來求親的事情從頭到尾說了一遍。「……這幾日妳爹與哥哥們都防著承淮接近妳呢！妳可別誤會了妳爹！」

玉芝哪裡還有心思解釋自己方才的玩笑話，她胡亂點點頭就對李氏說要回房間了。

李氏見玉芝有些失魂落魄的樣子，扶著她送她回去，看到她躺在床上才安心地關上房門離開。

此刻玉芝的腦袋亂烘烘的……卓承淮？這個認識了七年的男人，她從未把他當成未來共度一生的對象，如今他卻……

玉芝躺著想了許久，從第一次在鋪子裡見到他時的「驚豔」，到方才他湊到她身邊說著傻話時的模樣——他其實是個不錯的對象，畢竟他算是自己在這個世界裡，除了家人之外最熟悉的男人了。

等一顆浮躁的心恢復平穩之後，玉芝打開房門準備去尋李氏。

第五十四章　前往府城

萬萬沒想到，玉芝一打開房門，全家人都在她房間外站著，不知待了多久。

陳忠繁與李氏明顯鬧彆扭了，兩人一左一右站著，誰也不理誰。見玉芝開了門，陳忠繁忙上前道：「芝芝，妳娘對妳說的話不用放在心上，承淮是說了，但是咱們可都沒同意！」

玉芝抿嘴笑道：「我知道爹娘沒同意啊！爹是不是錯怪娘了？」

李氏聽見女兒提起她，上前擠開陳忠繁道：「娘與妳爹說了一句，他就大吼大叫的，然後帶著妳哥哥們守在妳房門口，生怕妳誤會了什麼，我也懶得跟他說！」

陳忠繁這才知道自己誤會了媳婦，不由得有些訕訕地嘟囔道：「誰教妳說的是『我已與芝芝提起她與承淮的親事』了。」

李氏有些不好意思，現在回想起來，自己說的話的確有歧義，於是低下頭不說話。

玉芝笑著拉過李氏，將她與陳忠繁的手握在一起道：「既然都是誤會，爹、娘就別放在心上了，我好好的呢！現在……我想與承淮哥單獨談談可好？」

兆亮剛想反駁，就被兆志拉住了，他低頭看著身高已到他肩膀的妹妹道：「芝芝已經想好了？確定了嗎？」

玉芝笑了笑，答道：「還沒有，所以想與承淮哥談談。」

兆志心底有些酸酸的，自己一直保護著的妹妹已經長大了……他點點頭道：「好，我這就去叫承淮過來，你們去後院的書房吧！正巧與我的房間隔著一個院子，咱們都開著門，既聽不到你們說話，又能看著你們可行？」

玉芝微笑頷首表示同意。

雖然玉芝已經做好了準備，可是真的與卓承淮面對面坐在書房的時候，她對他那張俊臉還是頗不適應。

玉芝低下頭道：「聽我娘說，承淮哥向我家求親了？」

卓承淮笑道：「如何？現在就不敢看我了？」

玉芝不服氣地抬起頭瞪著他道：「誰不敢?!我……」

她明明想反駁，剩下的話卻在看到他臉上那抹若朗月入懷般的笑容時不爭氣地卡住了。

卓承淮笑得越發溫柔，看著玉芝紅通通的小臉道：「我的確向叔叔跟嬸嬸說起我倆的親事。我在妳家鋪子裡第一次見到妳時，妳個子小，又愛笑，我甚至能從妳的大眼睛裡看見我自己的倒影。

「第二次見妳，是與舅舅一起商量讓你們家買我娘的嫁妝田。妳怕是不知道，自我八、九歲起，最怕被陌生人圍觀，他們的眼神黏糊糊的，看得我渾身不舒服，是妳把我從人群中解救出來，我真的很感動。還有，妳爹娘就是我心目中最理想的父母，我賴在妳家，得到各種新衣裳、新吃食，甚至擁有自己的房間跟書房——這一切都是我小時候幻想的景象，有家、有爹娘、有兄弟，有……妹妹。

「是的，我一直認為妳是我的妹妹，妳那絮絮叨叨的模樣我看著就想笑，但是妳卻擁有一種讓我能對妳說真心話的魅力。妳時而童稚純真、時而善解人意，我都不知道到底哪個才是真正的妳。那日嬸嬸說要開始幫妳相看，我思量了半宿，終於明白自己對妳的心意。至於是何時開始的，大概是我發現我好像有點離不開妳的時候吧……」

玉芝反應過來的時候，才發現自己早已淚流滿面。她本以為可以理智地跟卓承淮分析他們兩人成親的利弊，然後討論出一個結果，沒想到卓承淮一來就用這番話說懵了她。

他……對她動了真情嗎？

玉芝用卓承淮遞過來的帕子擦了擦眼淚，傻乎乎地哽咽道：「我以為你是因為到了要成親的年紀才想到我的，還想與你商量一下到底該怎麼做。可是若你動了真感情，那我便不能與你成親，因為我並不喜歡你，嫁給你的話，你、我心裡都會過不去的。」

卓承淮懵了，還有這種說法？他看著玉芝哭得紅腫的眼睛，突然笑道：「若是妳對我沒有感情，那妳為什麼哭？」

玉芝愣住了，對呀！自己在哭什麼？她吶吶地開口道：「我……我也不知道……」

卓承淮伸出雙手捧住玉芝的臉，讓兩人的雙眼對上，又趕在陳家男人們衝過來之前放開手，盯著她的眼睛道：「妳說，妳對我一點點心思都沒有嗎？」

看著他如秋水一般的眼睛，玉芝覺得自己要掉進去了。那句「沒一點點心思」怎麼也說不出口，只能愣愣地看著他。

卓承淮靜靜抿了抿唇，專注地看著她，半天沒等到那句話，一顆心頓時變得踏實。他彎起嘴角低聲道：「既然妳沒有反駁，那就是同意了。」

看到她的傻樣子，卓承淮低笑兩聲道：「回神了，小傻子。咱們倆再這麼看下去，我看叔叔、嬸嬸與妳的哥哥們要忍不住衝過來了。」

玉芝一個激靈回過神來，察覺自己看他看呆了，不禁伸手拍了拍發燙的臉頰，羞澀地低下了頭。

陳家人再也看不下去了，卓承淮明明知道他們在場，還這樣勾引自家的女孩，他真是個禍害呀！

李氏衝進來擋在兩人中間，將玉芝護在身後，對卓承淮道：「說清楚了吧？那我先帶玉芝回去了。」

說完也不管卓承淮，拉著糊里糊塗的玉芝回了房。

陳家男人們團團圍住卓承淮，咬牙切齒地看著他，卓承淮笑道：「我與芝芝說清楚了。」

兆志恨恨道：「我們自己有眼睛，看得一清二楚！什麼叫說清楚了？你這小子就是靠皮相忽悠芝芝吧！」

陳忠繁身為長輩，不好惡語相向，只「哼」了一聲就轉身離開，趕緊去廳堂等著媳婦回來說說玉芝是怎麼想的。

看著卓承淮，兆志只有嘆氣的分，他拽著兩個眼睛瞪得跟烏眼雞似的弟弟走了出去，打算等待李氏的消息。

卓承淮長吁了一口氣，看來玉芝對他不是全無感情，只不過連她自己都不明白罷了。這廂玉芝正面對著李氏的盤問。「芝芝，承淮對妳說什麼了，怎麼又哭、又笑、又臉紅的，你們兩人不會是……」

玉芝有些無語地說：「娘，您說什麼呢?!沒有的事，我們什麼也沒說。好了、好了，您先出去吧，我要好好想想！」

說罷，她站起來推著李氏出了房門，一把將門關上，李氏在外面拍了兩下見裡面沒動靜，只好搖了搖頭回廳堂去。

玉芝抱著枕頭把自己埋進被子裡，想到自己方才的蠢樣，忍不住哀號出聲。

太傻、太蠢、太丟人了！又不是沒看過帥哥，怎麼還會被他的「美色」給迷惑?!竟然一句話也說不出來，真是白活了前後加起來這麼多年了！

她鬱悶地狠捶被子，咬著唇想起卓承淮那張臉，心頭一陣煩亂。閉上眼睛想強迫自己放空腦袋，卻總是想起卓承淮的話，翻來覆去在床上滾了一陣子，最後一拍被子坐了起來。

罷了、罷了，看起來一、兩日是想不清楚了，不如暫時不要思考，反正明日他們就要前往府城，她還有時間慢慢想！

第二日一早，陳忠繁就帶著幾個人出發與王德允會合，直到他們離開了，玉芝才磨磨蹭蹭地從房間裡出來。李氏覺得既好笑又心酸，雖然女兒說還沒想清楚，但是看這架勢就知道她還是很在意卓承淮。

了。

母女兩人吃過飯就開始收拾東西，畢竟若是買了府城的宅子，那他們馬上要準備搬家了。

林林總總的東西很多，鋪子裡的事情也要交代清楚。劉老實與閔氏在鋪子裡做了這麼些年，一直踏踏實實、勤勤懇懇，這次陳家人決定讓劉老實擔任鎮上鋪子的掌櫃，反正那邊不需要開拓什麼新業務，只要守成就行。外有劉老實這個熟面孔招呼客人，內有小黑當廚子，對這一家小小食鋪來說足夠了。

劉小莊也長成了一個半大小子，歷練了幾年後，他已能完全撐起縣城的鋪子，玉芝決定讓小馬總管附近幾個縣的生意，縣城這第一家鋪子就讓劉小莊管理。

一一安排好鋪子與作坊的事，離陳忠繁一行人回來剩不到兩日。玉芝已經想清楚了，擺在她面前的只有兩條路——嫁給卓承淮，或嫁給其他人。一想到自己要嫁給一個陌生人，她就渾身起雞皮疙瘩，雖然她不願意承認，不過她對卓承淮的確有好感。即便分不清這種好感到底是什麼感情，但她並不排斥嫁給他。

玉芝做好了要對卓承淮說這些話的準備，誰知回來的只有陳忠繁一人。在李氏追問之下，她們才得知，原來是事情辦得太順利了，進城第一日就決定買下宅子，第二日幾個男孩就去了濼源書院詢問入學方式。

山長聽聞來詢問的是兩個舉人與兩個差點中舉人的秀才，而且家裡還有一個舉人等著過來，不禁十分高興，當場出題考他們。四個孩子雖是毫無準備，但到底有幾分真才實學，順利通過了測試。山長當場告知他們三日後入學，如今怕是已經在上課了。

玉芝聽到以後鬆了口氣，雖說做好了準備，然而一想到要面對卓承淮，還是能拖一時是一時。

陳忠繁催促李氏把剩下的物品收拾好以後，就去老宅通知兆厲後日與他們一道去府城。

聽到這個消息，趙氏馬上過來幫忙李氏整理，林氏也跟來了，言辭之間不斷打探灤源書院，畢竟兆雙是打算考童生的人了。

這麼多年了，兆毅依然還在死讀書，十五歲的男孩子被養得肩不能扛、手不能提、嘴不會說、腦不夠用，別提考童生了，夫子甚至一度說他沒有天分，想讓他退學。

范氏卻覺得自家兒子很優秀，問題肯定出在學堂那邊。聽聞兆厲要跟著三房去府城上好學堂，在家裡大鬧了好幾場，若不是老陳頭說她敢去三房鬧就斷了兆毅的讀書銀子，她早就行動了。

說起來，范氏還沒糊塗到底，她知道自己與三房是什麼關係。之前玉荷在玉芝大生日上鬧了那麼一場，雙方算是徹底撕破臉了。

那日回來不久，老陳頭就匆匆為玉荷訂了一門親，把她遠遠地嫁到幾十里外的戶樸實農家，除了回門那一趟，這些年玉荷都沒回來過。

范氏想女兒想得要命，又深知女兒對陳家的怨恨，於是她暗恨上了三房與卓承淮。現下老陳頭又壓著她不讓她動，她沒辦法，只能託人捎信給陳忠貴，要他說動陳忠繁帶兆毅一起去府城。

誰知陳忠貴卻覺得兒子現在有書讀、有飯吃，還有什麼不滿足的，接到范氏的信以後不僅沒勸陳忠繁，反而捎了句口信要范氏消停點，氣得范氏幾天下不了炕，到現在還躺著。

玉芝聽聞此事，不由得慶幸不已。

忙碌了兩日，第三日一大早王德允帶著在鎮上租的三輛馬車來到駝山村，加上陳家自己那輛，四輛馬車裝滿了行李與吃食，載著陳家三口跟兆厲，踏上了新的征程。

因為玉芝暈快車，所以馬車慢悠悠地走，足足花了六日才抵達府城。哪怕這麼慢，當馬車停在新買的宅子前時，玉芝還是鬆了一口氣。

這段時間以來，小瑞早就領人把宅子從裡到外打掃得乾乾淨淨了，現在正帶著潤墨等在大門前迎接陳家人。

宅子裡一應家具都是上任屋主留下來的好東西，他多要了一百兩銀子一併賣給陳家。在王德允與謝中人的一番討價還價之下，陳家三房總共花了一千六百五十兩購入。

李氏與玉芝剛踏進大門就被震懾住了，光大門到儀門這第一進院子就快趕上她們村裡的家一半大小了，李氏側過頭對攬住她胳膊的玉芝悄悄道：「妳說，咱們家就這麼幾口人，怕是每天換房間睡覺都住不完！」

玉芝不由得失笑，原先的震驚也一掃而空，一家人隨著小瑞一進、一進地看了起來。前任屋主是個有情調的人，第二進的東跨院兒特地建成書房，院內有正房六間、廂房四間，正合四六之數。

潤墨撓撓頭，憨笑道：「大少爺說他與二少爺、三少爺、厲少爺、卓少爺一人一間房，剩下的那間大一些的就做成他們一塊兒讀書的地方，畢竟一旬才一日假，這樣也就夠了，待他們考上進士之後再分別的院子。」

陳忠繁和李氏、兆厲都深以為然，幾個孩子自小一起長大，若是分得太開怕是不太習慣，也就點點頭默許了兆志的打算。

由於兆厲明日還要去灤源書院考試，今日要好好休息，就在書房與三房的人別過，進房間開始整理自己的行李。

走到第三進的時候，李氏和玉芝已經有些喘了——這宅子也太大了！整個三進的正房加耳房有二十來間，這本是小姐們住的地方，如今陳家只有玉芝一個姑娘，等於整個三進都是她的了。玉芝心想，若是自己單獨住在這麼大的地方，怕是每晚都會嚇得睡不著覺。

第四進是一個花園，不知前屋主從哪裡尋來一些奇石，將它們散落擺放在花園中，平添了幾分氣勢與意境。因為這裡離泉水近，花園中間便挖了一汪泉池，一直延伸到宅子外，不知道最後沒入到哪裡。池子中間的泉眼汩汩地往外冒著泉水，看著就讓人心生歡喜，玉芝調皮地蹲在池子前撩起水來拍了拍臉，清涼的泉水讓她精神為之一振，一路上的疲憊瞬間不翼而飛。

李氏也極喜歡這汪泉池，日後家裡用水什麼的方便極了；陳忠繁則四處觀察有沒有能改成菜地的地方，這麼大一片地都用來種花對他來說太浪費了。

最後一進就沒什麼東西了，不過是一排後罩房，是給下人住的。

小瑞上前行禮道：「東家、夫人、小姐，如今大少爺已是舉人老爺，咱們家也該買幾個下人了，不然出去應酬的話怕是有些不好。」

看到父母有些不習慣的樣子，玉芝嘆了口氣道：「改日吧！王叔這次與我們一起來了，到時讓他尋本地的謝中人買些下人進來。」

說罷，她回頭對陳忠繁與李氏道：「哥哥們在外要應酬，難道只靠潤墨一個人跑腿嗎？之前買給二哥跟三哥的書僮，因為他們說用不著，全送去作坊裡做活了，得重新買才行。」

陳忠繁聽見女兒這麼說就答應了，他對李氏道：「日後我們把規矩都立起來吧！為了孩子們，咱們倆不習慣也得學著習慣！」

由於連日車馬勞頓，幾人隨便吃了些外面買的吃食，洗過澡就上床歇息了。

臨睡前玉芝最後一個想法是，好懷念家裡的茅房啊！洗完澡直接一倒水就流出去了，哪像現在還得讓小瑞與潤墨把整個浴桶的水搬出去……

第二日一早，陳忠繁帶著兆厲去灤源書院，李氏則尋王德允過來商量買人的事。

王德允兩眼發光道：「我說嫂子，您家早就該琢磨這事了，這麼大的宅子若是沒些下人，會顯得空盪盪的。既是自家要用，那就別買同一家出來的官奴，否則盤根錯節的，怕是會奴大欺主。不如挑幾個不同家又有經驗的官奴，再買些賣身的奴才，這些官奴既能教教他們規矩，又不至於挾朋樹黨。」

玉芝心想，原來買奴婢竟這麼講究，她忙對王德允道：「那就拜託王叔了，咱家初步要三個書僮、兩個廚娘、一個車伕跟一個門房，至於小丫鬟跟小廝，大概十幾個。王叔先替我們過一遍，心大的就別往這裡送了，畢竟我們不過是普通人家。」

王德允點頭應下，轉身就出門去尋謝中人，兩人合作了這段時間，發現彼此還挺投緣的，現下有了這二十來人的大買賣，自然是去找他。

第五十五章　安身立命

下半晌工夫謝中人就點齊了人過來，一大堆人在院子裡集合。

兆志幾個今日見到陳忠繁與過了考試、明日要進學的兆厲，向齋長請了兩個時辰的自讀假回家迎接親人，卓承淮自然屁顛顛地跟著一起過來。

六個人剛拐過影壁就看見滿院子的人，李氏見他們回來十分高興，先喊兆厲與兩個小兒子道：「快來選書僮！」

兆亮與兆勇瞬間變成苦瓜臉，誰用過書僮呀？該怎麼選？他們不由得回頭用求助的眼光看著卓承淮與兆志。

卓承淮心想：你們這兩個小子這陣子對我眉毛不是眉毛、眼睛不是眼睛的，一有事情就看我做什麼？

他剛低下頭，兆志就戳了戳他的手臂，小聲道：「芝芝還看著呢！」

卓承淮無奈地抬起頭，先偷瞄了在李氏旁邊站著的玉芝一眼……嗯，幾日不見，竟然覺得她越發乖巧可人了。

一直盯著卓承淮的陳家男人們見他偷看玉芝，不禁怒目而視。卓承淮感受到這幾道強烈的目光，敗下陣來，認命地走到人群中，開始替三人挑選書僮。

問了幾個問題，又看了看幾個孩子的手與眼睛後，卓承淮挑出了三個書僮，隨著潤墨的名字，他為他們分別命名為濃墨、淡墨、枯墨。

兆勇可喜歡「枯墨」這個名字了，覺得特別有意境，一口一聲「枯墨」叫著自己這個才十一歲的小書僮，而枯墨卻淡定地一句、一句應他，兩人的歲數彷彿顛倒過來了，看得眾人一陣好笑。

卓承淮一邊笑、一邊留意著人群，發現有幾人對兆勇的作為微微露出了不屑的神情，一個個點出來說明緣由，棄在一旁不用。

謝中人的臉色有些難看，這些都是他挑選過一次的，來之前也說過陳家的情況，本以為各個是老實人，沒想到還真有幾個心大的！

看到謝中人的臉色，一眾待賣的奴才不禁瑟瑟發抖，方才被挑掉的那些人，怕是沒什麼好去處了。中人這個行當就是靠名聲，那些人送去誰家都會敗壞謝中人的名聲，大概只能賣去做苦力了。

卓承淮這麼鎮懾了一下，剩下的人果然老實很多，問他們問題時回答得也小心翼翼的。李氏與家裡人商量著選了二十個人出來，除了說好的廚娘與車伕、門房，另外選了六個小廝、十個婆子與丫鬟。

四個兆字輩男孩身邊除了書僮，各放了一個小廝、一個丫鬟；玉芝得了四個丫鬟、一個婆子；陳忠繁身邊放著兩個小廝；李氏只要了一個婆子，她是真的不適應身邊有人伺候。

簡單地分配完人手之後，玉芝提醒李氏道：「娘，咱們家現在上下也有二、三十口人了，是不是該找個管家？」

李氏很是認同，日後家裡的人定會越來越多，靠她來管這幾十口人怕是艱難。

她正想開口託謝中人尋個好管家的時候，小瑞突然上前兩步跪下道：「夫人，不知小的能否擔任管家？」

玉芝頗為驚訝地說：「小瑞哥，一般人不都是想出去當大掌櫃嗎？你現在算是掌管好幾間鋪子了，為何想回來當管家？」

小瑞有些難為情地說道：「小的這些年幫忙管鋪子只是為了東家和夫人罷了，小的還是最懷念咱們在鋪子時每日忙碌、打鬧跟說笑的日子，小的就是想與東家一家待在一起。家裡新進了這些人，總是得尋個靠得住的人當管家，小的覺得自己最合適了！」

陳忠繁有些為難地說：「可是若你回來當管家，府城鋪子的事誰來管？」

小瑞笑道：「當管家也要與東家一起出去看買賣，既然東家來了府城，這些事情自然要您來管，到時小的與您一同出去，多熟悉、熟悉就成。」

陳家幾個孩子不禁對小瑞刮目相看，看來這幾年他成長了不少。他想與陳家人待在一起是真，但是陳忠繁來了府城以後，他的位置就頗為尷尬也是事實，還不如退下來占個管家的位置，日後陳家再往上爬，他就是穩穩的大管家。

他們都不排斥小瑞的小聰明與小心機，只要他夠忠心、值得信任，那這個管家就沒有選錯。

既然事情都定下來了，陳忠繁當場就在二十來人的賣身契上簽了字，給了賣身銀子與跑腿銀子，再麻煩謝中人跑一趟官府蓋印。謝中人與陳忠繁約好明日送回這些人的身契，揣著銀子出了陳家大門直奔府衙。

謝中人一帶著其他人離開，院子裡就安靜下來，卓承淮不自覺地看了玉芝幾眼，兆志發現了，說道：「芝芝，先帶著妳的人回房間吧！」

玉芝見卓承淮的臉瞬間垮掉，不禁在心底暗笑，她抿起唇向兆志點點頭，又與眾人告別，這才帶著人回了後院。

回到後院的玉芝回想起方才卓承淮失望的模樣，忍不住想笑，但是瞧見老老實實在她面前站著的五個人，她強行止住笑，淡淡地問道：「妳們叫什麼名字，原來是做什麼的？從年紀小的一一道來吧！」

年齡最小的丫鬟看起不過十歲左右，她看了看其餘四人，怯怯地上前一步說道：「我……奴婢名喚春葉，今年十歲，家裡有三個弟弟，爹娘養不起，就把奴婢賣給謝中人了……」說完就低下了頭。

玉芝憐惜她，輕聲讓她回去站好，接著第二個丫鬟站出來道：「奴婢名喚三花，今年十一歲了，為了讓哥哥娶親，爹娘就賣了我。」

她哽咽了一下，又繼續道：「他們賣了我，就不是我爹娘了，日後我定會好好跟著小姐！」說完她退回原位，故意昂首挺胸地站著。

第三個丫鬟走出來道：「奴婢名喚安蘭，今年十三歲，上任主家是青州府益都縣縣令，七月時前主家被定罪貪墨抄家，奴婢就被發賣了。」

到底是在大戶人家待過的，安蘭說完就低頭垂手倒退回原處。

最後一個丫鬟低頭上前行了個禮道：「奴婢名喚心漪，今年十五歲，上任主家乃兗州刺史，因……因老爺對我起了心思，就被夫人賣了出來。」

春葉倒抽了一口氣，但是馬上就摀住自己的嘴巴。心漪低著頭看不出神色，迅速變得通紅的耳朵卻出賣了她。

玉芝沈吟片刻後道：「那妳……」

心漪迅速抬起頭，強忍著眼眶的淚跪下道：「奴婢絕無那種想法，被發賣時奴婢就發了誓，此生絕不嫁人，求小姐成全！」

玉芝不像現在的人覺得不嫁人是什麼多可怕的事，她起身扶起心漪，拍拍她的胳膊道：「若是不想嫁人，不嫁便是。不過日後若是遇見好人，也不用太過於顧忌，該怎麼樣就怎麼樣，這不是妳的錯。」

心漪感動得淚流滿面，其他三個丫鬟也淚眼汪汪的。

玉芝最怕別人哭了，她讓心漪回去站好，轉頭問最後一個三十來歲的婆子道：「不知嬤嬤是？」

婆子上前兩步，朝玉芝規矩地行禮道：「奴婢汪氏，三十有三，先夫五年前撒手人寰。去年女兒遠嫁之後，婆家就容不下奴婢，先夫留下來的地與房都被族裡收回去了。他們分給奴婢村子裡一間最靠山的小屋，但終其一生都不能踏出村子半步。奴婢趁黑夜翻山越嶺爬了出來，寧可賣身也要讓他們的罪行被眾人知曉，如今他們怕已是過街老鼠，人人喊打了。」

短短幾句話所包含的艱辛是玉芝無法想像的，一個被囚禁的女人，是如何翻山越嶺逃出來的？

見汪氏說完後臉上那夾雜著悲哀與痛快的表情，玉芝嘆口氣道：「嬤嬤受苦了……我聽嬤嬤說話，似乎讀過書？」

汪氏低下頭道：「家父乃先帝時的秀才，我自幼與家父讀過幾本書。我有一個弟弟小我十歲，在我嫁人第二年的花燈節上被人拐走了，家母悲痛欲絕，不過兩年就……家父痛失至親，無心向學，日日沈迷於飲酒，只三年身體就垮了，一日酒後吐血，沒能救回來。

「先夫走後，婆家人指責奴婢命硬剋親，奴婢為了養大女兒受盡無數苦楚，最後還是被他們以離奴婢遠些免得被剋的名義強行將女兒遠嫁，怕是終其一生再也不得相見……」

幾個小的再也忍不住，大聲哭了起來，玉芝覺得臉上有些癢，一抹才發現自己不知何時也流下了眼淚。她發現汪嬤嬤說娘家那些事的時候沒有用「奴婢」而是「我」，其中的意味讓她心酸。

玉芝哽咽道：「嬤嬤日後好好跟著我吧！我來為妳養老送終，若是有機會，咱們尋一尋妳的弟弟與女兒。」

汪嬤嬤跪下緩緩磕了三個頭道：「多謝小姐，這輩子奴婢只盼著這兩件事了，日後奴婢定一心一意服侍小姐！」

四個丫鬟也一起跪下齊聲道：「日後奴婢定一心一意服侍小姐！」

玉芝揮揮手讓她們起來，對四個丫鬟說道：「既然妳們過去都不如意，那咱們就把名字換了，來個新的開始。」

四人又跪下齊道：「求小姐賜名！」

玉芝有些無奈地說：「妳們快起來吧！別動不動就跪。我雖然跟著哥哥們讀了幾年書，到底沒正式受過教育，取的名字怕是不怎麼好，妳們可別嫌棄。」

幾人「噗嗤」一聲笑了出來，三花笑著說道：「小姐取的名字肯定比『三花』好，奴婢的村長家有隻大花貓也叫三花呢！」

玉芝被她逗得笑個不停，說道：「既然有這麼件巧事，不如妳就叫招貓？春葉叫逗狗？」

兩個小的臉瞬間僵硬起來，春葉小心地說道：「小姐，奴婢……不喜歡狗，讓奴婢叫招貓行嗎？」

此時大夥兒再也忍不住，狂笑起來。

好半天玉芝才止住笑，她擦了擦笑出來的眼淚，點點春葉的眉心道：「逗妳玩呢！還當真了？妳就叫歡容吧！希望妳以後每天都開開心心的！」

春葉一聽這個名字就喜歡，她開心地跪下向玉芝磕了頭又飛快地爬起來，嘴裡一直念叨著自己的新名字。

三花羨慕得要命，用可憐兮兮的眼神盯著玉芝，玉芝抿起嘴笑道：「三花，妳想不想跟著汪嬤嬤學認字？」

她見三花頭腦靈活，想必是塊讀書的好料子，才有此提議。

這話讓三花狂喜不已，她作夢都想學認字！她激動得說不出話來，只能憋紅著臉拚命點頭。

玉芝想了想，說道：「那妳就叫書言，讀書的書，言語的言，待妳學好了字，日日讀書給我聽可好？」

新出爐的書言快把頭給點斷了，看她一副傻樣，玉芝笑了笑，轉頭對心漪與安蘭道：「心漪就叫似雲，日後妳這朵雲就在咱們家安穩下來；安蘭就叫如竹，望妳如竹子一般經歷過風霜之後依舊傲然挺立。妳們兩人都當過丫鬟，自然明白什麼該做、什麼不該做，似雲帶著歡容、如竹帶著書言先下去收拾、收拾，歇歇吧！明日再來我跟前。」

四人點頭應是，又跪下磕了個頭才魚貫而出。

汪嬤嬤還站在原地，低頭垂手一言不發，等著玉芝開口。

玉芝看了看她，說道：「嬤嬤怕是有話還沒說完吧？我見嬤嬤的言行規矩不像是普通的村婦，書上也沒教過人如何當奴僕吧？」

汪嬤嬤的身形微微一晃，下一瞬就跪在地上道：「小姐，奴婢所言句句屬實，只不過奴婢的女兒出生之後，正巧有中人在為一個大戶人家尋奶娘，對方要求奶娘能識文斷字，且自己的孩子在百天以內。當時奴婢女兒整三個月，奴婢回娘家時聽到這件事，為了讓日子過得好一些，並為女兒多攢些嫁妝，於是狠心斷了她的奶，咬牙進府做了奶娘，直到少爺四歲啟蒙才出府。奴婢的規矩都是在那邊學的，還請小姐明察。」

關於這些事，玉芝自然會託王德允去查，但是汪嬤嬤來得太及時了，她身邊正缺一個懂規矩的嬤嬤，於是她道：「明日嬤嬤先帶著她們四個學規矩，咱們家的規矩總結起來只有三點：忠心、本分、嘴嚴，煩請嬤嬤教教她們。好了，今日有些晚了，妳也回去歇著吧！」

汪嬤嬤畢恭畢敬地行了禮才退下。

見汪嬤嬤出去關上了門，玉芝瞬間癱在椅子上。裝了一整日的小姐讓她渾身不舒服，真想去灶房研究新的吃食……

玉芝在椅子裡癱了一會兒，看看時辰快要吃晚飯了，懶懶地爬起來往二進的廳堂走去。

這是他們入住的第一天，雖說正式放爆竹的日子定在三日後，但今日還是要一家人一起吃頓好的。

袁誠看到玉芝時不禁震驚地說：「玉芝，妳怎麼長這麼大了?!」

只見玉芝滿頭黑線地說：「袁叔，這都過幾年了，我當然長大啦！」

袁誠惋惜地捏了捏自己的手道：「唉，閨女大了不能摸頭了……還有啊！我可記著呢！妳每個月欠我一道菜，如今欠了四十多道了，算妳個整數四十，明日咱們就開始研究新料理吧？」

陳忠繁哭笑不得地說：「袁師傅，玉芝現在都十三歲了，怎麼還能日日與你待在灶房裡？」

袁誠嘆了口氣道：「妳說妳怎麼就長大了呢？」

他哀怨的口氣惹得眾人失笑不已。

玉芝朝他眨眨眼睛道：「袁叔，我可沒忘呢！這幾年我每月寫一道食譜，都快寫成一本書了！」

袁誠大驚道：「那妳為何不每月寄給我？」

玉芝露出無辜的表情道：「我想給您個驚喜嘛。」

袁誠捶胸頓足道：「驚喜？玉芝啊！妳可真是……」

玉芝諂媚地笑道：「待會兒吃過飯我就拿給袁叔，保證許多菜您都沒見過！」

袁誠「哼」的一聲一屁股坐在椅子上，轉過頭不看她。

玉芝暗暗慶幸，幸好來府城前她想起這件事，熬了兩日補上了食譜，不然袁誠不得追著她較勁？

一家人看了場熱鬧都很開心，愉快地聊著天。

卓承淮的眼睛一直在玉芝身上，看得玉芝渾身彆扭，忍不住回頭狠狠瞪了他一眼。誰知卓承淮見玉芝看他，竟然勾唇露出了一絲淺笑，看得玉芝一哆嗦——他的笑容真是太……浮誇了！

玉芝不自覺地紅了臉，她覺得自己真的就像十三歲的小女生一般，知道有可愛的小男生喜歡她，哪怕沒什麼特別的感覺，還是會忍不住害羞。

兆志猛然站起來站到卓承淮面前擋住他的視線，有些猙獰地笑道：「承淮，與我手談一局如何？」

卓承淮暗暗嘆了口氣，無奈地站起來隨兆志往偏廳走去。沒了灼人的目光，玉芝也鬆了口氣，轉頭認真地與袁誠討論起食譜來。

下完了棋，卓承淮與兆志回到座位上。這頓飯吃到月上梢頭才散，全家人不禁感慨袁誠的手藝大有長進，又因諸事順心，忍不住喝了些酒。

玉芝跟著喝了點菊花釀，這菊花釀入口清香微辣、口感綿長，很像前世喝過的香甜果子露，她不禁多喝了兩小盅，結果飯局還沒散，她的眼神就迷濛了。

李氏見女兒霞飛雙頰、雙眼微瞇的模樣就知道她喝多了，忙差自己身邊的楊嬤嬤送玉芝回房。

兆厲不放心，要陪她們過去，卓承淮剛要說話就被兆勇攔住，倒了一杯酒道：「承淮哥趕緊喝！」

卓承淮只能眼睜睜地看著他們三人出了廳堂。

第五十六章　魚雁往返

第二日玉芝在頭痛中睜開眼睛，似雲正坐在她旁邊繡花，看見玉芝像個孩子一般揉眼，她忍不住笑著說道：「小姐的頭可疼？如竹去端醒酒湯，應該快回來了，您先起來洗把臉吧？」

玉芝想點點頭，可是頭微微一晃眼前就天旋地轉的，只能扯著嘶啞的嗓子道：「扶我起來吧！」

似雲先出去要歡容準備好熱水，然後回來扶玉芝，用熱水沾了帕子為她仔細擦臉，又扶她到椅子上坐好，為她抹上香膏，接著站在後面幫她梳頭，歡容則站在一旁學習。

玉芝被似雲輕柔的手法梳得想睡，果然由儉入奢易，這才第一天有丫鬟，自己就越發懶怠了。

似雲靈巧地為玉芝梳了個垂髻分肖髻，更顯得玉芝俏皮可愛。

主僕幾人剛到小花廳坐下，如竹就端著醒酒湯過來了。玉芝喝了一碗醒酒湯之後清醒許多，她放下勺子道：「爹、娘都起來了嗎？」

如竹上前行禮道：「奴婢方才去灶房時看到楊嬤嬤了，她也是為老爺跟夫人端醒酒湯的，現在他們應該都起來了。」

玉芝覺得頭沒那麼暈了，便站起來道：「妳們幾個先去找汪嬤嬤學規矩吧！我先去爹娘那裡了。」

如竹剛想開口說什麼，就被似雲一把拉住，待玉芝走後，如竹疑惑地問道：「似雲姊為何不讓我們與小姐同去？按說小姐身邊不能離人的呀！」

似雲點點她的腦袋道：「一府有一府的規矩，咱們要做的就是聽小姐的，千萬不能自作主張！」

幾個丫鬟聽了都嚴肅起來，思索片刻後都點了點頭，齊聲道：「似雲姊說的話我們記住了。」

到了陳忠繁夫婦住的正院，玉芝見他們坐在院子裡的石桌兩邊，桌上擺了幾樣小菜、餑餑與粥。陳忠繁正捧著一碗醒酒湯大口喝著，李氏則嫌棄地拿眼睛瞅他。

喝完醒酒湯後陳忠繁打了個嗝，笑咪咪地看著李氏道：「媳婦，我喝完了，頭不暈了！」

玉芝沒能忍住，笑出聲來，李氏聽到閨女的聲音，用力瞪了陳忠繁一眼，然後才轉頭對玉芝道：「妳昨晚不是也喝多了？頭還疼不疼？」

玉芝上前膩著李氏撒嬌道：「好疼呢！娘幫我按按。」

李氏拍了她的手臂一下道：「跟妳爹一個樣，今日才知道疼！日後還敢不敢？」說著開始為玉芝揉起了頭。

玉芝享受了李氏愛的嘮叨一會兒，本來還覺得挺暖心的，誰知李氏一嘮叨起來就沒完沒了，念叨得玉芝頭都大了一圈，她忙站起來道：「娘，今日我還沒寫食譜給袁叔呢！先回房了！」

陳忠繁見情況不妙，也站起來道：「我讓小瑞帶我出去看看鋪子。」

李氏見他們都要跑，手往桌上一拍。「誰也不許走！咱們該做些新衣裳了，昨日謝中人推薦了幾間裁縫鋪，今天一早王老弟就出去尋裁縫了，等人家過來為你們量了身再走！」

玉芝來不及逃，只能磨磨蹭蹭地坐下道：「娘，喝口水吧！說了那麼多話嘴都乾了，而且您倆還沒吃飯吧？快快快……」

陳忠繁也跟著閨女的思路說道：「對對對，還沒吃飯呢！餓壞我了，孩子他娘，咱們快吃。」

李氏被這兩父女弄得一點脾氣都沒有，翻了個白眼接過粥吃了起來。

吃了沒一會兒飯，裁縫娘子就來了。李氏讓家裡所有人都出來一起量尺寸，不管丫鬟、婆子還是小廝、書僮，每人都做兩身新衣裳，可把大家高興壞了，在小瑞的帶領下一起向李氏磕了個頭。

忙碌了一個上午才量完尺寸、選好衣裳樣式，玉芝整個人都虛脫了。她剛癱在花廳的椅子上歇息，歡容就端著一個兩手大的木盒子笑嘻嘻地進來說道：「小姐，方才厲少爺身邊的濃墨過來了，說這是卓少爺早晨出門前留下要送給您的喬遷禮物。」

玉芝的臉蛋微微泛紅，又不願在丫鬟們面前暴露點什麼，只能強裝淡定道：「拿過來吧！我看看。」

一打開盒子，玉芝差點沒笑出聲來，只見一個巴掌大小、醜兮兮的木雕娃娃躺在盒子裡朝玉芝笑，那刻歪了的嘴角讓這笑容變得意味深長。

娃娃頭頂兩個丱髮的小髮髻刻得一邊大、一邊小，眼睛似乎是印了什麼圓形東西照著刻的，滴溜溜的圓，配合那歪笑，看起來特別有喜感。娃娃那胖錐形的身子就接在這顆圓腦袋下面，看得出作者努力想刻出衣裳的綯褶，但是成品卻像在上面胡亂劃幾刀一般。

玉芝一拿起醜娃娃，見到盒子底部壓了一張紙，打開就瞧見卓承淮蒼勁有力的字──「我心中的芝芝」。

這讓玉芝差點沒把娃娃給扔出去，她在卓承淮心中竟然這麼醜?!玉芝暗暗磨牙，待下次他來，她定要問個清楚！

她把盒子合上，遞給歡容道：「送去似雲那裡，讓她在臥房裡找個地方收著吧！」

入宅當天，裁縫娘子一大早就帶著一車衣裳過來了。李氏希望全家人在這一日都換上新衣裳討個好彩頭，特地多加了十兩銀子請裁縫鋪趕工。

幸虧裁縫娘子那邊有別家要的下人衣裳，他們抽出尺寸差不多的改一改先給陳家，其他的再重製。

待所有人都換好衣裳之後，吉時也差不多到了。小瑞在大門外點響爆竹，一時周圍有不少人探出頭來看，沒多久就有各家管事提著禮物上門來恭賀喬遷之喜。

玉芝把袁誠親手做的幾樣酥皮點心裝在一個個食盒裡，送給鄰居們當作回禮。柯掌櫃、袁誠都到場了，陳家在府城鋪子裡做活的下人們也來湊熱鬧，單辰甚至帶著單錦登門，一時之間陳家門庭若市。

玉芝與單辰、單錦多年未見，碰面時有種新鮮感。說也奇怪，卓承淮旬旬往陳家跑，這幾年卻沒見單錦來過，只有卓承淮要多帶些東西回去給他吃的時候，才能聽到他的名字。

單錦已是個身長玉立的少年郎，一點都看不出小時候肥肥憨憨的樣子。他上前與陳家人見了禮，直起身咧嘴笑道：「叔叔、嬸嬸還記得我嗎？」

李氏可喜歡小時候的單錦了，雖說多年未見，但見他長大成人了，頗為欣慰地說：「錦兒都長這麼大了。」

單錦道：「我日日吃嬸嬸家的乾食，那豬肉片真的太好吃了，吃了好幾年都沒吃膩。還有表哥託人送的燜肉，我也吃了好多，聽表哥說這些都是玉芝妹妹想出來的，妹妹呢？」

玉芝在旁邊覺得好笑，才幾年不見，單錦竟然認不出她了。她上前一步抿嘴笑道：「單少爺別來無恙，我在這裡呢！」

單錦震驚不已，那短手短腳、有張可愛圓臉的玉芝竟然出落成這麼個清秀小佳人！他瞬間有些羞澀，低著頭不敢看玉芝，臉上泛起緋色，結結巴巴地叫道：「妹妹……」

看到這一幕，卓承淮覺得有些刺眼，心底暗恨自己怕錦兒忘了陳家的好，沒少在他面前念叨過玉芝的好處。

他撐起笑上前拉住低頭羞澀的單錦，對李氏道：「嬸嬸，我有話要與表弟說，先帶他回房一趟，您招呼客人吧！先不打擾了。」說完也不管單錦想說什麼，拉著他就走。

單辰玩味地看著這一幕，又看了看站在李氏旁邊的玉芝，一下子笑了出來，承淮這個臭小子！

陳家入宅當天熱熱鬧鬧，可是歡笑過後，幾個孩子就要全心準備明年的春闈了。

王德允在他們入宅之後也告辭離去，臨走前把謝中人正式介紹給陳家。

陳忠繁頗為不捨，他們兩人可是一起醉過酒、唱過歌的交情呀！

王德允笑道：「陳老哥怎麼變得如此婆媽，難道我回鎮上你們就見不到我了？再說了，只要多在咱們縣城跟鎮上買些地跟宅子，咱們定能常常見面！」

一番話說得陳忠繁開懷不少，也理解王德允在鎮上有家人，不可能長時間在府城陪他們，遂雇了輛馬車送他回去。

原本入宅那日玉芝想與卓承淮說說話，但沒想到忙到晚上都沒機會，幸好她當天抽空寫了一張紙條給歡容，要她遞給卓承淮。

卓承淮打開紙條，上面只有六個大字——「你才這麼醜呢」，笑得他肚子都疼了，當下回房拿出一張紙寫字，並在空白處畫了一幅圖遞給在門外等著的歡容，讓她帶回去。

直到晚上洗完了澡之後，玉芝才打開卓承淮給的紙，上面寫了一小段話——

這是我第一次做木雕，第一個就刻了我心目中的芝芝。雖說看起來醜了些，卻是我的一片心意。況且妳的第一個荷包不也是這麼醜嗎？我可是日日帶在身邊呢！

這段話下頭還畫了一個歪歪斜斜的荷包。

玉芝差點沒羞死，她還以為剛學針線時做的第一個荷包丟了呢！原來是被卓承淮拿走了，這麼丟人的黑歷史，他竟然一直留著！

這讓玉芝氣得翻來覆去睡不著，一拍被子坐起來，到書桌前抽出紙筆寫了滿滿一大張字，大意就是他太奸詐了，還保存她的黑歷史，那荷包一定是他偷偷拿走的，實在太不厚道了……說了一大堆，最後一句話是──「快把我的荷包還給我」。

寫完信，玉芝叫了歡容進來，告訴她明日一早在少爺們去書院之前把這個交給卓承淮，才氣呼呼地去睡了。

沒想到第二日晚上卓承淮的信又來了，他一口咬定那荷包是玉芝送給他的，現在又要回去──「君子無信不立」。

玉芝壓住怒火，問歡容道：「今日少爺們不是去書院了嗎？這信是誰送來的？」

歡容回道：「每日午休時，濃墨都會送些新鮮的點心給幾位少爺留著晚上讀書時吃，這信是濃墨送來的。」

玉芝不由得扶額。卓承淮真是狡猾，若是要三個哥哥任一人的書僮傳信，哥哥們肯定馬上就會發現。用了濃墨……大堂哥根本不知道卓承淮求親的事，他一直以為他們親如兄妹。

可惡，她才不慣著他呢！

這次玉芝沒有回信。沒想到第二日卓承淮的信又送了過來，寫了滿滿一大張，最關鍵的是最後幾句──「若是芝芝覺得第一個荷包不好看，再繡個好看的給我換回去便是。」

玉芝真是忍無可忍，回了三個大字──「想得美」。

兩人一來一回通了一個月的信，甚至開始探討書上的學問，一直沈浸於課業的兆志才發現不對勁。

他找上兆厲道：「大堂哥，濃墨是不是背著你幫承淮與芝芝遞信？」

兆厲有些莫名其妙地說：「這件事濃墨跟我說過，我順口問了承淮，他說是芝芝讀書時遇到一些問題要請教他，我便沒當一回事。」

他的回答簡直要讓兆志吐血了，自家這個大堂哥真的是……他說道：「大堂哥，承淮是外男呀！怎麼能讓他與芝芝通信呢？」

兆厲想了想也覺得不妥，卻還是小聲辯解道：「我以為他與芝芝情同兄妹，就……」說完他自己都心虛，又道：「這陣子一門心思鑽研課業，竟沒想到這點。明日我就告訴濃墨，要他別再遞信了。」

換成別人也許會受挫，但卓承淮是誰？發現濃墨這條路行不通之後，他第一時間就換了策略。

當卓承淮的書僮硯池登門的時候，李氏吃了一驚，只見硯池一臉羞澀地說道：「聽聞少爺出了書院就在您家住下了，小的既然是少爺的書僮，自然要與少爺在一起，不知您家可還有住的地方？」

硯池之前幫忙陳家打聽過羅盈娘，李氏對他有一分感激在，聞言便道：「住下就成，不用把自己當外人。」

硯池十分感激，淚汪汪地說：「小的不好白吃白住，聽少爺說您日日都讓人送點心去書院，不如讓小的去吧！小的與少爺這麼多年只見了幾回，想多與他見上幾面呢……」

李氏看他實在可憐，忙點頭道：「行呀，你若想去就去吧！」

第二日兆志三兄弟看見站在書院門口眉歡眼笑的硯池，心情頓時都不好了。兆志磨著牙對身邊的卓承淮道：「你……好……真好……」

卓承淮粲然一笑道：「哪裡、哪裡，沒有兆志兄好。」

說著他上前接過硯池手中的點心籃子，光明正大地遞了一封信回去，拍了拍硯池的肩膀，悠悠轉頭回了書院。

兆志幾個咬牙切齒地看著他的背影，兆厲這個狀況外的還在問：「這……承淮是外男呢！怎麼能這樣直接跟玉芝通信呢？」

其實兆志本並非老古板，他覺得卓承淮若是一片真心，讓玉芝稍微接觸他也成，但是身為一個哥哥，看到卓承淮這頭豬正緩緩靠近玉芝這顆水靈靈的大白菜，還是有些無法接受。

兆志索性不管了，反正現在暫時回不了家，只能等下一個旬假，到時候再與玉芝好好談談，問問她到底有什麼想法。

不過兆亮跟兆勇想得沒有兆志透澈，回去就想堵住卓承淮說個清楚，結果被兆志攔住道：「你們想過沒有，芝芝是隨便與男人通信的人嗎？若是芝芝對他有不一般的心思，那該如何？」

兩人被堵得一句話都說不出來，若是妹妹對他……那他們做哥哥的能怎麼辦？棒打鴛鴦？估計鴛鴦還沒打散，他們就反過來被玉芝暴打了。

想了半天，找不出辦法，兩兄弟不由得垂頭喪氣地低下頭，兆勇道：「一想到咱們自小看到大的芝芝要被承淮哥娶回去，我就心痛。」

兆亮心有戚戚焉地點了點頭，兆志也嘆口氣道：「做哥哥的都一樣，咱們必得給芝芝一個強大的後盾，到時有三個進士哥哥，誰也不敢放肆欺負她！」

這下兆亮與兆勇不禁後悔之前沒更努力讀書，與舉人擦肩而過，如今又要等三年了……

玉芝絲毫沒想到三個哥哥已經想得那麼遠了，這一個月來的書信往來讓玉芝更加了解卓承淮。他在許多事情上的觀點都與她一樣，這讓玉芝感到驚喜。雖說比起別人，嫁給卓承淮是不錯的選擇，可是她還是有些害怕兩人觀念不合，現在發現卓承淮跟她想法頗為契合，已是意外之喜了。

玉芝想了想，應該是因為他自小在單家長大，單老太爺與單辰都是商人，商場上許多幕後決策者都是女人，他們不會看輕她們，反而尊重有實力的女人。

卓承淮自然也受這種思維影響，絲毫沒有讓妻子安居內宅的想法，反而在玉芝說自己日後想開間點心坊的時候頗為支持，為她出謀劃策。

玉芝嘆了口氣，這種男人在這個時代怕是不多見了，終其一生她大概只認識四個，其中三個還是自家親哥哥……

第五十七章　籠絡人心

既然想法上有了改變，玉芝的信中字裡行間不自覺地透露出把卓承淮當自己人的意思，像是日後若是店開起來的話該如何管理、卓承淮要做些什麼才行。

收到信之後，卓承淮在心中暗喜，看來自己的計畫已經有了初步的成效，只要繼續努力，就能早早與玉芝訂親了！

儘管兆志三兄弟沒明說，但兆厲也慢慢琢磨出卓承淮的心思，加入了吃醋傻哥哥聯盟。雖說玉芝不是他的親妹妹，但是她自六歲起就與大房交好，自家娘親也是真的疼玉芝，他家又得了三房許多幫助，因此兆厲對他們一直心存感激，現在可看想拐走玉芝的男人不順眼了。

四兄弟每日看卓承淮笑呵呵的樣子就恨得牙癢癢的，恨不能撲上去咬他兩口。更令四兄弟心塞的是，卓承淮天天抽出半個時辰寫信給玉芝，卻從未耽誤課業，夫子教了什麼，他都能舉一反三、觸類旁通，進步的速度非常快。甚至山長都道他若現在去考會試，一個同進士是跑不了的，運氣好一點的話能進二甲，陳家幾兄弟卻還差了些火候。

他們幾人自是不服，更加勤奮學習，旬假也不回家了，每日幾乎只睡兩、三個時辰，夜以繼日、廢寢忘食地讀書，就連吃飯時也不放下手中的書本。

其他學生見這幾人如此拚命，也有了緊迫感，不過一、兩個月工夫，整個書院內處處都能看到或朗朗讀書、或低頭沈思的學生。

山長與各位夫子是既欣慰又擔憂。欣慰自是不必說，自古以來哪有不喜歡學生用功的夫子；擔憂則是煩惱他們的身體狀況，大部分學生短時間內都瘦了下來，雙頰凹陷、掛著兩個黑眼圈，看起來就嚇人。

然而遍地瘦竹竿一般的學生堆裡，陳家四兄弟與卓承淮卻依然精神抖擻、身強力壯的，除了眼底微微發青，其餘都沒什麼改變，好似這麼努力用功的人不是他們一般。

有人好奇他們吃了什麼東西，打聽之下才得知，每日晌午書僮送來的點心都是特別製作的，而且經常換花樣。

這日幾人拿了食盒回監舍的路上，正巧被兩個學生遇到，有人終是沒能忍住，攔住他們問道：「日日見兄臺家的書僮送點心過來，可否讓在下一觀到底是何吃食？」

其他在附近的學生聽見以後都忍不住圍了過來，在一旁起鬨，非要他們打開食盒，好看看裡面裝了些什麼。

無奈之下，兆志只能在書院內的石桌上打開食盒，第一層是一小碟圓圓的小餅，外表看起來絲毫不起眼。

兆志拿起一塊餅掰成兩半，只見裡面是新鮮山楂加冰糖調成的內餡，外面裹上用上等麵粉與雞蛋、菜籽油調和而成的外皮，烘烤到綿軟酥鬆，一掰開就香氣四溢，酸甜相宜。

這種山楂餅每日都是現做的，再新鮮不過，但是每人只有兩塊半片手心大的餅，主要是用來開胃的，書讀到頭暈腦脹時來兩塊，馬上胃口大開，能吃下一層的東西了。

眾人聞著山楂特有的香味，隨兆志的解說吞了吞口水，滿懷期待地等著看下一層。

第二層十分簡單，只是一些細細的手擀麵罷了，但是大夥兒卻驚呼出聲，原來這麵竟然不是白色，而是綠色的。

兆志微微一笑，拿下第二層，露出第三層的湯，打開瓷蓋，一股酸香撲面而來。方才大家本來就被山楂餅引得口水直流，一聞到這酸鮮的味道，許多人的肚子便「咕嚕、咕嚕」叫了起來，引起一陣笑。

只見兆志道：「這是自家醃製的酸蘿蔔燉的老鴨湯，監舍都有小火爐，我們幾個會聚在一起把材料湊一湊，一爐煮麵、一爐熱湯，等麵熟了，湯也熱了，再撈出來每人吃一碗湯麵……」

他話還沒說完，就被方才攔住他的書生打斷道：「這位兄臺，在下姓曹，名堅，自小就好美食，方才實在是忍不住才攔下諸位。在下……在下有個不情之請，可否讓在下嚐一口酸蘿蔔老鴨湯？」

陳家兄弟沒見過這種厚臉皮的人，一時之間不知如何拒絕，兆志只能點頭道：「當然可以……」

拿出最底層的碗、筷、勺，兆志親自盛了一碗還有餘溫的湯遞給曹堅，東西剛入口他就瞇起了眼睛，半晌才嚥下去。

一群人在一旁著急地說道——

「味道如何？」

「你倒是說話呀！」

曹堅輕嘆一聲開口道：「酸香、微辣、鮮濃，飽含老鴨的醇味！」說著他挾起一塊鴨肉放進嘴裡，緩緩咀嚼道：「鴨肉吸收了酸蘿蔔的酸味，絲毫不見腥氣，這鍋湯加方才那一盤麵，我怕是兩三下就能吃完！」

喝完湯之後，曹堅依依不捨地放下碗、勺，小聲道：「兆志兄家裡為何只送這點吃食？這怎麼吃得飽……」

兆亮不由得失笑道：「這是要當宵夜吃的，自然不能吃得太飽，不然不好入睡，而且還有一個食盒呢！」

說罷，他接過卓承淮手中的食盒，放到石桌上道：「我們昨日要書僮告訴家裡說想吃些酸的、開胃的，他們才準備了這兩樣食物，這一盒應該就沒有酸的了。」

打開蓋子之後，只見第一層是幾小碗澆了些許秋油、撒了點蔥花的蒸蛋，雖說表面光滑得過分，但是蛋誰家都會蒸啊！眾人不禁露出了失望的表情。

見狀，兆勇不服氣地說道：「這可不是普通的蒸蛋！上面這秋油是我家特製的鮮蝦秋油，還有一種香油，你們定是沒吃過，可惜只有五小碗，你們沒口福嘍。」

鮮蝦秋油？香油？這些東西聽都沒聽過……看到兆勇蓋上蓋子，眾學生發出了微微的嘆息聲。

一旁的曹堅下定決心今晚一定要與這五個人商討學問到深夜，好藉機嚐嚐這沒吃過的蒸蛋，絲毫不管自己與他們剛剛才「認識」。

眾人到底不甘心，看到第二個食盒下面還有兩層，有人開口道：「還剩下兩層，兄臺就打開讓大家看看吧！不然我們怕是心裡惦記著，靜不下心讀書呢！」

兆志頷首，打開了第二層——竟然是綠油油的一碟子小油菜！大夥兒不自覺地上下打量起他們五個人，這幾人平日吃穿用度看起來像是普通人家，卻能在冬日吃上青菜？

看到翠綠的小油菜，曹堅也有些吃驚。他家算是小有積蓄，但是冬日很難吃到青菜，只有過年時的年夜飯桌上有一、兩盤，看陳家這架勢，似乎是天天吃？

兆志笑道：「這碟青菜不過是讓我們吃麵時配著的。好了，大家都看完了，不如咱們散開溫習課業去？」

曹堅急道：「兄臺且慢，還有一層未打開呢！」

兆志笑著搖搖頭道：「這是我家去鐵匠鋪特地訂製的食盒，這一盒最下面是放炭的，到時候煮麵、熱湯之後移一些熱炭放進這裡，直接打顆蛋放在上層，待我們吃完麵，蛋也熟了，可以直接吃。」

說完他不管大家的驚嘆，裝好食盒後向眾人告辭，把紛亂的議論聲拋在身後。

當天夜裡，全書院最熱鬧的地方就是幾兄弟的監舍了。人潮一波接一波來，這個嚐一口、那個咬一點的，他們自己幾乎沒吃到什麼東西。

最受歡迎的吃食是山楂餅，吃過的人沒有說不好的，就是太開胃了，吃了肚子就會叫個不停。看到陳家兄弟與卓承淮僅剩的一點點食物，大部分人都忍住了，摸摸鼻子回去啃自己的餑餑和乾巴巴、直掉渣的點心。

曹堅可沒那麼有眼力勁，他黏著他們從頭到尾嚐了一遍，邊吃邊感嘆。「你們家的東西竟都是些新鮮吃食，我全沒吃過……」

幾人相視一笑，瞞下了玉芝的存在，也不回答曹堅，幸虧他只是隨口一問，根本沒想過得到什麼回覆。

曹堅一樣只吃了一、兩口，自然不盡興，他垂頭喪氣地朝自己的監舍走去，走到一半忽然回頭對著幾人道：「明日我還會來！」然後一拱手轉頭就跑，生怕他們追上他、拒絕他一般。

兆志愣了一下，苦笑不已，回頭對驚訝地張著嘴的幾個人道：「看來明日要讓硯池跑兩趟了，不然咱們幾個非餓死不可。這裡應該還有一些肉乾跟肉片吧？趕緊吃一點墊墊肚子，再唸一會兒書就該歇息了。」

打從隔天開始，陳家三人越來越覺得奇怪，難道課業更加繁重了？否則怎麼送去的點心一日比一日多，可是硯池回來卻總說他們不夠吃？

陳忠繁跟李氏十分心焦，而玉芝早就透過卓承淮的書信知道了這件事的來龍去脈，她欣喜得不得了，這幾日正在琢磨新吃食呢！

見到爹娘著急的樣子，玉芝忙把內情從頭到尾說了一遍，陳忠繁這才放下心來，李氏卻還是有些擔心地說：「書院裡的學子那麼多，他們幾個真的吃得飽嗎？」

玉芝想了想，說道：「這幾日送的量幾乎是以前的三倍，應該是吃得飽，只是咱們不能日日這樣，每晚接待這些學子可要浪費哥哥們不少時間呢！不如咱們去跟山長談談每日要送多少吃食過去？」

這話讓陳忠繁與李氏大驚失色，陳忠繁道：「芝芝，那可是書院！若是咱們去那邊做生意，怕是有礙妳哥哥們的名聲。」

玉芝笑道：「爹娘考慮得很穩妥，不過我不是要跟書院做生意，而是要送給他們。」

夫妻兩人這才放下心來，但李氏還是忍不住問道：「要準備的量不小吧？」

玉芝見爹娘一副豁出去的表情，笑道：「爹娘莫要擔心，送給書院自然有好處。這間書院成立不過幾年，學生加上夫子不過五十餘人，肯定送得起。送上三、四個月，待這批書生考上幾個進士，咱們家的名聲可就不可同日而語了，這叫『小投資、大回報』。」

李氏聽了，不禁點了點她的腦袋道：「妳這小腦袋瓜子怎麼長的喲……」

第二日，偷偷關注那五個人要吃什麼的學子們發現陳家竟然來了九個小廝，每個小廝都提著兩個食盒，這不禁令他們面面相覷。

兆志等人也嚇到了，他忙問帶頭的濃墨道：「這是怎麼了？」

濃墨清了清嗓，開口道：「小姐……老爺說學子們課業繁重，夜裡十分辛苦，一定要吃得好些才成，於是讓我們從今日起開始往書院送吃食。」

此話一出，現場一片譁然，有膽大的人問道：「那要如何收取費用？」

濃墨笑道：「這些吃食都不用錢，多虧各位學子照料咱們家幾位少爺，老爺與夫人感激各位，特地送來表達心意的。」

書院門口就這樣炸開了鍋，眾人交頭接耳，門口的動靜引來了要去吃午飯而路過的幾位夫子。

濃墨上前行禮，小聲向夫子們說了自家送吃食的事情，夫子們也都面露喜色，這幾日一直耳聞陳家的山楂餅有多好吃，他們都頗為好奇，結果陳家這就送來了。

帶頭的夫子笑道：「既然如此，我們通稟山長一聲。」說完轉頭找了人群中的齋長出來，讓他進去細細說給山長聽。

趁著這機會，濃墨拉著兆志把玉芝囑咐他的話說了一遍。「小姐說小的講給少爺聽，少爺自然知道該如何繼續……」

兆志搖搖頭笑了，自家妹妹真是越來越精明，竟然想到這種法子。如今齋長既然已經去叫山長，他就得好好考慮如何說服山長接受自家日日送吃食的事了。

鬚髮斑白的沈山長自書院內緩步走來，兆厲趕緊帶著弟弟們與卓承淮上前向沈山長行禮。

沈山長回了禮，雙方直起身以後，沈山長才溫和地問道：「聽聞你家說之後要天天往書院送吃食給學生們？」

兆志行了一禮躬身回道：「確是家嚴與家慈差人送來的，只因家慈見我們兄弟日日苦讀到深夜，又想到同窗們皆是如此，心中多有不忍，才有此舉動。」

沈山長捋捋鬍鬚道：「這可不成！若是他們自願向你家買，我自然不會阻攔；可若是你家天天送給書院，這是占你家的便宜，不成體統。」

說起來，沈山長為人和藹可親，兆志其實不怎麼怕他，聞言笑道：「山長此言差矣。學生家正是專門做吃食的，這樣不過是做給我兄弟幾人吃的時候，順手多做幾份罷了。這些吃食大多是學生家獨創的，尚未在鋪子裡對外販售，眾同窗就是想買也買不到。

「學生與眾同窗既然相識於灤源書院，就是特別的緣分，日後走出去也是堪比兄弟的同窗之情，說到底不過是與兄弟們同吃一鍋飯罷了，山長為何如此與學生家見外？」

沈山長仔細打量了一下兆志，心想這孩子真會說話，既表達了自家吃食的獨特之處，又三言兩語就拉著全書院的學生上了一條船，真是能言善道、懂得權衡利弊。沈山長人老成精，自兆志說自家是做吃食生意的時候，就明白陳家的意思了。

他與兆志相處了幾個月，當然也看到了幾人的踏實與努力，最重要的是能看出他們都有一顆赤子之心。

這種外圓內方的人正適合在官場打滾，若是兆志做了官，只需要稍加調教，定能一步步、穩紮穩打地爬上去，成為大周朝的棟梁之才。

沈山長見眾多學生們的表情不安，又見面前的兆志淡定含笑的樣子，笑著搖了搖頭。這是給人方便也方便自己的雙贏好事，他何必古板地在意那些細枝末節。

於是沈山長緩緩開口道：「既然如此，那就煩勞尊大人日日送吃食過來吧！這次旬假你們回家之後，定要替我多謝謝他們兩位。」

他話音剛落，機靈的硯池就湊上來笑道：「老爺與夫人都十分感謝山長與夫子們對少爺們的諄諄教誨，特地帶了您幾位的分，與各位學子都是一樣的——一開胃點心、一主食、一餐後點心。小的這就為您與夫子們送到書房裡？」

既然接受了這件事，沈山長自然不會矯情，他點點頭道：「幾位夫子與我一起同去書房，用這來當午飯得了。」

幾位夫子的性格都頗為灑脫，加上本來就對陳家的吃食十分好奇，自然不會推託，與學生們告辭之後就隨沈山長一道往他的書房走去。

第五十八章　製作奶油

見山長與夫子們的身影消失在垂花門，學生們才鬆了口氣，爆出陣陣歡呼！特別是曹堅，開心得都要暈過去了，每晚去陳家兄弟那邊蹭吃蹭喝，也要進行很久的心理建設，如今他再也不用這麼做了，因為自己也有得吃啦！

曹堅擠到兆志面前道：「兆志兄可要替我們多謝謝叔叔跟嬸嬸，往後若是有需要我曹堅幫忙的地方，儘管開口。」

兆志看著曹堅稚氣未脫的臉，苦笑道：「一定、一定。」

曹堅看得出兆志的言不由衷，不由得有些憋屈，噘起嘴道：「兆志兄是信不過我？別看我今年才十七歲，也是讀了十三年書的人了！我家的藏書可多了，若是幾位有什麼想看的，儘管告訴我就是，保證幫你們找到。」

兆志聽了不禁對曹堅刮目相看，卻沒想過要求他。自己與他相交不過是因為吃食罷了，就算他家真的有孤本藏書，又怎麼能因為這小小的交情而向他借呢？

不過他還是肅了肅臉拱手道：「既然如此，就先提前謝過曹兄了。」

曹堅這才眉開眼笑地扶起兆志道：「自家兄弟不要見外！」

這話引得陳家幾兄弟與卓承淮哭笑不得。

陳家的吃食在書院一炮而紅，受到全體人員的一致好評，在幾個旬假過後，也慢慢地在府城建立起不錯的名聲。

每日上門的客人中，竟有些是特地來問他們提供給濼源書院的吃食是什麼，待詢問的人日漸增多之後，玉芝就趁著過年前推出了一系列的山楂點心。

從酥酥軟軟的山楂餅，到紅紅火火的山楂糕，還有偏甜的糖雪球與吃起來十分有趣的果丹皮，惹得一群小小蒙童與書生放學就來鋪子窗口，眼巴巴地排隊等著買。

由於這些點心口味酸甜、顏色喜慶，山楂系列頓時在府城聲名大噪，家家戶戶過年都會買一些用來待客，讓陳家歡喜得不得了。

過了新年之後，一屋子山楂只剩下三分之一，這些不起眼的小果實很快就讓陳家掙了兩、三百兩銀子。

玉芝再接再厲，正月十三開始提供山楂湯圓，此時北方吃的都是滾出來的元宵，湯圓這種用手揉捏出來的算很新奇。

元宵的餡較硬且鬆散，煮出來的湯濃濃稠稠的，就像薄薄的粥一般；陳家的湯圓煮出來的湯微微呈現乳白色，圓圓胖胖的湯圓躺在裡面，一口咬下去，裡面的紅餡欲流不流地掛在湯圓中間，引得人直流口水。

由於陳家放話湯圓只賣到正月十六，加上湯圓凍起來能放挺長一段時間，不少人家都買了一些放在室外凍起來慢慢吃。

賣過一波山楂湯圓，陳家囤的山楂只剩底了，陳忠繁嘆氣道：「早知道就多準備些，這真是……山楂每年九、十月才結果，又要等一年了。」

玉芝笑著對李氏抱怨道：「爹真是善變，當初還不讓我囤呢！現在又怪我囤得少了。」

雖說那些山楂是用來做給哥哥們與卓承淮的點心的，但是聰明如玉芝，早就做好了隨時大賺一筆的準備。

陳忠繁聽見閨女的抱怨，憨笑道：「是爹錯了！爹是看到都堆得滿滿一屋子了，怕妳砸在手裡，覺得心慌，日後爹再也不說了。」

玉芝調侃了陳忠繁幾句後，說起了正事。「趁現在咱們家這山楂買賣還沒傳出府城，爹趕緊派人去買山楂園子吧！日後可不能看別人的臉色行事。」

現下陳家最得用的人是小瑞，小瑞思考了一下，挑了潤墨、淡墨與枯墨一起去，又私下對陳忠繁等三人道：「咱家現在實在太缺人了，得多培養些人才。潤墨與我同在府城鋪子待過一陣子，為人機靈，我帶著他多跑跑，日後他能幫忙大少爺管理庶務；淡墨心有乾坤，什麼都明白又不多嘴，當二少爺的幫手正好；枯墨穩重踏實，與三少爺跳脫的性子互補，日後少不得要他多規勸三少爺，自然要把他磨鍊得更穩重些。」

幾人聽了小瑞的分析，都覺得同意他來當管家真是再正確不過的決定了。

在小瑞帶著三個書僮離開的第三天，硯池從單家帶來了朱掌櫃的飛鴿傳書，上書六個大字——「兆厲喜得貴子」。

李氏眼淚止不住地流，一是感慨趙氏徹底熬出了頭，一是又想到了自己的兆志，二十二歲了還沒有成親的對象。

陳忠繁也十分歡喜，他是做叔公的人了！

玉芝看到父母的樣子，就知道他們壓根兒沒想到要去通知主角，只能無奈地讓似雲去尋濃墨一趟，讓他趕緊去書院告訴兆厲這個好消息。

不到一個時辰，陳家四兄弟就與卓承淮一起回來了。

兆厲自拐過影壁起就開始左腳絆右腳，多虧了身邊的兆亮和卓承淮眼明手快扶住了他。見兆厲站穩了，他們剛要鬆開手，他又一副馬上要摔倒的架勢，兩人無奈之下只能一路攙扶著他進了前廳。

玉芝見兆厲被扶著坐在椅子上，嘴唇抖得說不出話來，忙從陳忠繁手裡抽出那張報喜的紙條塞到他手裡。

兆厲雙手直哆嗦，捋了好幾遍都沒把紙條捋開，卓承淮嘆了口氣，伸手幫他打開再放回他手裡。

玉芝隨著卓承淮修長的指節看向他的臉，卓承淮見玉芝看過來，微微一笑，盡顯少年風華。

想到他外表這麼正經卻寫出那一封封胡攪蠻纏的信，玉芝忍不住使勁瞪了他一眼。卓承淮笑得更開心了，朝玉芝眨了眨眼，玉芝不禁無聲地做了個「呸」的口形。

兩個人眉來眼去的樣子讓兆志實在看不下去，低頭咳了兩聲。

玉芝瞬間清醒過來，不自覺地紅了臉頰，低下頭回到李氏身邊眼觀鼻、鼻觀心地站著，不再看卓承淮。

卓承淮覺得有些可惜，又不敢埋怨未來的大舅子，只能摸摸鼻子看著新出爐的傻爹爹兆厲。

兆厲現在沒心思關注他們幾人的眉眼官司，他沈浸在自己當爹的喜悅裡，一會兒哭、一會兒笑的，翻來覆去盯著那六個字瞧，彷彿能從那張紙看見自己兒子的臉。

看了足足兩刻鐘，兆厲這才抬起飽含淚水的眼睛看著陳忠繁道：「三叔叔，我要回家一趟，待會兒我就去書院向齋長請假，您能幫我準備一下馬車嗎？」

陳忠繁回道：「家裡的車伕和車隨時都候著，你三嬸嬸已經去灶房交代廚娘為你準備吃食，等你請假回來馬上就能走。」

兆厲響亮地應了一聲就飛快跑走了，被撇下來的人頓時一臉茫然。

過了好一陣子，玉芝才「噗嗤」一聲笑出來，看著被兆厲嚇呆了的人說道：「你們繼續發呆吧！我要去灶房看看大堂哥這幾日的吃食了。」

眾人這才反應過來，只見陳忠繁喃喃道：「從小到大，我還是第一次見兆厲跑這麼快呢……」

不過大半個時辰，兆厲又跑回來了，他剛進大門就氣喘吁吁地喊道：「三叔叔、三嬸嬸，我要回去了！」

馬車早就準備好了，車伕正坐在車轅上等著，車廂裡也放了換洗衣物、厚被子與一些吃食，一切都妥妥當當的。

看到兆厲急切的樣子，陳忠繁道：「莫急，讓濃墨與你一道回去，不然你這麼急著自己上路，我們不放心。」

兆厲哪裡聽得進他說的話，胡亂點點頭就要往車上鑽。

李氏苦笑地拉著兆厲的衣角道：「回去跟你娘說，我們夫妻收拾、收拾就會在你離開的隔天出發，約莫比你晚兩、三日到家。」

兆厲應道：「記住了，三嬸嬸。」

見他著急的模樣，李氏也不耽誤他，讓開身子讓濃墨上了馬車。

待確定兩人坐好之後，車伕鞭子一揚往馬背上抽，馬兒便帶著他們踏上歸程。

一家人目送馬車走遠了才回廳裡吃午飯，李氏要廚娘們準備許多料理，大魚大肉地擺了一桌，看得幾個人還沒開始吃就膩了。

瞧見幾人的苦瓜臉，玉芝忍不住竊笑，她指著一道山楂軟骨道：「這是我做的，用的就是山楂，酸甜開胃，大家都吃一塊吧！」

話音剛落，幾人的筷子不約而同地伸向那個盤子，差點撞在一起。連吃了幾塊摻了肉味的山楂與滿是山楂味的軟骨，幾人才算是開了胃，開始轉攻其他菜。

吃了飯，一家人開始商量回村的事。洗三是趕不上了，而且滿月之前兆厲、兆志與卓承淮就得出發去京城，所以滿月也回不去，這個時間點十分尷尬，滿打滿算只能在村裡待兩、三日。

由於時間卡得太緊，一定要坐快車，這樣一來玉芝就不方便回去了。幸虧玉芝之前在家的時候就為羅盈娘那尚在腹中的孩子做了許多肚兜之類的東西，這次可讓陳忠繁與李氏帶回去；李氏也準備好了沈甸甸的銀項圈、銀手鐲、銀腳鐲等一套飾品要送給新生兒。

兆志幾個就更簡單了，因為是未成家的小堂叔們，原則上可以不用送禮，但是他們三人還是湊著送了一套孩童用的上等筆墨紙硯跟三個包了吉祥如意銀錁子的紅封。

第二日陳忠繁夫妻一大早就坐馬車往村裡趕去，家裡只剩下玉芝一個主人，本來兆志幾人想天天回來陪她，被玉芝強硬地拒絕了。

她已經十四歲，日日大門不出、二門不邁的，只能窩在家裡研究新吃食，早就膩了，好不容易擁有屬於自己的自由時刻，哪裡願意讓哥哥們來打擾。

兄弟幾人想到家裡有丫鬟、嬤嬤跟小廝在，覺得這些人陪玉芝也夠了，不過他們還是與她約定每日都會回來看她一次。玉芝無奈之下只好答應這幾日讓哥哥們天天回來，她再做午飯給他們吃。

這對卓承淮來說可真是打哈欠遇到枕頭，陳家兄弟的小尾巴卓承淮自然日日跟著來吃飯，不管兆志怎麼明示、暗示，他一律裝傻，只想天天見到玉芝的笑臉。

如今玉芝胸前已經發育得頗為可觀，她的身形亭亭挺拔，越發顯得纖腰纖不盈握，一顰一笑之間都是少女的歡欣，讓人心生嚮往。

卓承淮自從表明心意之後，已經很久沒能長時間地看到玉芝了，現在竟能每日與她一起吃午飯，讓他被兆志三兄弟嘲諷也甘願。

可惜美好的時光總是短暫的，十日之後，陳忠繁和李氏帶著兆厲回來了。

不過短短幾日，兆厲感覺成熟了許多，玉芝嘖嘖稱奇，難道當了爹竟然能讓一個人變化這麼大？

在聽了一耳朵的育兒經之後，玉芝終於讓濃墨把意猶未盡的兆厲送回了書院。

待兆厲走遠後，玉芝揉著太陽穴道：「大堂哥現在變得比娘還嘮叨了，聽得我心癢癢，好想去看看小寶寶！」

李氏對她翻了個白眼道：「什麼叫比娘還嘮叨？娘平日嘮叨嗎？那都是為了你們好！待妳出嫁聽不到娘嘮叨了，說不定還會想念呢！」

玉芝馬上狗腿地說道：「是是是，我娘一點也不嘮叨，都怪我口無遮攔說錯了話。」

當了爹的兆厲像受了什麼激勵一般，非要為兒子掙個好出身，每日只睡兩個時辰，到點就起來讀書，熬得兩眼通紅，連沈山長都忍不住勸他讀書要適度。

書院許多人都為了即將到來的春闈做準備，幸好山東道離京城不遠，且氣候相似，不用像其他離得遠的考生一般得提前半年出發。

沈山長對學生們特別上心，自府城到京城不過十日出頭的車程，沈山長提前派人去京城為他們包下一間離考場不遠不近的小客棧，又決定讓他們二月上旬就過去適應京城的科舉氛圍。

陳家自然提供了全套的吃食，務必讓這些考生在最萬全的狀態下應試。

在這段時間內，某日外出的陳忠繁買回了兩大桶牛奶，玉芝開心極了，圍著陳忠繁前後轉悠，興奮地問道：「爹！您是如何買到牛奶的？不是說不能殺牛嗎？」

陳忠繁不明所以地說：「牛乳又不需要殺了牛才能取出來，養牛的人家裡都有啊！只不過產得不多罷了。」

玉芝懊惱極了，她只知道古代人對牛的保護超乎她的想像，所以下意識地排除了所有與牛有關的吃食，連牛奶都給忘了！

她見這牛奶看起來新鮮，也顧不上自怨自艾了，忙讓人裝了一桶仔細蓋好，放置在避光又不會冷到結冰的陰涼地方；另一桶則放在常溫下靜置十二個時辰，打算試做奶油。

其實玉芝只在紀錄片裡看過奶油的製作過程，自己從未做過，只記得關鍵是要油水分離，可是她沒有草原上牧民們那種專業的器具……想了半天，玉芝決定用原理差不多的笨辦法——手搖。

玉芝把家裡的男人一個個叫來，又派人出去喊袁誠與他這幾年收的七、八個徒弟過來，一人給了一個用蠟密封、裝了八分滿牛奶的粗竹筒，要他們上下不停地用力搖晃，直晃了小半個時辰才喊停，累得一院子的人胳膊都提不起來了。

袁誠兩手抱著胳膊直咧嘴，問玉芝。「玉芝啊！妳這是做什麼呢？」

玉芝神秘地笑道：「袁叔快來幫我！」

只見玉芝挨個兒打開竹筒，觀察起裡面的牛奶，看到裡面有大團大團的凝固物時，她急忙小心翼翼地將它們移到一個新的銅盆裡。

袁誠見她神神秘秘的，也不廢話，學著她的樣子取出凝固物。

玉芝倒了一盆冰涼的水墊在銅盆下方，然後慢慢攪打著剛剛得到的打發鮮奶油，直到把它攪打出軟峰來，剩下的就是快速打發了。玉芝看了看袁誠，心想後面還需要他的幫忙，於是先讓他好好歇歇，差人去尋陳忠繁過來。

陳忠繁來了之後，玉芝直接要他使出最大的力氣來攪打鮮奶油，慢慢地，盆邊聚集了一點、一點圓圓的小顆粒。

玉芝急忙為陳忠繁加油，陳忠繁咬牙加快了速度，在看到小顆粒變成半個豌豆大小之後，玉芝隨即喊停。

陳忠繁差點沒癱在地上，這比幹了一天農活還累！

接下來玉芝把盆裡的東西倒進鋪著乾淨棉布的空盆裡，包好棉布後，讓歇了半天的袁誠用最大的力氣擠出裡面的液體來，倒掉液體之後又往裡面加冰水清洗、擠乾，如此反覆四、五次，直到擠出來的水變得清澈才停下來。最後玉芝把棉布內的半固體倒進準備好的方形容器裡，放到尚有殘冰的陰冷地方凍起來。

袁誠很是好奇地問道：「玉芝，這到底是何物？」

——未完，待續，請看文創風707《妙廚小芝女》3（完）

2018年12月出版

娘子不二嫁

文創風 702～704

曾經的愛情早已在婚姻中消磨殆盡，怎知一場突來的車禍，
把他們這對要離婚的夫妻一起帶到陌生的古代時空，
這下婚也不能離了，還是先攜手求生存，順便再愛一回吧……

異想天開的穿越之旅 重新領略愛的酸甜苦辣／淺笑

天底下怎會有如此離奇的遭遇——
她跟老公貌合神離已久，決定和平分手，卻在前去辦離婚的路上遭遇車禍，
昏迷前還在現代，醒來後卻成了陌生古代的農村小姑娘，名叫錢七，
而且連要離婚的老公也一起穿越過來了？!
這下也不能和平分手了，因為他們倆雙雙穿成農村孩子，
為了求生存，還得先偽裝成古代孩童順利長大……
在這人生地不熟的古代時空，如今也只能互相依靠，做彼此唯一的伴，
既然如此，她是不是該給曾經的愛一個機會，等著再嫁給同一個他？
只是無論一嫁或二嫁，眼前還有個更大的難題——
兩個完全不懂種田也沒什麼家底的基層農民兼穿越人士，
結婚之後要怎麼在思想、價值觀與生活方式都不同的地方成家立業？
老天，原來電視上演的都假的！現代人穿回古代，根本混不過古人啊～～

文創風
706

妙廚小芝女 2

國家圖書館出版品預行編目資料

妙廚小芝女 / 風白秋著. --
初版. -- 臺北市 : 狗屋, 2019.01
冊 ; 公分. -- (文創風)
ISBN 978-986-328-951-7 (第2冊 : 平裝). --

857.7 107020338

著作者 風白秋
編輯 連宓均
校對 沈毓萍 林慧琪
發行所 狗屋出版社有限公司
地址 台北市104中山區龍江路71巷15號1樓
電話 02-2776-5889～0
發行字號 局版台業字845號
法律顧問 蕭雄淋律師
總經銷 知遠文化事業有限公司
電話 02-2664-8800
初版 2019年1月
國際書碼 ISBN-13 978-986-328-951-7

本著作物由北京晉江原創網絡科技有限公司授權出版

定價250元
狗屋劃撥帳號：19001626
網址：love.doghouse.com.tw E-mail：love@doghouse.com.tw